Alice Walker

Das Lächeln der Vergebung

Aus dem Amerikanischen von Maja Ueberle-Pfaff

Alice Walker

Das Lächeln der Vergebung

Roman

Europa Verlag
Hamburg · Wien

Die Deutsche Bibliothek – CIP-Einheitsaufnahme

Walker, Alice:
Das Lächeln der Vergebung : Roman / Alice Walker.
[Aus dem Amerikan. von Maja Ueberle-Pfaff]. –
Hamburg ; Wien : Europa-Verl., 1999
Einheitssacht.: By the light of my father's smile ‹dt.›
ISBN 3-203-84004-9

Originalausgabe:
By the Light of My Father's Smile
Random House Inc., New York

Lektorat: Afra Margaretha

Titelillustration und Umschlaggestaltung:
Wustmann und Ziegenfeuter, Dortmund

2. Auflage 1999

Druck und Bindung: Wiener Verlag, Himberg bei Wien
Printed in Austria
ISBN 3-203-84004-9

Für dich, Siegreiche

Für dich, Siegreiche
Die du mir gezeigt hast
Den Flaum des Pfirsichs
Den Saft der Birne

Das Licht der Eule
Den Glanz der
Bärin.

Dieses skandalöse
Gebet in
Buchform

Erinnerung
&
Gabe in einem.
&
In Verbundenheit mit

Unseren
Unbekümmerten
Vergnügten
Leseunkundigen
Verwandten
Den reizenden Vettern
Bonobo.

Dem Leben sei gedankt
Für sie.

»Wir sollten uns erheben und lobpreisen, wenn wir uns darüber unterhalten, was Freundschaft ist und was Liebe ist und was Liebende tun – dieses Einander-Durchdringen der Seelen mit Hilfe des Körpers. Das ist doch großartig! Ich glaube, die Engel beneiden uns Menschen, weil wir Körper haben – sie haben keine, und wenn sich zwei Menschen lieben, flattern die Engel vor Neid mit den Flügeln … Die menschliche Sexualität ist ein mystischer Augenblick in der Geschichte des Universums. Alle Engel und alle anderen Wesen kommen hervor und staunen darüber.«

*Matthew Fox**

Menschen und Engel suchen gleichermaßen die Nähe menschlicher Sexualität, denn sie ist ein Licht, das lange unter dem Scheffel stand.

A.W.

* Aus: Die Seele ist ein Feld. Der Dialog zwischen Wissenschaft und Spiritualität, Rupert Sheldrake und Matthew Fox

Mama
Hilf uns
Dir zu
Helfen

Mundo-Gebet

Engel

Engel

Wenn sie in die Stadt fährt, bleibe ich bequem ausgestreckt auf der Schaukel unter der Eiche zurück. Ich erscheine ihr wie ein Schatten, während ihr Wagen um die Kurven prescht, die sich den Berg hinunterschlängeln. Sie lauscht einer Musik, die ich seit Jahren nicht mehr gehört habe. Zuerst glaube ich, es sei portugiesischer Fado, dann erkenne ich den Flamenco, der ebenso wie jener von Leidenschaft und tiefer Traurigkeit spricht. Sie stimmt in das Lied der singenden – oder eigentlich wimmernden – Frau ein, und ihre Hände umklammern unter den schwermütigen Weisen der Sängerin und dem Schluchzen der Violinen das Steuerrad. Ihr schwungvoller Aufbruch hat die alte Schaukel in Bewegung versetzt. Ihr Wagen ist schwarz. Das war ein weiterer Ausdruck meiner Bemühungen, mit ihr in Verbindung zu treten.

Sie wußte zum Zeitpunkt meines Todes nicht einmal, daß sie mich vermißte. Armes Kind. Bei meiner Beerdigung weinte sie nicht. Sie sah sich alles gleichmütig an. Ihr Herz, glaubte sie, sei verschlossen. Ich beobachtete sie, wie sie auf mich, den Vater, der ihr das Leben geschenkt hatte, mit der Passivität derjenigen hinabblickte, die alles ertragen hat, was sie zu ertragen gewillt ist. Sie machte sich nicht einmal die Mühe zu grinsen, als die – meist absurden – Platitüden über mich durch die Kirche hallten. Wenn eine besonders dicke Lüge aufgetischt wurde – daß ich keiner Fliege etwas zuleide tun konnte, zum Beispiel – schloß sie einfach nur die Augen. Am offenen Grab klammerte sie sich an den Arm ihres schwarzgelockten, schnurrbärtigen griechischen Ehemannes, und während sie so tat, als flüstere sie etwas in sein haariges Ohr, gähnte sie diskret.

Sie wußte nicht, daß ich unglücklich war, als ich starb. Armes Kind. Woher sollte sie auch?

In jener Nacht, als sie vor dem Kamin einen Granatapfel Stück für Stück verspeiste, vermißte sie mich nicht. Sie fühlte sich eher, als sei etwas Schweres und Dunkles, etwas, das sie niemals würde erklären können, von ihrer Seele gewichen. Schamlos, neugierig, irgendwie verlassen sah ich zu, wie sie und ihr griechischer Ehemann sich bis spät in die Nacht liebten.

Die Empfindungen, die sie neuerdings meine Gegenwart ahnen ließen, kündigten sich durch ihren Wunsch an, etwas über Engel zu erfahren. Wie sie in der Vorstellungskraft entstanden sind, warum es Menschen aller Kulturen schwierig, wenn nicht unmöglich finden, ohne sie zu leben. Sind Engel Erinnerungen an geliebte Menschen, die gestorben sind? Ist ein Engel ein Erdgeist, der als unabhängiges Wesen existiert und uns den wohltätigen Segen und die Hilfestellung der Natur zukommen läßt? Warum träumte sie selbst jede Nacht von Engeln?

Sie und der Grieche fuhren nach Kalimasa. Dies geschah zu einer Zeit, in der die Touristen Kalimasa noch nicht ausgebeutet hatten und noch in jedem Haus ein Engel schwebte. *Watti-tuus* wurden sie genannt. Manche sahen einfach aus wie geflügelte Frauen, und ihre Hände, Augen und Füße glichen denen einer Frau. Andere, Nixen mit Flügeln, hatten bronzene, mit Goldstaub überzogene Schuppen. Manche glänzten weiß wie Äpfel, andere braun wie feuchte Erde. Sie – meine Tochter Susannah – war ganz in ihren Bann geraten.

Den Griechen, Petros, wiederum bezauberte ihre Leidenschaft. Ich beobachtete, wie er sich aus der Fülle ihrer Begeisterung ein Fest bereitete. Sie strahlte vor Sinnlichkeit. Bei diesem ersten Besuch in Kalimasa begriff ich, daß sie mir als erwachsene Frau gänzlich fremd war.

Petros kaufte ihr einen Engel, einen *Watti-tuu*, als Überraschung. Es war eine dunkelhaarige, dunkelhäutige, vollbusige Frauengestalt, deren Bauch mit kleinen Menschen, winzigen Häusern und Vögeln prall gefüllt war. Die Flügel waren mit leuchtend grüner Farbe bemalt. Sie lachte fröhlich wie ein Kind. Sie klatschte in die Hände. Ihre Augen strahlten vor Glück. Diese Stimmung hatte ich seit Jahrzehnten nicht mehr an ihr erlebt. Doch ich erkannte sie. Und es zog mich zu ihr hin wie zu einem Feuer. Dann sah ich sie plötzlich die Stirn runzeln, als habe sie meinen Schatten gespürt, und zog mich hastig und reuevoll zurück.

Bei ihrem zweiten Besuch in Kalimasa war Petros nicht mehr dabei. Sie hatte ihn in den Vereinigten Staaten verloren. Diesmal war sie mit einer Frau unterwegs, deren Kleidung unangenehm auffiel, die den ganzen Tag über einen Badeanzug trug und sich auf dem Motorrad von den Männern des Dorfes mitnehmen ließ, die die alten Sitten abgelegt und gelernt hatten, jede günstige Gelegenheit zu ergreifen, die schamlose Touristinnen ihnen boten. Diese Frau, auch wenn sie gut im Bett war, irritierte meine Tochter so sehr, daß sie die schwülwarmen Tage fast ausschließlich in dem gemeinsamen Ferienhaus zubrachte, ein blaues Laken fest über den Kopf gezogen.

Wenn sie sich jedoch auf die zwei Straßen des winzigen Dorfes Wodra hinauswagte, das touristischer geworden war, als sie es sich beim letzten Besuch je hätte vorstellen können, kam es ihr vor, als werde sie von etwas gezogen. Natürlich wußte sie nicht wovon.

Klebrig und verschwitzt, obwohl es erst acht oder neun Uhr morgens war, stand sie schließlich in einem Juwelierladen.

Die Bewohner von Kalimasa besitzen bekanntermaßen einen ausgeprägten Sinn für Ästhetik. Ein angeborenes Empfinden für Ausgewogenheit und Proportion. Dieses Gefühl für das richtige Maß läßt sich an ihrer Architektur, ihren Kanälen, ihren Wasserfällen ablesen. Sogar an ihren Frisuren. Besucher behaupten oft, daß ihre gesamte Landschaft, mit Ausnahme der Berge, die die meisten Dörfer wie spektakuläre Bühnenaufbauten umgeben, künstlich angelegt worden sei, dabei aber vollkommen natürlich wirke. Ihr gutes Augenmaß zeigt sich vor allem an dem Schmuck und den Kleidungsstücken, die sie herstellen.

Dieser Laden war, wie alle Läden am Ende der Straße in der Nähe des Restaurants und des Flusses, ziemlich klein. Nicht viel mehr als ein paar Schritte tief, wenn man die drei Stufen von der Straße hinaufgestiegen war. Die Schmuckstücke lagen in vier Reihen aus: Ringe, Armreifen, Halsketten. Nichts kostete mehr als fünfzig amerikanische Dollar. Susannah streifte Messingarmreifen über, die aussahen, als seien sie hundert Jahre alt, obwohl sie vielleicht erst am Tag zuvor angefertigt worden waren. Und dann fiel ihr Blick auf den Ring, den sie gesucht hatte, ohne es zu wissen. Schwarzer Onyx, oval geformt. An den Seiten golden gesprenkelt. Obwohl das Gold, da der Ring nur achtzehn Dollar kostete, vielleicht nicht echt war. Der Ring paßte wie angegossen. Glücklich gab sie dem jungen Hindu-Verkäufer das Geld, schlenderte weiter durch das Dorf Wodra und hatte sogar Lust, bis zum Elefanten-Pfad zu gehen, der zwei Kilometer aus dem Dorf hinausführte, bevor sie wieder den Wunsch verspürte, in das Ferienhaus zurückzukehren.

»Was hat dieser Ring zu bedeuten?« fragte die Frau beim Abendessen und schlug dabei den quengeligen, rechthaberischen Ton an, den meine Tochter mittlerweile fürchtete.

»Er ist schön«, sagte Susannah. Sie hob ihre Hand an die Wange und ließ sie dort liegen. Im Kerzenlicht glühten die goldenen Flecken am Onyx rötlich auf.

»Aber ich wollte dir doch einen Ring für diesen Finger schenken«, maulte die Frau.

»Ich habe noch neun andere«, sagte meine Tochter. »Alle frei.«

»Du weißt, was ich meine«, sagte die Frau. Sie hieß Pauline. In ihrer bauschigen »Landestracht« – die Dorfbewohner selbst trugen ihre traditionelle Kleidung nur noch selten – wirkte sie plump und erhitzt. Mir kam es vor, als sei sie besessen von dem Wunsch, als Erwachsene die Kindheit nachzuholen, die sie als Kind nicht gehabt hatte. Ich verstand nicht, wie Susannah sie ertragen konnte.

Meine Tochter nippte gedankenverloren an ihrem Glas.

»Du siehst heute abend besonders hübsch aus«, sagte sie.

Die Frau ließ sich von diesem Kompliment sofort ablenken, was meine Tochter im voraus gewußt hatte. Sie begann, sich aufzuplustern. Das eigene Bild in den Augen meiner Tochter zu suchen.

Die dunklen Augen meiner Tochter waren weit geöffnet. Arglos. Sie gestattete ihnen, Pauline zu spiegeln. Dahinter war sie selbstverständlich tief in Gedanken versunken.

Woran denkt sie? Sicher nicht an mich. Vielleicht an ihren griechischen Ehemann, der mit einer blonden Stewardess durchgebrannt war. An seine Entdeckung, daß das Haar dieser Frau, wie zu erwarten, so dunkel war wie sein eigenes. Und an seine Beschwerde darüber. Keine Frau war je so beschaffen, daß ihm nicht noch etwas an ihr mißfallen oder gefehlt hätte. Sie hatten sich gestritten, weil sie gerne hohe Absätze trug, was ihn tatsächlich klein aussehen ließ, und sie hatte oft erwähnt, daß er in punkto Kleidung einen schlechten Geschmack hatte, denn er mochte Tweed und Karos, und für sie entlarvte er sich damit als überangepaßter Immigrant.

Aber vielleicht auch nicht.

Die Frau ihr gegenüber flirtet mit dem jungen Mann, der sie bedient. Als er ein Tablett bringt, auf dem Blumen und Fleischspieße liegen, findet sie eine Gelegenheit, seinen braunen Arm zu streifen. Ihr starkes Parfüm verteilt sich in der drückend heißen Luft. Um sie herum knistert es vor Spannung. Sie ist die Art von Frau, die Regen heraufbeschwören könnte.

Später am Abend wird sie, um meiner Tochter zu zeigen, wie begehrenswert sie ist, unweit der großen, begrünten Terrasse eng umschlungen mit dem jungen Kellner unter dem gigantischen Bananenbaum stehen. Meine Tochter wird die Kleider der Frau verführerisch rascheln hören. Das mitleiderregende, hoffnungsvolle Keuchen des jungen Mannes. Es wird zu nichts führen, das weiß sie. Pauline hat zu viel Angst vor Bakterien. Außerdem existiert ihr sexuelles Interesse an Männern nur in ihrer Phantasie.

Die meisten jungen Männer in Kalimasa machen auf Susannah einen unschuldigen Eindruck. Sie kann sie sich ohne weiteres als ihre Söhne vorstellen. Ihre großen, dunklen, schnell verwunderten Augen haben es ihr angetan. Ebenso ihre schüchterne Sprechweise, das sorgfältig einstudierte Englisch. Mit Unbehagen und Schmerz hat sie bei ihren vielen Besuchen über die Jahre hinweg beobachtet, wie Neid in ihre dunklen Augen kroch. In den Augen der Eltern hatte sie Neid noch nicht gesehen. Dort las sie eher das Befremden über die blassen Ausländer (denn das waren sie meist), die ihre verschwitzten Köpfe überallhin steckten und kaum glauben konnten, daß so viel Leben in einem Teil des Planeten existierte, von dem sie so wenig wußten. Sie staunten über die Architektur, die Vegetation. Die Malerei – überall gab es Bilder –, die Musik und natürlich den Tanz.

Tanzen und malen sie nicht, da, wo sie herkommen? fragten sich die alten Frauen gegenseitig.

Haben sie kein wohlschmeckendes Essen?

Wachsen bei ihnen keine Pflanzen mehr?

Die Alten und die Jungen waren gleichermaßen verwirrt. Manche fühlten sich geschmeichelt. Die meisten legten eine lange Zeit Argwohn oder Gleichgültigkeit an den Tag. Wenige erinnerten sich an den Sturz der Monarchie durch Europäer in einem fernen Jahrhundert. Ihr schönes Land unter einer Besatzungsmacht. Ihr König enthauptet, die Königin vergewaltigt. Ihr Land über dreihundert Jahre lang mit Füßen getreten, ausgesaugt: eine Zeit scheinbarer Amnesie um des Überlebens willen. Wenige wagten es, über die Schrecken nachzudenken, die ihre Vorfahren durchlitten hatten: die bleischweren, eiterfarbenen Männer, die nach schalem Tabak, saurem Wein und ranzigem Käse rochen.

Daß die Kalimaser fast nackt waren, stachelte die sexuell gehemmten Europäer zu maßloser Grausamkeit an, während sie vergeblich versuchten, ihre Begierde zu leugnen. So viel Schönheit in einer Welt, die ihrer Lebensart gleichgültig gegenüberstand, eine grüne, sanfte, geschmeidige Welt, die sich von der gewaltigen Fleischlichkeit des bleichen männlichen Körpers, seiner stinkenden wollenen Unterwäsche, seinem schwarzen Gewand und seinem häßlichen Hut abgestoßen fühlte. Die Menschen hatten schweigend gelitten, wie in einen kollektiven Schlaf versunken. Der Schlaf der Schande. Dann, als ob ein Kreis sich geschlossen hätte, wachten sie kollektiv wieder auf. Sie wehrten sich. Sie wurden unabhängig, zumindest dem Namen nach.

Sie lauscht dem leisen Schnarchen der Frau neben sich, dann schaltet sie ihre Gedanken ab und streichelt sie wach. Die Frau reagiert sofort, als hätte sie nicht wirklich geschlafen. Sie gestattet meiner Tochter, nach Belieben die Hände über ihre schweren, heißen Brüste und den pelzigen Bauch gleiten zu lassen, dessen Sandelholzgeruch durch das Laken strömt. Meine Tochter vergräbt die Nase in der Falte am Hals der Frau, der sich wie die Brüste unglaublich warm anfühlt. Die Frau rollt herum und ist plötzlich die Drängende. Breitbeinig sitzt sie auf meiner Tochter. Das hat meine Tochter gewollt. Sie streckt sich auf dem Bett aus und streift ihr dünnes Nachthemd ab, damit sich ihre Körper an möglichst vielen Stellen berühren. Die Frau schleudert den Fetzen von sich, der kaum ihre Lenden bedeckt und beginnt, so fest auf meiner Tochter zu reiten, als wolle sie sie durch ihr Gewicht in die Matratze drücken, die auf einem dünnen Bambusgestell liegt.

Sie ist durch ihr Stelldichein mit dem jungen Mann aus Kalimasa noch erregt. Und durch die scheinbare Gleichgültigkeit meiner Tochter. Nun saugt sie heftig an ihr, und die runden, braunen Brüste meiner Tochter liegen wie flehend an Paulines weißen Zähnen und ihrem fordernden Mund. Zwischen den Brüsten meiner Tochter rinnt Schweiß herab, den Pauline wie ein Hund aufleckt. Zwischen ihren Beinen, dort, wo sich Paulines Hand eingeschmeichelt hat, fließt ein feuchter Strom. Sie spürt Paulines Finger, erst einen, dann zwei, dann drei, die mit gebieterischer Entschlossenheit in sie eindringen. Verlegen hört sie sich stöhnen und Paulines siegreiches Ächzen. Der Körper meiner

Tochter bewegt sich in einem Rhythmus, den Paulines Hand vorgibt. Oh, sagt sie. Und oh, und oh und oh. Pauline beißt in ihr Ohr. Sie leckt den Schweiß von ihrem ganzen Körper. Sie preßt sie gegen das Bett und läßt nicht zu, daß sie sich aufrichtet. Als meine Tochter den Kopf hebt, so daß die Sehnen an ihrem Hals hervortreten, schiebt ihr Pauline die lange, bewegliche Zunge mit solcher Gewalt in den Mund, daß Susannahs Kopf fast unter dem Kopfkissen verschwindet. Nur ihr geknebelter Mund ist noch sichtbar, und Paulines Stirn liegt auf dem Kissen, das das Gesicht meiner Tochter verdeckt.

Pauline nimmt das leiseste Zittern im Körper meiner Tochter wahr, aber sie tobt auch ihr Verlangen nach dem jungen Kellner aus. Sie stellt sich vor, er träte durch den Bambusvorhang am Fußende des Bettes, und sein erigierter Penis, der glatt und schwer ist, wie sie zufrieden festgestellt hat, wäre an der Spitze schon feucht vor Hoffnung und scheuer Vorfreude. Sie stellt sich vor, wie sie ihn ans Bett, an ihren Hintern befiehlt. Stellt sich vor, wie er in sie eindringt, sie stößt, wie sie die Stöße an Susannah weitergibt, als wolle sie sie umbringen, weil sie sich von ihr entfernt hat, als wolle sie sie für ihre Gleichgültigkeit niedermetzeln. Ihr Wunden zufügen für die Tage, die sie abgewandt von Pauline mit dem Kopf unter dem Bettlaken verbracht hat.

Nachdem sie ihre Zunge aus dem Mund meiner Tochter wieder hervorgeholt hat, leckt sie deren Achselhöhlen, deren Lenden; sie bemächtigt sich des Körpers meiner Tochter, während sie sich gekonnt rückwärts schlängelt, zu dem schlüpfrigen Penis des Jungen hin, dessen Hitze sie in ihrer Möse, in ihrem Hintern, in ihrer Scheide, in ihrem Leib fühlt. Dies ist nicht der Augenblick, um sich an ihre eigenen Enkel zu erinnern, die halb so alt sind wie der Junge aus Kalimasa. Aber sie erinnert sich. Sex ist für sie wie ein Eintopfgericht mit beliebig vielen Zutaten. Sie stellt sich vor, wie sich der Penis des Jungen aus Kalimasa in ihr bewegt. Ihre pralle Klitoris liegt am Körper der Frau, auf die sie so wütend ist. Sie will, daß ihre Enkel diese Art von Macht über eine Frau oder einen Jungen kennenlernen. Es ist die einzige Macht über andere, die sie haben sollen. Die Macht, rücksichtslos Genuß zu geben und ihn gelassen zu nehmen.

Sie ist kurz vor dem Höhepunkt. Aber sie versagt ihn sich. Sie hebt ihren Körper von Susannah herunter. Kniet neben ihr, während ihre Hand sich zwischen den Beinen meiner Tochter zu schaffen macht. Beine, die gespreizt, aber nicht offen genug sind. Sie drückt sie weiter auf. Meine Tochter stöhnt. Fühlt sich willenlos. Wie kann sie sich einer Frau, die so oft ihren Zorn erregt, derartig ausliefern? Es ist ein Rätsel, über das sie heute nacht nicht nachdenken wird. Sie fühlt jeden einzelnen Knöchel an Paulines Faust, die über ihre Schamlippen harkt und Hitzewellen durch ihren Bauch schickt. Sie fühlt Finger und dann volle warme Lippen auf ihren Brüsten. Aber die Intensität läßt nach, die Energie erlahmt. Sie lugt durch ihre verstrubbelten Haare, um zu sehen, warum Pauline innehält. Es ist so, wie sie vermutet hat. Pauline wartet darauf, daß sie darum bittet. Darum bettelt und fleht. *Sich gegen ihre Hand drängt und stöhnt. Oh bitte, bitte, leck mich.*

Dies ist der Augenblick, den Pauline liebt. Wenn sie daran denkt, wie sehr sie ihn liebt, bevor er tatsächlich eintrifft, hat sie einen Orgasmus und läßt sich den krönenden Moment entgehen. Den Moment, in dem all ihre schreckliche Schönheit gewürdigt, ihre ehrfurchterregende Macht demütig anerkannt und ihr der Wagemut vergeben wird, mit dem sie sich in einem von Moslems regierten Land im Badeanzug auf die Motorräder junger Hindus setzt.

Der Junge aus Kalimasa hält ihre Brüste, während sie in königlicher, fast kaiserlicher Haltung auf die Bitte wartet, die jetzt kommen muß. Sie hat dieser Frau stärkere Orgasmen geschenkt, als sie je zuvor hatte; sie fühlt sich als Gebieterin. Pauline hat noch dieselben Brüste wie mit dreißig. Starke, hohe Brüste, deren leichte Neigung sie nur noch geschmeidiger in der Hand liegen lassen. Brüste, die nie in einen Büstenhalter gezwängt waren. Der Mund des Jungen auf ihrer Brust ist kühl wie ein Melonenkern. Während sie auf die Kapitulation meiner Tochter wartet, wiegt sie sich vor und zurück; und als sie das Erschauern meiner Tochter an ihrer Klitoris spürt, steigert sich ihre Erregung gefährlich. Sie rückt ein Stück von ihr ab. Nicht auszudenken, wenn sie jetzt schon käme und auf den Moment verzichten müßte, in dem meine Tochter sich ausliefert.

Bitte, sagt meine Tochter.

Bitte was? fragt die Frau und hört auf, die Hand zu bewegen.

Meine Tochter flüstert etwas.

Lauter! verlangt Pauline.

Leck mich, sagt meine Tochter und sieht ihr ins Gesicht.

Sie hört, wie die Frau kurz und heftig den Atem einzieht. Ohne den Blick von ihren Augen zu wenden, in denen sie die Begierde und den Sieg erkennt, hebt meine Tochter die Hand und berührt Paulines Klitoris. Sie ist groß und pulsiert, und ihre Möse ist naß. Susannahs Hand tanzt in den feuchten Flammen der Frau. Wie berauscht hebt sie die Hand an die Nase. Das Geschlecht einer Frau riecht wie nichts anderes auf der Welt. Es ist ein Geruch, für den sie alles tun würde, obwohl Pauline, die Praktische, sie daran erinnert hat, daß sie diesen Geruch ja bereits selbst besitzt.

Pauline zieht ihre Hand langsam aus Susannahs Körper, der sich nur ungern von ihr trennt und dies zitternd und zuckend bekundet. Jede Faser ihres Körpers wartet gespannt auf das, was nun an ihrer Klitoris vollzogen wird.

Pauline hätte gerne, daß sie noch mehr bettelt. Sie befindet sich in einem hochmütigen, fast feindseligen Zustand, den wenige ihrer Freundinnen, Kollegen, Kinder und Enkel an ihr kennen. Sie fühlt sich mächtig. Das gefällt ihr sehr. Aber wenn sie nicht weitermacht, wird der Anblick von Susannah, die in all ihrer Schönheit vor ihr liegt, sie zum Orgasmus bringen – und dazu ist sie noch nicht bereit. Eigentlich kann sie kaum glauben, daß sie sich so lange zurückgehalten und sich die süße Mitte meiner Tochter versagt hat.

Nun ist sie ganz sanft. Sie legt ihren schweißnassen Körper zwischen die Beine meiner Tochter und drückt sie ganz vorsichtig mit ihren breiten Schultern immer weiter auf. Sie schüttelt die bleifarbenen Locken aus den Augen, gleitet herab und versinkt.

Es ist ihr warmer Atem, den meine Tochter als erstes fühlt. Sofort ist sie beruhigt. Sie sucht sich eine bequeme Stellung im Bett. Legt den Kopf genau in die Mitte des Kissens. Seufzt. *Endlich.* Berührt kurz, dankbar, gebieterisch, fast beiläufig die Schulter der Frau und ihr wirres Haar. Als sie sich preisgibt, wird sie von ihrem eigenen Machtgefühl fast überwältigt.

Pauline läßt ihre Zunge, die aus Wildleder zu bestehen scheint, über Susannahs Klitoris schnellen, und Susannah beginnt wieder zu stöhnen. Es ist ein so animalischer Ton, ein so gutturales, hemmungsloses und anstößiges Bekenntnis, ein Stöhnen, das so gar nicht zu ihrem Alltags-Ich zu passen scheint, dem oft eine gewisse anspruchsvolle Arroganz bescheinigt wird, daß es geradezu komisch wirkt. Eine Sekunde lang lassen sie die Leidenschaft beiseite und lachen. Das Bett wackelt unter ihrem Gekicher; ein dünnes Bambusbein bricht entzwei. Scheiße, sagt Susannah. Pauline hebt den Kopf. Das nächste Mal, murmelt sie, nehm ich dich auf dem Fußboden.

Paulines Mund bedeckt Susannahs Vulva. Kein Winkel entgeht ihr. Es ist, als hätte sie vor, die Scheide auszusaugen, und tatsächlich scheint sie mit ihrer langen, geschmeidigen Zunge nach ihr zu tauchen. Aber jetzt singt diese unermüdliche Zunge, und Susannah fühlt, wie sie zu den Wolken aufsteigt und versucht gleichzeitig, sich daran zu hindern, daß sie zu schnell da oben ankommt. Unwillkürlich denkt sie in diesem Augenblick an mich und an ihre Mutter, die so oft stritten, als sie klein war. Und dann nach einem Streit vollkommen ruhig und in Frieden miteinander aus dem Schlafzimmer auftauchten. Jede unserer Bewegungen entspannt, jede unserer Äußerungen von unbegreiflicher Ruhe durchdrungen.

MacDog

Natürlich erinnert mich Paulines Benehmen an das von Magdalena. Oder Maggie. MacDog.

Als Susannah vier war, schickte mich meine Kirche als Seelsorger nach Mexiko zu den Mundo-Indianern. In Wirklichkeit waren ihre Mutter und ich Anthropologen, aber in den frühen vierziger Jahren hätte uns niemand eine ernsthafte Expedition finanziert. Wir lieferten uns auf Gedeih und Verderb unserer Kirche aus, wie es Schwarze immer tun, wenn alle anderen Quellen des Lebensunterhalts versiegen. Wir erläuterten, was wir von den Mundo gehört hatten: daß sie eine kleine Gruppe von Nachkommen schwarzer und indianischer Flüchtlinge seien, die während des Bürgerkriegs über die Grenze nach Mexiko gekommen waren; daß diese Leute, wie andere derselben Abstammung in der Nähe von Vera Cruz, in Costa Chica und anderswo, sich inzwischen nicht mehr als Afrikaner oder Indianer, sondern als dunkelhäutige Mexikaner betrachteten. Durch ihre Isolation jedoch hatten sie offenbar spezifische Stammesbräuche bewahrt, die sie in Ehren hielten und nie aufgegeben hatten. Frühere Anthropologen, die sie erforschen wollten, hatten das nicht verstanden, denn sie wurden, wie man vermutete, gerade aus diesem Grund systematisch umgebracht. Diesmal waren sie nun wirklich vom Aussterben bedroht, wie wir erfahren hatten, und wir hielten es für unerläßlich, daß wir ihre Lebensweise vor ihrem endgültigen Untergang noch kennenlernten.

Wir, meine Frau Langley und ich, legten fast die gesamte Strecke mit dem Auto zurück. Nur zum Schluß mußten wir den Wagen an der letzten ärmlichen Mission zurücklassen, die am Weg lag, denn die Mundo leben in völliger Abgeschiedenheit in der Sierra Madre, dreihundert Kilometer entfernt von ihren nächsten Nachbarn, den Tarahumara. Die Mundo schickten uns Esel entgegen, und als wir ankamen, wurden wir von freundlichen, neugierigen Dorfbewohnern mit geröstetem Lammfleisch und gegrillten Maiskolben erwartet.

Maggie war sechs. Sie besaß nicht die unschuldige Fröhlichkeit mancher Sechsjähriger. Nicht die lustlose Trägheit anderer. Sie war kein Kind, das nur dem Dikat seiner spielerischen Neugier folgte. Nein. Sie starrte mit ihren sechs Jahren bereits offen alles an, was sie interessierte. Und was sie sogar schon zu diesem frühen Zeitpunkt interessierte, so schien mir, waren Männer und was sich in ihren Hosen verbarg.

Für meine Frau war das kein Problem. Laß das Kind in Ruhe, riet sie mir, wenn wir abends ins Bett gingen, Kinder sind nun mal neugierig! Ich beklagte mich, daß Maggie uns durch ihre Direktheit in peinliche Situationen brachte. Durch ihr Starren und ihre Annäherungsversuche an Jungen, die dreimal so alt waren wie sie. Sie ist eben neugierig, meine süße Tochter, sagte meine Frau lachend. Und die jungen Männer hier sind ja auch faszinierend. Damit war das Thema beendet. Komm jetzt ins Bett, und vergiß den Gummi nicht.

Langley brachte mich zum Lachen. Fast jede Nacht brachte sie mich zum Lachen, wie schon damals in der Nacht, in der wir uns kennengelernt hatten: bei einem Ball, den die schwarze Oberschicht in einer schicken, wohlhabenden Enklave von Harlem für ihre erwachsenen Sprößlinge gab.

Langleys Eltern hatten von einem berühmten Onkel, der Jazzmusiker und Komponist war, das geerbt, was man zu jener Zeit neidisch »Musikgeld« nannte. Nach dem »Jack-und-Jill«-Kindergarten, der von den meisten Schwarzen als Kindergarten für die Reichen betrachtet wurde, und dem Internat hatte sie das Colgate College in Maine besucht. Ich dagegen hatte mich im Süden durch das Hampton Institute hindurchgeschuftet und war so arm, daß ich nur einen einzigen Anzug besaß, den ich trug, als sie mich zum Tanzen aufforderte.

Ich war von diesem Regelverstoß so verblüfft, vor allem als ich merkte, daß ihre Eltern herübersahen, und gleichzeitig von der unbekümmerten Ausgelassenheit in ihrem Blick so hingerissen, daß ich mir den rosaroten Punsch, den ich gerade in der Hand hielt, über das Hemd schüttete.

Rosa steht Ihnen, sagte sie kurz, ohne den Ansatz eines Lächelns, und betupfte mit ihrem zierlichen, himmlisch duftenden Taschentuch in aller Ruhe meine Krawatte. Ich lachte, weil ich solche Worte ganz bestimmt nicht von ihr erwartet hatte.

In Mexiko spaltete sie sich in zwei Frauen. Während des Tages trug sie als »Pastorengattin« sogar in der Mittagshitze dunkle Farben. Oder schneeweiße Kleider an Festtagen, wie manche der Indianerinnen. Nachts trug sie überhaupt nichts. Ach, Gott schert sich doch nicht darum, was ich trage, sagte sie in der ersten Nacht, in der wir zusammen schliefen und ich von ihrer nackten Schönheit überwältigt, aber auch zutiefst verstört war. Er muß schließlich alles mögliche ertragen, uns eingeschlossen. Ich hätte die Diskussion weitertreiben können. Aber sie besaß nicht einmal ein Nachthemd. Doch dann fand sie etwas und hielt es vor sich. Es sah ganz brauchbar aus und hatte die Farbe von gedünstetem Lachs. »Fleischfarben« stand auf dem Etikett. Es hatte Korsettstäbe. Soll ich in diesem Unterrock schlafen, den mir deine Mutter geschenkt hat? fragte sie. Und drapierte stirnrunzelnd das häßliche Gebilde um ihre Pfirsichhaut.

Susannah war von den gigantischen Tontöpfen fasziniert, die die Frauen in großen Mengen herstellten. Manche waren so groß, daß sie den Kopf hineinstecken konnte. Die Mundo-Frauen benutzten nur drei Farben: ein erdiges Rot, das aus dem einheimischen Lehm gewonnen wurde, für das Gefäß selbst und als Dekoration das Schwarz der Kohle und das Weiß des Kalks, das nach dem Brennen nicht mehr weiß, sondern grau war. Die Gefäße der Mundo zierten nur wenige Muster; ihre Schönheit lag in der glatten Oberfläche, der gelungenen Symmetrie. Der Nützlichkeit. Die rauhen, unbehandelten Gefäße, die sie ebenfalls herstellten, wurden mit Streifen aus Ziegenfell umwickelt, mit Getreide gefüllt und auf die Rücken der Esel gebunden, die sie hinunter zum Markt trugen, wo sie verkauft wurden.

Wir waren da, als die Eisenbahn bis auf eine Tagesreise Entfernung in ihr gebirgiges Land vordrang, nachdem der Schienenbau fast ein Jahrhundert zuvor in Mexiko begonnen hatte, und wir wurden Zeugen, wie die letzten Esel unter der brennenden Sonne in einer langen, gewundenen Reihe den Berg hinabtrotteten.

Langley lernte von den Frauen das Töpfern. Sie lernte, nach Lehm zu graben, ihn zu reinigen, ihn zu teilen und zu langen Wülsten zu formen, aus denen alle Gefäße entstanden, und dann vor ihrem Werk zu knien, während es wie durch Zauber aus dem niedrigen Graskorb emporwuchs. Dabei lugte ihr wie bei den Indianerfrauen oft vor lauter

Konzentration die Zungenspitze aus dem Mundwinkel. Das Formen von Gefäßen käme ihr vor wie ein Gebet, sagte sie, vor allem sei das bei den allerersten Lektionen der Fall gewesen, bei denen sie darum gebetet hatte, daß ihre glitschige, wackelige Konstruktion nicht in sich zusammenfallen möge. Natürlich, sagte sie, mußten die primitiven Menschen, wenn sie ihren Müttern beim Töpfern zusahen, annehmen, daß Gott die Menschen aus Lehm erschaffen habe. Nur warum sie sich, wo sie doch ihre Mütter bei der Arbeit sahen, Gott als Mann vorstellten, wollte ihr überhaupt nicht einleuchten.

Von meinem Arbeitszimmer aus, in dem kleinen Haus, das man uns zur Verfügung gestellt hatte, beobachtete ich sie durch das Fenster. Susannah und ihre Mutter wollten unbedingt etwas Neues lernen. Begeistert stellten sie fest, wie souverän die Frauen ihre Fertigkeit beherrschten, die für alle lebenswichtig war. Denn in ihren Gefäßen wurden die Nahrung und die Getränke des Stammes aufbewahrt. Und Maggie durchstreifte unterdessen die Trockentäler in Begleitung ungebärdiger Indianerjungen, die ihr so manche für eine Frau unerläßliche Dinge beibrachten wie zum Beispiel von einem mächtigen Felsblock zum anderen zu springen, ohne sich ein Bein zu brechen. Und zu rennen wie der Wind, wie sie selbst es konnten.

Sie war mir ein Rätsel. Ich sehnte mich nach Orientierungshilfen. Es schien notwendig, sie zu zähmen, obwohl offenbar weder die Indianer noch meine eigene Familie das für nötig hielten. Die Indianer, glaube ich, bewunderten sie. Mit zehn ähnelte sie sogar äußerlich ihren Söhnen. Ihre eigenen Töchter allerdings glichen eher Susannah, waren zurückhaltend, an Frauensachen interessiert. Nicht eine war so wild wie Mac Doc, wie Maggie inzwischen hieß. Sie wollte sich Mad Dog, Toller Hund, nennen lassen, aber das ging mir dann doch zu weit.

Mac Doc. Meine Tochter Mac Doc. In der Pubertät begann ich sie von ihren Freunden, den wilden Jungen, fernzuhalten. Manche von ihnen nahmen bereits ihre Weiblichkeit zur Kenntnis und versuchten, sie zu beschützen. Sie nahmen sie wahr, weil meine Tochter eine Veränderung zur Schau trug, mit der sie es nicht aufnehmen konnten. Bildeten sich bei ihnen etwa Knospen auf der Brust wie bei ihr? Nein! Wuchsen ihnen Haare auf dem Unterkörper wie bei ihr? Nein! Na also, dann waren sie noch Kinder. Und keine Frauen. Bloß kleine grüne Jungs!

In dem Zimmer, das sie mit Susannah teilte, saß sie weinend und fluchend über ihren Hausaufgaben. Wenn die wilden Jungen sie holen wollten und mich verwirrt und gekränkt ansahen, schickte ich sie fort. Ich bestand nun darauf, daß sie Magdalena genannt wurde.

Das war einer der Gründe, weswegen Langley und ich uns stritten. Sie war nicht wie ich der Meinung, daß Magdalena falsch handelte, wenn sie ihren natürlichen Impulsen folgte.

Aber wenn sie nun schwanger wird? sagte ich. Stell dir vor, was das kostet, alle jungen Männer im Dorf mit Kondomen zu versorgen!

Meine Frau schwieg. Mein Urteil über unsere Tochter enttäuschte sie. Es war ein äußerst beredtes Schweigen, das ich inzwischen zu deuten gelernt hatte. Es hieß: Warum bin ich eigentlich mit dir zusammen? Schließlich sagte sie: Aber mir kommt es nicht so vor, als ob Mad Dog mit irgend jemandem schlafen wollte außer mit ihrer Schwester.

Das war so typisch für Langley. Sie verschloß die Augen

vor dem Offensichtlichen und fiel mir auch noch in den Rücken.

Magdalena, sagte ich.

Ja, sicher, sagte sie. Verstehst du denn nicht, daß es keine Magdalena mehr gibt? Es gibt auch keine Maggie mehr. Magdalena und Maggie sind vorbei.

Aber so haben wir sie genannt, sagte ich.

Ja, sagte Langley, und allem Anschein nach, bevor wir wußten, wer sie ist.

Sie kann jedenfalls nicht Mad Dog heißen, sagte ich. Sie ist die Tochter eines Geistlichen!

Aber tolle Hunde hält man hierzulande für weise, sagte meine Frau. Vielleicht hättest du uns nicht herbringen sollen. Sie seufzte und nahm meine Hand.

Du mußt mit Mad Dog reden, sagte sie, und ihr erklären, warum sie nicht gleichzeitig Mad Dog und deine vernünftige Tochter sein kann.

Ich versuchte es.

Inzwischen war Maggie, Magdalena, Mad Dog, MacDog fünfzehn geworden. Und größer als ich. Abgesehen von einigen Sommern, die sie und Susannah bei ihren Großeltern in Long Island verbracht hatten, war sie in der Sierra Madre aufgewachsen. Sie war eine schweigsame, grüblerische junge Frau geworden, die fast ausschließlich an Büchern Freude fand. Das gefiel mir. Nicht das Schweigen, nicht das Grübeln, aber die Ruhe. Wenn sie an ihrem Schreibtisch oder unter einem Baum oder im Schatten eines Felsblocks im Garten saß und las, sah sie, vor allem aus der Ferne, sehr damenhaft und gesittet aus. Weil sie weniger aktiv war, nahm sie zu, und ihr Gang wurde schwerfälliger; Langley machte sich deswegen Sorgen, ich war nicht weiter beunruhigt.

Sie ißt viel mehr als früher. Hast du das nicht gemerkt? fragte meine Frau.

In meinem Bemühen, Zuneigung zu zeigen, häufte ich ihr manchmal Essen auf den Teller.

Ich überwachte ihre Kleidung. Ihre Kleider waren lang. Hochgeschlossen.

Du bist bald sechzehn, sagte ich. Eine Frau. Dann kannst du dir einen neuen Namen aussuchen. Ich sah sie von der Seite an. Der Weg, auf dem wir spazierengingen, war jetzt im späten Frühjahr von einem Teppich aus kleinen blauen Blumen bedeckt, die nach jedem Regen aufsprangen. Vor uns ragten die Berge in dunstigem Violett und schroffem Blaugrau eindrucksvoll auf. Ich sagte mir, daß sie in dieser herrlichen Umgebung praktisch ihr ganzes Leben verbracht hatte. Diese Schönheit mußte eine ungeheure Wirkung auf ihre Seele haben und würde ihr in den künftigen Stürmen des Lebens bestimmt Halt geben.

Ich weiß, daß wir bald nach Hause fahren. Soll ich mir deshalb einen neuen Namen suchen?

Das war tatsächlich der Grund. Und ich bestätigte es ihr. Auf Long Island, in Sag Harbor, wirst du einen Namen brauchen, mit dem andere etwas anfangen können. Deine Cousinen zum Beispiel. Sie verzog das Gesicht. Sie mochte ihre Cousinen nicht, die in ihren Rüschenkleidchen steif und ungerührt wie Puppen dasaßen und vor sich hinstarrten. Sie hatte immer das Bedürfnis gehabt, ihnen Dreck auf die Kleider zu schmieren. Und es wahrscheinlich getan.

Ich werde mich June nennen, sagte sie.

Ich war überrascht. So hießen keine Menschen, so hieß ein Monat. Aber der Name klang feminin, weich. Sie hätte einen schlimmeren wählen können.

Und wenn dir das nicht gefällt, fuhr sie fort, nenne ich mich Juli.

Oh nein, lachte ich und versuchte, ihr den Arm um die Schulter zu legen, doch sie wich mir aus. Ein großartiger Name! Und es ist der Name des Monats, den wir gerade haben!

Ja, sagte sie trocken, ohne meinen Blick zu erwidern.

Ich glaube, wir wissen nicht, daß wir unsere Töchter verloren haben, bis sie fort sind. Aber vielleicht sollte ich bescheiden sein und nur für mich selbst sprechen. Als wir von unserem Spaziergang in den Bergen zurückkamen, merkte ich schon, daß mir etwas fehlte. Ich spürte eine Leere um mein Herz, einen Mangel. Der Sieg war leicht gewesen. Zu leicht. Mir war klar, sie mußte Pläne geschmiedet haben, wie sie sich der Fessel eines neuen Namens entziehen konnte, aber am Ende hatte sie kampflos aufgegeben. Was hatte das zu bedeuten? Und warum war es mir gleichgültig?

Von da an nannten wir alle sie June. Das ist ohne Frage ein schöner Name. Elegant. Voller Geheimnisse, Wärme. Ein Versprechen. Vieles war in ihm enthalten – die Feuchtigkeit, die Leichtigkeit, die Fülle des Sommers. Der Juni steht immer am Beginn des Überflusses. Manches davon teilte ich ihr mit. Ich erwähnte berühmte Dichterinnen, Musikerinnen und Malerinnen, die diesen Namen trugen. Aber meine Tochter lächelte mittlerweile nur noch, wenn ich sprach, ohne daß sie dabei ihre spitzen weißen Zähne zeigte. Ich hatte das Gefühl, sie tolerierte mich, aber sie ließ mich nicht an sich heran. Als wir packten, um für immer aus den Bergen wegzuziehen, summte sie eine heidnische Melodie. Etwas über die Einheit des unbekleideten menschlichen Körpers und des nackten Himmels. *Por la luz, por la luz* … durch das Licht, durch das Licht, lautete der melancholische Refrain.

Dieses Lied war in unserer Kirche nicht gestattet. Unsere Kirche war eigentlich eine kleine weiße Kapelle, deren Inneres die Besucher durch das lebhafte Blau, Grün und Gelb der Wandgemälde in Erstaunen versetzte. Über allem ein Sternenhimmel. Darunter Maisfelder, deren Reihen auf die Fenster zustrebten. Über der Kanzel große grüne Wassermelonen mit rotem Fleisch, aus dem der Saft tropfte, und mit schwarzen Samenkernen, die als Augen gemalt waren. Niemand wollte für diese Gemälde im Inneren der Kirche, das sich von ihrem Äußeren unterschied wie die Nacht vom Tag, Anerkennung erhalten oder sich auch nur als ihr Schöpfer zu erkennen geben. Dennoch verblaßten sie nie. Als meine Vorgesetzten aus Long Island kamen, um den Zustand der Mission in Augenschein zu nehmen, waren sie entsetzt. Heiden, bemerkten sie naserümpfend. Mich störten die Bilder nicht. Ich fühlte mich an die Sommer erinnert, die ich auf der Farm meiner Großeltern in North Carolina verbracht hatte. An die saftigen Maisfelder, den dunklen, bestirnten Nachthimmel, den geradezu überirdisch köstlichen Geschmack der Wassermelonen meines Großvaters. Die Wandgemälde in der Kirche bewirkten, daß ich mich weniger einsam fühlte, wenn ich gegen den blasphemischen und unerwünschten Gedanken ankämpfte, daß mehr Menschen auf der ganzen Welt an Mais und Melonen Gefallen finden als an Christus.

Manche ihrer Gesänge waren in der Kirche zugelassen. Und viele bekannte Kirchenlieder – »Voran, Soldaten Christi« beispielsweise – wurden in ihre Sprache übersetzt. Dies schien nur angemessen, da wir uns schließlich auf ihrem Gebiet befanden. Nicht aber das Lied, das June sang, und das die sinnliche Einheit mit der Schöpfung verkündete, ohne einem Schöpfergott zu danken. Ich hatte es nur einmal zuvor gehört, im Monat unserer Ankunft vor zehn Jahren. Es war eigentlich eine Art Sprechgesang, monoton und voller Wiederholungen wie all diese Gesänge. Auf die Mitglieder des Stammes übte er eine hypnotische Wirkung aus, als würden sie davon an einen Ort versetzt, in dem sie ihre Aufmerksamkeit nicht mehr, wie in der Kirche, auf die verwirrenden Ideen, Bräuche und Lebensläufe von Fremden richten mußten, die in der Bibel, einem Buch, das sie nicht besonders fesselte, beschrieben wurden. Das Lied existierte nicht in schriftlicher Form. Wie hatte sie es gelernt? Was bedeutete es? Sangen die Leute das Lied immer noch bei geheimen Zeremonien? June wußte offenbar Bescheid. Und wußte ebenso, daß ich es nicht wußte. Darin offenbarte sich ihre Macht. Macht hatte sie nicht nur über den Gott, den wir diesen Menschen hatten bringen wollen. Macht hatte sie auch über mich.

Zweige

Erst viel später erfuhr ich, daß Susannah vor der Schlafzimmertür stand, als Daddy mich bestrafte. Es muß für sie so unbegreiflich gewesen sein wie für mich. Ich wußte, daß ich ungehorsam gewesen war, aber er war schließlich ein Mann der Kirche, oder jedenfalls legte er sich mächtig ins Zeug, um dafür gehalten zu werden. Er hatte sich sogar mit der Zeit selbst vom Prediger zum Geistlichen befördert und trug jeden Tag Schwarz. Es sei sein Beruf, hatte er mir und Susannah erklärt, anderen Leuten ihre Sünden zu vergeben. Durch die langen weißen Kleider und die Spangenschuhe, die er für mich bestellt hatte, und die hübschen bunten Schals, die er bei den Webern im Dorf kaufte, glaubte er sicher, er hätte mich im Griff. Aber er verstand nicht, warum ich so leidenschaftlich gerne ritt und besonders auf Vado, dem schwarzen Hengst, der Manuelito gehörte. Und als klar wurde, daß ich aus dem Nest geflüchtet war, hatte er natürlich keine Ahnung, wo er suchen mußte. Offensichtlich hatte ich nach Belieben kommen und gehen können, obwohl die Tür verschlossen war. Er wußte nicht, daß sogar Susannah, sein süßes Zuckerpüppchen, mit mir unter einer Decke steckte und ihn angelogen hatte. Oh liebster Daddy, wie sie ihn triefend vor Sentimentalität nannte, unsere Magdalena schläft. Oh, liebster Daddy, unsere Magdalena ist auf dem Klosett. Oh, liebster Daddy, sie hatte Bauchkrämpfe und ist wohl in Ohnmacht gefallen.

Aber am letzten Tag schlich ich mich nicht davon. Manuelito und Vado erschienen auf einer Anhöhe, die ich von meinem Fenster aus sehen konnte, und während meine Familie beim Mittagessen saß, ging ich zu ihnen hinaus. Ich raffte den langen Rock und zog ihn bis auf die Oberschenkel hoch und Manuelito beugte sich im Sattel zu mir herunter. Wir waren gleich braun, und hatten beide die gleichen dunklen, unerschrockenen Augen. Unsere Seelenverwandtschaft hatten wir schon am Tag meiner Ankunft vor so vielen Jahren erkannt. Manuelito hatte mich in die Seite gezwickt, während Daddy mit einem Frosch im Hals sein erstes Gebet sprach, das er unterwegs im Auto auswendig gelernt hatte und an das er ganz offensichtlich nicht glaubte. Und ich hatte Manuelito mit meinen ledersohlten amerikanischen Schuhen fest auf den nackten Fuß getreten.

So war das mit uns. Keine Tränen, jede Menge Schmerzen. Wir sprachen nicht davon, daß wir uns liebten. Nein. Das war überhaupt nicht unsere Art. Statt dessen entdeckten wir gemeinsam Vogelnester, überwucherte Pfade, vergiftete Brunnen, Aasgeiermahlzeiten, junge Klapperschlangen, im Frühling ein Tal voller Glockenblumen. All das geschah fast wortlos. Wenn wir uns berührten, dann mit einer beiläufigen Selbstverständlichkeit wie etwas, das einem nur in diesem Augenblick gehört. Aber wenn Manuelito auch nur eine meine widerspenstigen Locken streifte – denn in Mexiko machten wir uns nicht die Mühe, die Haare zu glätten –, dann durchzuckte mich diese scheinbar unbeabsichtigte Berührung wie ein Stromstoß von Kopf bis Fuß.

Der Ort, zu dem wir ritten, war uns vertraut. Im Grunde war er unser Zuhause. Wir gingen nach Hause. Wir gingen in unser Haus. Noch heute liebe ich es, so darüber zu denken. Es war eine niedrige Höhle am Berghang.

Ein verkümmerter Strauch verdeckte den Eingang. Doch von innen konnte man durch den Strauch hindurchsehen, und so hatte unser Wohnzimmer einen Ausblick auf das Tal. Und in unserem Garten wuchsen im Frühjahr die Glockenblumen.

Wir möblierten unser Haus mit nichts als einer Decke, die wir hinter Steinen versteckten, und einem Krug Wasser, den wir jedesmal, wenn wir kamen, aus Manuelitos Ziegenlederflasche auffüllten. In unserem Haus wurde ich bei meinem Namen genannt. Magdalena. Nur wenn Manuelito ihn aussprach, hatte er den richtigen Klang. Er sagte ihn leise. Und mit so viel Achtung! Er sagte, ihm gefiele sein Klang besonders gut, wenn er ihn wie ein Gebet an meiner Klitoris flüsterte. Wenn sein Mund dort meinen Namen modellierte und ich den federleichten Hauch seines Atems spürte, fühlte ich mich in meiner Ganzheit erkannt. Alles in mir, und das umfaßte auch meine Seele, überließ sich seiner Umarmung. Manuelito, mein Liebster, mein *angelito,* mein hübscher, hübscher Junge, flüsterte ich zurück. Und das Licht und die Berge und die Glockenblumen … das alles waren wir.

Ich hätte schon mit vierzehn schwanger werden können, hatte ich gedacht, denn damals hatte ich mich das erste Mal zu Manuelito gelegt, der ein Jahr jünger war als ich. Aber als ich ihm das später erzählte, lachte er und sagte nein, ein Jahr lang hätten wir nur unbeholfen herumgespielt, denn er hätte nicht recht gewußt, was er tun sollte. Alles, was wir machten, gefiel mir, und es genügte mir, nahe bei ihm zu liegen und an seinen Mundwinkeln zu knabbern oder seine Augenlider zu lecken. Seine Wimpern waren so lang, daß sie sich, wenn er die Augen schloß, wie kleine schwarze Fächer ausbreiteten.

Mit fünfzehn hätte ich dann tatsächlich ein Kind von

Manuelito bekommen und meinen Vater damit in Verlegenheit bringen können. Aber da hatten sein Vater, seine Onkel und seine älteren Brüder ihm schon beigebracht, was alle Jungen bei der Initiation lernten: wie sie es machen mußten, damit die Frau nicht schwanger wurde. Ich war in Sicherheit. Es fühlte sich an wie eine Huldigung. Daß ich so umsichtig, so achtsam behandelt wurde, daß ich wußte, er würde sich genau im richtigen Augenblick zurückziehen, auch wenn ich ihn festhielt. Und weil ich in mir und meiner Reaktion auf Manuelito ein so tiefes Vertrauen und Begehren empfand, fühlte ich mich heilig, als würde unsere Liebe einen magischen Kreis um uns ziehen, mich mit einem Mantel der Unsichtbarkeit umhüllen, wenn ich gezwungen war, nach Hause zurückzukehren.

Manuelitos weiche Zunge auf meinen Brustwarzen, seine sanften Worte in meinen Ohren, sein kräftiger Penis, der sich in mir bewegte. Die Schönheit seines braunen Körpers über mir, der die dunkle, manchmal sehr kalte Höhle wärmte. Das Licht, das durch unseren Wächter, den Strauch, hindurchflutete bis in unseren Raum. All diese Bilder bewahrte ich in mir für später, wenn ich wieder im Norden sein würde. Ein braunes Mädchen, dessen Vater Prediger war und das die ungewöhnliche Erfahrung machte, Jahre seines Lebens in den entlegenen Bergen Mexikos zu verbringen.

Diesmal wußte mein Vater Bescheid. Ich frage mich, ob er es auch früher schon gewußt hatte. Denn er hatte etwas Gerissenes an sich, eine Art listiger Bosheit. Vielleicht hatte er absichtlich bis kurz vor unserer Abreise aus den Bergen gewartet, bis er die Konfrontation suchte. Manuelito hatte mir einen silbernen Gürtel geschenkt – oder besser gesagt einen Ledergürtel, der mit kleinen, silbernen Plättchen besetzt war. Er hatte ihn selbst gemacht. Er lag bei mir im Bett, unter dem Kopfkissen. Mit ihm vollzog mein Vater seine Strafe.

Es ist keine ungewöhnliche Geschichte. Jetzt weiß ich das. So züchtigen Väter ihre Kinder auf der ganzen Welt, jeden Tag. Aber damals wußte ich das nicht. Ich war wild, das stimmte. Ungehorsam. Eigensinnig und halsstarrig. Aber ich verstand seine Gewalt nicht, nachdem ich gerade so viel Genuß erlebt hatte. So viel Sanftheit. Wenn er es gewußt hätte, wenn ich es ihm hätte erzählen können, glaubte ich, hätte er sich für mich gefreut. Wenn er mich wirklich liebte, wie er oft behauptete. Aber nein, er verprügelte mich schweigend. Ich hielt schweigend stand. Ich schickte meinen Geist aus dem Fenster hinaus auf den glänzenden Rücken von Vado, und meine Arme umschlangen Manuelitos Hüfte. Wir flogen unseren Lieblingsweg entlang durch die Berge, und Glockenblumen leuchteten zu unseren Füßen. Anscheinend schluchzte Susannah für uns beide, vor der Schlafzimmertür kniend, ein Auge am Schlüsselloch. Hinter ihr packte meine Mutter in der Pose tugendhafter Resignation ihre Koffer. Wieder einmal verkündete sie, sie werde meinen Vater wegen seiner Sturheit verlassen.

Sie hat es nie getan.

Nach der Tracht Prügel war sie zu mir liebevoll und zu ihm mehrere Wochen lang abweisend. Dann glätteten sich die Wogen wieder. Das Klima in unserem Haus – einem geräumigen, von Rasen umgebenen Kasten in Sag Harbor – wurde wieder normal. Schließlich zog er wieder in das große Schlafzimmer, in dem sie nachts alleine geschlafen hatte. Geräusche drangen aus diesem Raum, Stimmen, bis spät in die Nacht hinein. Innerhalb eines Monats oder weniger hatte mein Vater durch seine Liebe meine Mutter wieder zu sich zurückgeholt.

Aber mit der lieben kleinen Susannah am Schlüsselloch war etwas passiert. Es kam mir vor, als wäre sie bei ihrem heimlichen Blick durch das Schlüsselloch in unser einfaches Mädchenzimmer Zeugin geworden, wie sich ihr sanftmütiger, einfühlsamer Vater in Godzilla verwandelt hatte. Sie ließ sich von ihrem Daddy nie wieder zurückgewinnen. Mit der Zeit, als ich verstand, wie unbarmherzig der zarte Zweig in jenem Augenblick des ungläubigen Entsetzens verbogen worden war, entstand die Rache an meinem Vater, eine so subtile Rache, daß Susannah dreißig Jahre lang nicht begriff, welcher Schaden auch ihr dadurch zugefügt worden war. Und meinem Vater sollte es nie wieder gestattet werden, sein Lieblingsbäumchen wirklich zu kennen oder an ihm Freude zu haben.

Zwillinge

Susannah schreibt einen Roman über die Beziehung zu einem Mann, den sie nach ihrer Ehe mit dem Griechen kennenlernte. Aber sie hat Probleme. Sie kann keine Sexszenen schreiben. *Leg los!* schreie ich ihr vom himmlischen Spielfeldrand aus zu. *Los doch, schreib endlich über Sex!* Und wenn es nur die kopulierenden Hunde sind, die du als Fünfjährige in Mexiko von deinem Zimmer aus gesehen hast: Du hast geglaubt, es seien Zwillinge, du hast gedacht, so ineinander verhakt sein bedeutet Zwillinge sein. Deine Mutter und ich haben darüber gelacht, und ich weiß noch, daß ich deinen kleinen Verstand sehr süß fand. Oder denk an die Giraffen mit den schornsteinlangen Hälsen, die du Jahre später dabei beobachtet hast. Du hast hingestarrt und angefangen, dir Luft zuzufächeln. Dein Liebhaber hat in sich hineingelächelt. In jener Nacht hat er dich schockiert und erregt, als er von hinten in dich eindrang. So etwas Besonderes ist es nun auch wieder nicht! will ich ihr zurufen. Denn ich sehe, wie gehemmt sie in diesem Punkt ist, wo sie doch völlig frei sein sollte, und wie sehr die Erinnerung an das verschlossene Gesicht ihrer Schwester und das pfeifende Geräusch des Silbergürtels sie nach all den Jahren noch verstört. Und was hat sie in meinem Gesicht gelesen, welche Botschaft über die Konsequenzen von brennender Leidenschaft und ekstatischem Sex?

Ritual

Wenn ein Mann kein allzu schweres Verbrechen begangen hat, ist es nicht unmöglich, daß er mit Hilfe seiner Liebe in die Arme seiner Frau zurückkehrt. Leichtes Spiel hat er, wenn sie krank, erschöpft oder auf irgendeine Art geschwächt ist. Als wir die Berge verließen, war Langley das alles. Sie empörte sich darüber, wie ich mich unseren Töchtern gegenüber verhielt. Über meine Annahme, Susannah sei die reine Unschuld und Magdalena eine Herumtreiberin. Sie hatte das Haus und ihre Freunde in Long Island zurückgelassen und war unserem gemeinsamen anthropologischen Leitstern nach Mexiko gefolgt. Dort hatte sie sich pflichtbewußt als Pastorengattin verkleidet. Und sogar fröhlich in Sünde gelebt, als ich mich selbst zum Geistlichen befördert hatte. Sie war, wie es ihrer Natur entsprach, über diese Rolle hinausgewachsen und zu einer heiteren und willkommenen Erscheinung unter den Frauen im Dorf geworden, hatte Freundinnen gefunden, die sie liebte und deren sämtliche Lebensaspekte sie getreu aufzeichnete.

Ihr Opfer bestand darin, das isolierte Leben fernab von Verwandten und Freunden auf sich zu nehmen, auf ihre Tageszeitung, die *Times*, zu verzichten und sich mit der Abgeschiedenheit unserer herrlichen Wildnis hoch oben in der dünnen Luft, die wir liebten, abzufinden.

Ich selbst bereute tief, daß ich das Kind geschlagen hatte. In der Einsamkeit meiner Verbannung, allen meinen Mädchen entfremdet, Langley ebenso wie June und Susannah, sann ich über mein Vergehen nach. Ich fand keine Entschuldigung. Ja, das Kind war eigensinnig, ungehorsam. Von Geburt an. Die Vorstellung, daß ein Kind ohne Makel auf die Welt kommt, ist lächerlich. Als Magdalena zwei war und wir sie mit Schuhen vertraut machen wollten, widersetzte sie sich. Mit fünf sagte sie ein endgültiges »Nein danke« zu Haferflocken. Mit sechs wollte sie vorne an ihren Hosen einen Reißverschluß, wie ich einen hatte. Und dann erregten die roten Hosen mit Reißverschluß, die Langley gefunden hatte, ihren Unwillen. Ihrem kindlichen Geist – doch nach wie vielen früheren Leben als intelligentes Wesen!, würden meine Freunde, die Mundo-Schamanen sagen – erschienen sie nicht seriös genug. Schließlich trug ich nie rote Hosen!

Ich betete. Wer sein Kind liebt, der hält es stets unter der Rute. Das sagt man und schluckt den spontanen Widerspruch hinunter. Erstickt die Stimme, die die Rute haßt. Hätte nie von allein die Rute in Betracht gezogen. Etwas in mir, fand ich heraus, folgte Ideen, Glaubenssätzen, Erlässen, die noch vor meiner Geburt entstanden und wirksam geworden waren. Und dieses »Etwas« war wie eine verinnerlichte Stimme, eine Stimme, die meine eigene übertönte. Neben der meine Stimme immer schwächer klang. Immer unterwürfiger. Und als ich mir gestattete, über diese Unterwürfigkeit nachzudenken, kam es mir vor, als sei ich spirituell kastriert worden. Und ich dachte über die Blicke nach, mit denen Langley, Magdalena und sogar die stets fügsame Susannah mich manchmal bedachten. Traurige und enttäuschte Blicke. Daddy, schienen die Mädchen zu fragen, wo ist deine Lebenslust geblieben? Langley schien sich damit abgefunden zu haben, daß sie fehlte.

Wie lange es dauerte, bis ich herausfand, daß es mein wahres Ich war, das fehlte! Daß ich mich neben den Männern aus dem Mundo-Dorf, lange bevor wir ohne Mühe mit ihnen sprechen konnten, wie ein Schatten ausnahm. Es lag nicht, wie ich angenommen hatte, daran, daß ich einen langen, schwarzen Rock, schwarze Hosen und einen schwarzen Hut trug, die meinen Beruf als Seelenhirte kundtaten. Nein, auf sonderbare Weise war ich selbst, war meine Persönlichkeit ausgelöscht. Ich war ein Mann, der volltönende Worte von sich gab, in seinem Privatleben aber wie ein Automat handelte.

Nur nicht in ganz privaten Momenten mit Langley. In ihrer Gegenwart fühlte ich mich gefestigt. In ihren Armen. Besonders in ihrem Lachen, in der Art, wie sie im Schlaf alle Rollen ablegte und nur noch nackt war. Ich liebte sogar ihr Schnarchen, obwohl sie entsetzlich verlegen war, wenn sie aufwachte und merkte, daß ich sie anschaute. Dann packte sie ein Kissen und rammte es sich über den Kopf. Und ich zog es weg und balgte mit ihr. Ihr warmer nackter Körper war das Feuer des Lebens. Ihr Atem der Atem des Lebens. Und wenn sie krank und müde und schwach war, wenn sie vor Frustration weinte oder so wütend war, daß sie Stühle nach mir warf – dann liebte ich sie so sehr, daß ich fürchtete, die Stimme in meinem Kopf zu vergessen, sogar die Stimme, die ich als »Gott« zu erkennen begann.

Wir hatten uns vor der Heirat darauf geeinigt, niemals gegen unser Kind die Hand zu erheben. Wir glaubten an Erziehung durch Vernunft und Konsequenz; wir hielten nichts von körperlichen Strafen. Das war uns so wichtig gewesen, daß wir jahrelang darüber diskutiert hatten, bis Langley es für ungefährlich hielt, ein Kind zu bekommen. Als ich ihre älteste Tochter so heftig schlug, daß wegen der Plättchen an dem verdammten Gürtel sogar Blut floß, hatte ich sie restlos verraten.

Wir sind in der Sklaverei geschlagen worden! schrie sie und weinte, als würde ihr das Herz brechen.

Sie weinte jede Nacht und ließ mich nicht in das große Schlafzimmer mit den Gazevorhängen, die sich in der schwülen Sommerhitze leicht bauschten. Und jede Nacht, sobald die Mädchen eingeschlafen waren, schlich ich mich an ihre Tür. Ich kniete vor der verschlossenen Tür und flehte sie an.

Verzeih mir nur, sagte ich. Mehr erwarte und verdiene ich nicht.

Bitte weine nicht, sagte ich. Und weinte jetzt selbst. Ich bin nicht eine einzige Träne wert, die aus deinen schönen Augen rollt.

Zerbrich nichts Wertvolles mehr, sagte ich. Als eine Kristallvase, die wir nicht nach Mexiko mitgenommen, sondern verpackt und gelagert hatten – eine Vase, die sie liebte –, gegen die Tür krachte.

Alles in mir wollte die Tür einschlagen, ihr die wild um sich schlagenden Arme gegen den Körper pressen, sie zum Bett zerren, ihr die Tränen ablecken, aus ihrem schmelzenden Körper trinken und mein ganzes Ich in ihr verströmen.

Aber ich war so niedergeschmettert, daß ich mich nicht von den Knien erheben konnte. Sie hatte gesehen, wie ich mich in ein Ungeheuer verwandelt hatte, wie konnte ich je erwarten, daß sie mir verzieh? Ich schlief an Ort und Stelle ein und wachte unterkühlt und mit verkrampften Muskeln auf.

Wenn sie am Morgen die Tür öffnete, war ihr Gesicht faltig wie das einer alten Frau und von Tränenspuren überzogen; sie schnüffelte an mir, als sei ich ein Haufen unappetitlicher Müll und stieg übertrieben vorsichtig über meine kalten, aschfahlen Füße.

Das nächtliche Ritual schien sich ewig hinzuziehen. Am Tag nannte ich June June. Ich fuhr mit ihr und Susannah zum CVJM, wo sie schwammen und Wandbehänge aus Makramee knüpften. Ich ging mit ihnen einkaufen. Ich fuhr mit ihnen nach Montauk, wo ein alter Freund von mir am äußersten Rand der Insel wohnte, kurz bevor das Land ins Meer überging. Auf den praktisch leeren Straßen brachte ich June das Autofahren bei.

Im Geiste versuchte ich mir ein Leben ohne Langley vorzustellen. Ich konnte es nicht. Denn ohne Langley tat ich alles nur mechanisch, folgte dem Diktat der Stimme in meinem Ohr, der Leere in meiner Seele. Ohne Langley war alles Leben, alles Feuer erloschen. Kein genußvolles Streiten mehr mit dem widerspenstigen Engel an meiner Seite. Keine Überraschungen mehr.

Der Kummer schwächte sie so sehr, daß sie das Gleichgewicht verlor, wenn sie morgens über mich kletterte. Sie aß fast nichts mehr. Ich auch nicht. Ich glaube, wir hatten beide Fieber, denn unsere nächtlichen Strapazen forderten ihren Tribut.

Ich flehte sie an, mich für sie sorgen zu lassen. Sie stieß ein böses Lachen aus. Und warf ihr Haar zurück, das sie nach ihrer Rückkehr aus Mexiko abgeschnitten und geglättet hatte. In ihrem pflaumenblauen Seidenpyjama und den flauschigen Pantoffeln war sie eine andere Frau – was ich verblüffend und fast unerträglich erregend fand. Seit neuestem belegte sie auf dem örtlichen College Kurse in Kulturanthropologie. Es machte mich verrückt, daß ich nicht mit ihr schlafen und bei der Liebe ihre neuen Gedanken kennenlernen konnte.

Ich beschloß, Golf zu lernen.

Es ging nicht. Mir mißfiel die Mütze. Der Wagen. Die Bälle. Und hatte ich nicht irgendwo gehört, daß selbst der

Rasen wegen der Chemikalien, die auf ihm versprüht wurden, giftig war?

Eines Morgens verließ sie ihr Zimmer nicht. Inzwischen hatte ich eine Matratze aus meinem Zimmer gezerrt und nächtigte darauf vor ihrer Tür. Nachdem ich eine halbe Stunde gewartet hatte, ging ich hinein. Erstaunt stellte ich fest, daß die Tür nicht verschlossen war. Sie konnte nicht aufstehen. Als ich das sah, fühlte ich – es ist fast unmöglich, das zu beschreiben –, wie die Mutter in mir hervorbrach und sich der Lage gewachsen zeigte. Augenblicklich sprang ich im ganzen Zimmer umher und kümmerte mich um Langley; ich wechselte die Laken, öffnete die Fenster, zog die Vorhänge zurecht, hob Zeitungen und Bücher vom Boden auf. Unten in der Küche kochte ich Suppe, preßte Orangen aus, röstete Toast. Schickte die Kinder aus dem Haus. Dann kam ich zurück, sah Langley beim Essen zu, zog ihre Bettdecke zurecht und ging in mein Zimmer, um mich anzuziehen.

Den ganzen Tag sah ich ständig nach ihr. Fütterte sie. Ging auf den Markt und kaufte alles, wonach ihr der Sinn stand, denn der Vater in mir liebte es, in die Welt zu ziehen! Und am Abend holte ich alle Schallplatten hervor, die wir im Keller ihres Elternhauses gelagert hatten, bevor wir nach Mexiko fuhren. Die Platten, zu denen wir getanzt hatten, bevor die Stimme in meinem Kopf mich überwältigt hatte, und ich zündete eine Kerze an, nur eine, weil es so heiß war, und Langley hatte sich inzwischen in die Frau zurückverwandelt, die ich kannte. Die Hitze ließ ihre Haare wieder so verrückt abstehen wie immer, und der Schweiß hatte ihren Seidenpyjama ruiniert, und sie wußte nicht, wo die Pantoffeln waren, und war sowieso lieber nackt.

Und dann wartete ich. Wartete darauf, in Langleys braunen Augen, die manchmal wie Kastanien schimmerten, zu sehen, daß sie mich immer noch wollte, mich, den alten Mann, den Sünder, das Ungeheuer, das Vieh. Ob sie sich daran erinnerte, wie sich das Zusammensein mit mir anfühlte. Wie es sich anfühlte, von mir auf das Bett gedrückt zu werden. Auf mir zu reiten. Mich zu schmecken, was sie angeblich liebte, oder meine Zunge auf sich zu fühlen, begierig und konzentriert wie die eines Spaniels. Erinnerte sie sich daran, wie die Liebe in warmen Nächten noch aufregender wurde, weil die Körper aneinander klebten? Weil es lauter und glitschiger zuging und mehr Feuchtigkeit aller Art aufzusaugen war? Und erinnerte sie sich daran, wie ich, während wir uns liebten und sie sich mir ganz öffnete, oft zu ihr sagte: *Baby I love you und nichts klingt erotischer als Baby I love you?*

Nackt, verführerisch, strahlend und fast völlig wiederhergestellt begann sie mir prüfende Blicke zuzuwerfen. Ich spürte es sofort. Sie tat es, als ich ihr den Rücken zugekehrt hatte. Auf dem Weg zur Küche war. Unterwegs zum Einkaufen. Als ich mich bückte, um den Löffel aufzuheben, den sie fallengelassen hatte. Den Löffel, den sie lange und anzüglich mit ihrer rasch genesenden Zunge abgeleckt hatte.

Sie ertappte mich beim Zusehen und lachte. Du bist ein Zungenfetischist, sagte sie.

Gnade

Einen Menschen viele Jahre hindurch lieben – mehr brauchen wir nicht, um zu lernen, wie wir ihn durch Liebe von überall her zu uns zurückholen können.

Ein Todesfall in der Familie? Was für eine wunderbare Gelegenheit! Das jedenfalls galt für uns und bewahrheitete sich beim Tod ihres jüngeren Bruders Jocko. Warum er Jocko hieß, wußte niemand, denn er war kein Sportler. Als Kind hatte er sich Zorro, den geheimnisvollen maskierten Helden des mexikanischen Westens, zu seinem Vorbild erkoren. Wie Langley erzählte, hatte er sich ein Cape und eine Maske genäht und sich einen großen schwarzen Hut besorgt, den er sich tief ins Gesicht zog. Er hatte immer ein Lasso bei sich. Er ritt auf einem unsichtbaren Zauberpferd, das im wesentlichen aus Hufgetrappel bestand.

Und so, sagte Langley, ist er dann laut wiehernd durch die Wohnung geprescht.

Und an Möbel angestoßen? fragte ich.

Nie, sagte sie. Sein Pferd war gut trainiert. Und das ist so geblieben, bis er ins Internat kam. Sie schwieg. Ich frage mich, wer er dort wurde.

Ja, sagte ich. In wen würde sich Zorro auf dem Internat verwandeln?

Und, fügte sie nachdenklich an, wie sollte er die Geräusche dämpfen, die das Pferd verursacht hat?

Einmal besuchte uns Jocko in den Bergen. Er war groß und dünn, hatte kurzgeschnittene Haare und eine schöne Nase. Er lächelte oft und gerne, wie aus einem inneren Bedürfnis heraus. Er verriet uns lediglich, daß er »hinter den Kulissen« von Hollywood arbeitete. Als Spezialist für Stunts und Styling. Was immer das bedeutete. Er fuhr ein schickes, schwarzes Auto und bevorzugte schwarze Kleidung. Abgesehen von seinen Silberstiefeln.

Bei seiner Beerdigung weinte Langley und hielt meine Hand fest. In der Kirche, sagte sie, seien plötzlich Erinnerungen in ihr aufgestiegen: wie sie immer das Edelfräulein in Bedrängnis hatte spielen müssen, das von Zorro ein ums andere Mal gerettet wurde. Und obwohl er ihr, im Gegensatz zu ihrem anderen Bruder, der Tom Mix darstellte, nie die Ehe antrug, so bot er ihr doch seine Freundschaft, die sie – weil er es war und weil er in seinem Cape so umwerfend aussah – für viel beständiger und endgültiger hielt.

Natürlich, flüsterte sie unter Tränen – und in ihre Stimme schlich sich eine Spur Südstaatenakzent, wie immer, wenn sie traurig war – mußte er mich erst in Bedrängnis bringen, bevor er mich retten konnte. Die Tränen flossen reichlicher. Laut schniefend erzählte sie weiter. Wie oft hat er mich gefesselt und geknebelt irgendwo liegengelassen, wo mich nie im Leben jemand gefunden hätte! Mein Gott, es ist ein Wunder, daß ich nicht tot bin!

Beerdigungen sind eine Gelegenheit, die Beschützerrolle auszufeilen, zu vervollkommnen. Die Schulter zum Anlehnen, das Ohr zum Hineinflüstern. Die starke Hand zum Festhalten. Sie bieten die Gelegenheit, deine Frau durch Ruhe, Gelassenheit und Standfestigkeit zu beeindrucken. Auf ihre Seufzer und ihren Kummer einzugehen. Und so weit, wie man meinen könnte, ist es nicht vom Grab zum Bett.

Jocko hinterließ nur seine Asche zur Bestattung und Langley seine Silberstiefel, die ihr wie angegossen paßten. In einem von ihnen hatte er eine Nachricht versteckt:

Phantasie war die Wirklichkeit meines Lebens. Danke, daß du sie mit mir geteilt hast. Als sie nun die Stiefel überstreifte, die Nachricht las und mit den Stiefeln an den Füßen und dem Zettel in der Hand im Schlafzimmer umherstapfte, während ich ihr ein Glas Wein reichte, den Ventilator anstellte und ihr beim Entkleiden half, dauerte es natürlich nicht mehr lange, bis Langley im Unterrock vor mir stand.

Ihre Augen waren vom Weinen gerötet. Das viele Naseputzen hatte die Nase anschwellen lassen, ihre Nasenlöcher waren aufgebläht. Das sorgfältig gekämmte Haar hatte sich selbständig gemacht und stand wie eine stachelige Rose vom Kopf ab. Auch der Puder war streifig geworden. Den Lippenstift hatte sie abgenagt. Durch die Hitze roch sie nicht mehr so frisch wie beim Verlassen des Hauses.

Ach, ihr Lieblingsbruder war gestorben und hatte sie verlassen! Stiefelabsätze knallten. Ein kräftiger Schluck Weißwein. Weg mit den Rosen, sie kann ihren Anblick nicht ertragen. Wo ist ihr Badesalz? Ach, und wie sie aussieht! Wie ein Wrack, wie ein altes Weib! Da, eine Laufmasche! Ach, der Tod. Bestimmt ist sie auch bald tot!

Aber zum Glück für mich bin ich bei diesem traumatischen Ereignis anwesend, und so soll es auch sein. Ich bin da, um zu sagen: Ach, es ist doch nur eine kleine Laufmasche. Und die Rosen stelle ich vor die Tür und dein Badesalz steht genau da, wo es immer steht, neben der Badewanne. Ich lasse dir ein Bad ein. Und hier ist ein Teller mit schwarzen Feigen, ich weiß doch, daß du sie magst. Und soll ich dir noch etwas Wein nachgießen?

Inzwischen bin ich völlig hingerissen vom Anblick meiner aufgelösten, halbnackten Frau, die ihren Unterrock mit viel Mühe auf Kniehöhe hinuntergezerrt hat. Und gleich darauf nicht weniger überwältigt vom Anblick meiner mittlerweile splitternackten Frau, die wieder nach den silbernen Stiefeln greift, die sie in einem Anfall von Verzweiflung von sich gekickt hat. Sie zieht sie an. Betrachtet sich selbst, betrachtet mich im Spiegel hinter dem Bett, sieht das Bett an. Mich. Sich selbst in den silbernen Stiefeln.

Ich bin immer noch vollständig angezogen. Ich weiß, wie gut ich in meinem Anzug aussehe. Ich habe nicht mal meine Krawatte gelockert, wie sie im Süden sagen. Ich kenne diese Frau gut. Wenn sie selbst splitternackt ist, während ich dagegen von Kopf bis Fuß tadellos bekleidet bin, wird sie feuchter als ein Fisch im Teich. Ihre Haut ist jetzt schweißnaß, das weiß ich, und fühlt sich heiß an. Wenn sie auf mich zutritt und sich an meinem Bein reibt, wird sie an meiner Hose eine nasse Stelle hinterlassen. Dieser Gedanke jagt mir einen Schauer über den Rücken.

Nach vielen gemeinsamen Jahren lernst du zu warten. Du willst, daß die Feuchtigkeit da ist. Damit du, wenn du sie da berührst, ein Gefühl bekommst, als würde die Sonne in deinen Lenden aufgehen.

Wie heißt du heute? fragt sie, als sie vor mir steht und mich eingehend betrachtet.

Heute heiße ich … sage ich, ihren Blick erwidernd, fühle, wie die Sonne in mir aufgeht, und hege nur eine ganz kleine Befürchtung, das Falsche zu sagen … heute heiße ich *Ehemann.*

Einen Moment lang ist sie vollkommen still. Ich erläutere: Ich bin Langleys vom Glück begünstigter Ehemann. Ich bin der Mann, der für sie sorgt. Sie lächelt und kommt in meine Arme und legt den Kopf auf meine Brust. Keine Angst, sagt sie leise und stößt ein rauhes Seufzen aus, das ist die richtige Antwort. Und mein Herz verströmt sich um sie, verschwenderisch und warm wie ein Kuß.

Ganz langsam beginne ich, ihren Hinterkopf zu streicheln, an dem die Haare sich um meine Finger ringeln. Ich lasse die Finger ihre Rückenfurche hinabgleiten bis in die Spalte an ihrem Gesäß. Ich ziehe sie an mich.

Jocko ist fort, murmelt sie.

Ich küsse sie ganz leicht, mit einem Kinderkuß, auf den Mund. Auf ihre Buschfrauennase. Meine Hände liegen jetzt auf ihrem Buschfrauenhintern. Ich verweile lange bei ihrem Hals. Ich reibe meine Ohren an ihren.

Plötzlich zieht sie scharf den Atem ein. Weicht zurück. Ich sollte lieber baden, sagt sie. Hält die Hand ins Wasser. Okay, antworte ich, ohne mich zu bewegen. Ohne sie loszulassen. Sie versteht. Seufzt. Entspannt sich. Ich beuge mich vor und sauge ihren Geruch in mich ein, und mein Penis drückt sich wie ein eifriger kleiner Welpe an ihr Bein. Ich lasse in vollkommener Versunkenheit meine Hände über ihre reifen Brüste und die aufgestellten schwarzen Brustwarzen wandern, und als ich meine Finger in den Ort eintauche, an dem alles beginnt, erschüttert mich die Feuchtigkeit des Lebens, die ich dort finde. Ich liebe den Geruch so sehr, daß ich meine ganze Hand damit bedecke und ihn mir ins Haar schmiere.

In diesem Moment nimmt sie, als sei schlagartig das Begehren in ihren Leib zurückgekehrt, buchstäblich stirnrunzelnd vor Verlangen meinen Kopf zwischen die Hände und zieht mich an sich. Sie schiebt ihre Zunge zwischen meine Zähne. Fordernd und mitleidlos. Bis ich kaum noch atmen kann. Sie küßt mich so fest und so lange, daß ich mit zittrigen Knien rückwärts aufs Bett falle. Mit einer Hand hält sie meinen Nacken, mit der anderen scheint sie meine Kleider wegzuschnipsen. Und als sie sieht, wie erregt ich bin, setzt sie sich sofort auf mich und fickt mich weinend. Das ist für Jocko, sagt sie mit schmerzlicher Intensität. Mit den Silberstiefeln, die sie immer noch trägt, kickt sie die Laken weg.

Später setzte sie sich, wieder frisch und munter, fröhlich auf das Bett, in dem ich liegen geblieben war. Einen Krug Orangensaft unter den Arm geklemmt, Toast und Rühreier auf einem blauen Teller balancierend. Während wir das Essen verschlangen – sie war auf dem Weg zu ihrem Kurs –, erzählte sie mir von der blauen Glyzinie, die zum zweiten Mal blühte, genau da, wo sie sich vom Spalier löste und um unsere Tür rankte. Sie hatte geglaubt, Glyzinien würden nur einmal im Jahr blühen, und jetzt blühte diese ein zweites Mal. Unmittelbar nach dem Tod ihres Bruders. Lächelnd zerdrückte sie eine Träne für Jocko. Kaute ihre Rühreier.

Und ich, war ich denn wirklich so erledigt vom Ficken, daß ich die Absicht hatte, den ganzen Tag im Bett zu faulenzen?

Grinsend küßte sie mich auf die Stirn, rümpfte die Nase über den Geruch in meinem Haar und wischte mir Toastkrümel vom Kinn. Wies darauf hin, welches Glück wir hatten, weil ich nur sonntags arbeiten mußte und schwebte mit begnadeter Anmut zur Tür hinaus.

Keine Sorge, mit Daddy ist alles in Ordnung, hörte ich sie zwei Tage später wie durch einen Nebel zu den Mädchen sagen. Er liegt im Bett und liest die Bibel.

Zentimeter

Als ich mir die Mädchen das nächste Mal richtig ansah, waren sie, so schien mir, einige Zentimeter in alle Richtungen gewachsen. Wie auf Geheiß einer unbekannten Amazone unter unseren Vorfahren waren beide jetzt groß genug, um auf uns herabzublicken. Das war eine unerwartete Entwicklung, die mich manchmal verwunderte und beunruhigte. Vor allem June schien es eine perverse Freude zu machen, Essen in sich hineinzustopfen und als Reaktion auf meinen Protest alles, was sie gerade genußvoll essen wollte, weit außerhalb meiner Reichweite hoch über meinen Kopf zu halten.

Zwanzig Küsse

Der Grieche fragt sich, warum seine Ehe gescheitert ist. Er fragt sich das, weil er Whitney Houston singen hört. Sie verspricht, jemanden ewig zu lieben. Ja, aber doch nicht ausgerechnet den, hatte Susannah protestiert. Er befindet sich auf einem Boot im Ionischen Meer in der Nähe der Insel Skidiza, von der er stammt. Das Meer ist, wie die Broschüren sagen, von einem unglaublichen Blau. Heute allerdings ist es eher grün. In einem bestimmten Licht wirkt es türkis. Er erinnert sich aus den merkwürdigsten Gründen an meine Tochter. Unter anderem deshalb, weil sie ihm so viel über sich selbst beigebracht hat, über seine Geschichte, seine Kultur, sein Erbe. Sie hat ihm die Augen geöffnet. Er hatte das alles für überflüssigen Ballast gehalten, der in der Neuen Welt entbehrlich sein würde. Er war bereit, etwas über Bord zu werfen – Kissenbezüge aus Brokat mit Quasten, die irgendeine entfernte Tante selbst genäht hatte, oder einen matten, angelaufenen, verbogenen Silberlöffel, von dem er als Baby gegessen hatte –, und sie hatte ihn aufgehalten: Nein, warte. Ich will ihn anfassen. Laß mich ihn anschauen. Er besaß eine Truhe, die mit Plunder aus seiner Kindheit gefüllt war. Schon allein die Truhe wirkte in Amerika grotesk. Schwer, aus Holz, offensichtlich von ungeschickten Händen geschreinert. Sie erkannte ihre Schönheit. Um ihn daran zu hindern, daß er sie hinauswarf, kaufte sie sie ihm ab. Für einen Dollar und zwanzig Küsse. Küsse, die nach jeder Auseinandersetzung, jedem Streit sorgfältig abgezählt ausgegeben wurden.

Sie war es, die von den Menschen der Antike sprach. Wen meinst du? hatte er gefragt. Und sie hatte gelacht und ihn an seinen drahtigen Locken gezogen. Die Antike kannte kein Wort für blau – in seinen Augen war das ein Beweis für ihre Beschränktheit –, und deshalb beschrieben die Griechen damals die Ägäis und vielleicht auch das Ionische Meer als weinrot. Purpurn. Rot, wie dunkles Blut.

Und so dachte er an sie, während er das Boot in den Sonnenuntergang steuerte und das Wasser sich in Wein verwandelte und er den Rücken des Starlets einölte, dem er nachgejagt war, seit er es in einem Restaurant in Brentwood an der amerikanischen Westküste beim Verschlingen von Tofu-Burgern entdeckt hatte.

Susannah wollte unbedingt nach Griechenland und Skidiza fahren. Sie hatten New York an einem Freitag verlassen und waren am Sonntag in seinem Dorf angekommen, gerade als seine Eltern aus der Kirche nach Hause zurückkehrten. Sie hatten sich wie in eine andere Welt versetzt gefühlt.

Es war ihm unangenehm, daß das Haus seiner Eltern so altmodisch war. Ihn störten die Abflußrinnen an der Straße, der Staub im Hof, der rissige Lehm an den weißen Wänden. Das menschenähnliche Bellen der Ziegen, das Schreien des betagten Esels (der ist wirklich antik, witzelte er). Die rauhen Hände seines Vaters, die Körperfülle seiner Mutter. Susannah schien das alles nicht zu bemerken, sondern sprach statt dessen darüber, wie warmherzig seine Mutter lächelte, wie zärtlich sein Vater den lang vermißten Sohn umarmt hatte. Wie gut die weißen Wände zu dem goldenen Gras und den langen Reihen von Olivenbäumen paßten.

Das Essen war köstlich, wie es immer gewesen war. Gegrilltes Lamm. Ein Salat aus Tomaten, Knoblauch, Gurken, Oliven. Das frische Brot zerging ihnen im Mund. Petros übersetzte. Sie wollten Susannahs Alter erfahren. Eine Frau in den Vierzigern! Sie sah viel jünger aus. Das war Amerika! Ihre Familie, ihre Herkunft. Ob sie Geschwister hatte. Ob sie alle noch lebten. An welchen Krankheiten starben in Amerika die Babys? Petros war überrascht, diese Frage von seiner Mutter zu hören. Als nächstes erzählte sie Susannah, die sich vorbeugte, um ihre Hände zu berühren, daß drei ihrer eigenen Kinder kurz nach der Geburt gestorben waren. An einer Erkältung oder einem Fieber oder einem Husten, der nicht mehr aufhörte. Seine Mutter wischte sich die Augen, als sie von den Toten sprach. Sein Vater wirkte ebenfalls so traurig und hilflos, als hätten sie erst gestern diesen Verlust erlitten. Niemand hatte Petros von seinen toten Geschwistern erzählt, oder er hatte vielleicht früher nicht verstanden, worum es ging. Nun sah ihn seine Mutter zärtlich an, und ihr Blick schien ihn zu liebkosen. Petros und sein Bruder Anand, der sich am liebsten um Menschen kümmert und der eigentlich Priester werden sollte, sind alles, was Gott uns gelassen hat, sagte sie, neigte leicht den Kopf und bekreuzigte sich.

Er war Susannah dankbar, daß sie sie zum Sprechen brachte – diese beiden mürrischen alten Griechen in schwarzen Kleidern (so, nahm er an, mußten sie ihr, der Amerikanerin, erscheinen); er rechnete es ihr hoch an, daß sie ihnen aufmerksam zuhörte. Er konnte sein Glück kaum fassen: er war arm nach Amerika gegangen und hatte eine gebildete Frau aus der Mittelschicht gefunden, die Griechenland liebte und ihm nichts vormachte. Susannahs Interesse an seinen Eltern, an seiner Kultur, schien ihm nicht unbedingt typisch amerikanisch. Nein, mit Amerika, dem richtigen Amerika, assoziierte er Kühle. Auf jeden Fall dachte er an blaue Augen. Und nun saß er hier mit seiner braunhäutigen Frau, deren große braune Augen ebenso ausdrucksvoll blickten wie seine. Daß er sie, die eine dunklere Schwester hätte sein können, anziehend fand, war ihm ein Rätsel und machte ihn gelegentlich wütend.

Es gab einen Tag, vielleicht war es sogar der Abend des Tages nach ihrer Ankunft: Auf dem Innenhof, der sich nach der Hitze des Tages langsam abkühlte, ließen die Sonnenblumen in den Ecken die Köpfe hängen wie schläfrige alte Männer. Sie saßen um einen Holztisch, dem Tisch, in den er als Kind seinen und Anands Namen eingeschnitzt hatte, an jenem Tag, an dem Anand geschworen hatte, Griechenland niemals zu verlassen und er selbst geschworen hatte, so schnell wie möglich wegzugehen, und Susannah trank mit tränenden Augen zum ersten Mal in ihrem Leben Ouzo und knabberte an einer eingelegten Olive. Schau! flüsterte sie ihm aufgeregt zu. Schau dir das an! Sie sah nach unten und deutete auf den Tisch. Sollte er sich die braunen Brotlaibe mit den weichen, weißen Enden ansehen oder die dunklen Oliven auf dem blauen Tonteller, den er noch aus seiner Kindheit kannte? Meinte sie die beiden staubigen grünen Weinflaschen? Die eingelegten Bohnen, die in Öl schwammen? Meinte sie: Schau dir die Pfirsiche an, die tatsächlich himmlisch dufteten? Sollte es heißen: Da, sieh doch, die Pflaumen, saftig und dunkel wie Göttinnen? Aber nein, sie meinte – und zupfte daran: Schau, das Tischtuch!

Das Wachstuch mit weißen, roten und rosafarbenen Hundertblättrigen Rosen auf schwarzem Hintergrund, auf dem all das köstliche Essen ausgebreitet war. Merke es dir, flüsterte sie. Dieses Tischtuch. *Es ist ein Zeichen.* Dann lachte sie und tat, als würde sie ihre Lippen mit einem Reißverschluß versiegeln, womit sie Geheimhaltung signalisierte. Diese Geste und der Ouzo in ihren vom Jetlag verstörten Mägen ließ sie beide laut loskichern, und die alten Leute sahen amüsiert und ein wenig beunruhigt zu ihnen herüber.

Dennoch war das der Anfang vom Ende. Auch wenn sie sich in der Nacht darauf in seinem ehemaligen Kinderzimmer, einem kleinen geweißelten Raum neben der Schlafkammer der Eltern, mit fest verschlossenen Lippen wie zwei Schlangen umeinander bewegten. Küssen war nicht sprechen und deshalb vom Bann ausgenommen. Er ließ sich am Fußende des Bettes auf den Boden rutschen, dankte ihr insgeheim dafür, daß sie seine Eltern liebte und nicht grotesk fand, wie er befürchtet hatte, nahm ihren kleinen braunen Fuß in seine große, blasse Hand und küßte die Fußsohle. Neben dem Bett auf dem Boden sitzend, müde, ein bißchen betrunken, gab er keinen Laut von sich, während er mit seinem Schnurrbart über ihre beiden Fußsohlen strich, hin und zurück, hin und zurück. Das Bett wackelte unter ihrem Gelächter, aber auch sie machte kein Geräusch. Sie spürte, wie sie innerlich warm wurde, wie ihr Körper kribbelte, und dachte: Jedes Spiel führt zu diesem Augenblick.

Durch die Wand hörten sie, wie die Alten sich im Bett bewegten. Sie hörten sie seufzen und dann schnarchen. Da waren sie schon ins Bett geklettert, er lag auf ihr, war in ihr, badete in ihrem Geruch nach Zitronengras und Knoblauch. Er ließ sich auf ihr treiben, sein Penis war ein Stab, ein Zweig des Olivenbaums, nein, der Olivenbaum selbst, dessen Oliven sie liebte. Der Stammbaum, der ganz Griechenland ernährte. Seine Bewegungen in ihr wurden untermalt vom Schnarchen seiner Eltern.

Lange und sanft spielten sie, verbanden Welten, die sich selten zu Gesicht bekamen oder wenn, dann gewöhnlich in Reisekatalogen, Kontinente, die einander so fremd waren wie Mond und Erde. Noch fremder, denn der Mond war wenigstens sichtbar. Kulturen, die nur durch die Herzlichkeit im Auge einer Mutter, den aufmerksamen Blick einer neuen Tochter verbunden waren. Durch den Kuß eines Geliebten. Er spürte, daß sie bald zum Orgasmus kommen würde. Es war, als striche als Vorbote ein leiser Wind um seinen Baum. Und als er herabstürmte, hob er seinen Rumpf, um ihn zu begrüßen, und sein Mund, von einem wilden Schnurrbart wie von einem Blätterkranz umrahmt, öffnete sich noch weiter und lag stumm über ihrem.

Er hatte geglaubt, in dieser Nacht sei sie schwanger geworden. Er hatte den starken Eindruck gehabt, daß sie sich im Einklang mit der Natur befunden hatten. Auf jeden Fall hatte er sich gefühlt, als hätte er in meine Tochter etwas eingepflanzt, das nicht aufhören würde zu wachsen. Wo genau die Empfänglichkeit ihren Ursprung hatte, ob in ihm, in der Freundlichkeit seiner Eltern, dem köstlichen Essen und dem brennenden Alkohol, dem abgewetzten, ausgebleichten Wachstuch oder dem kleinen weißen Zimmer, wußte er nicht. Aber schließlich hatte sie sich in jener heiligen Nacht von ihm abgewandt und war eingeschlafen. Befriedigt. Und doch unerklärlich leer.

Der Grund, aus dem du dich verliebt hast

Sie war neugierig. Eine neugierige Frau. Das war so typisch amerikanisch an ihr. Sie wollte wissen, warum so viele alte Frauen Schwarz trugen. Warum sie respektvoll zur Seite traten, wenn Männer vorbeigingen. Warum wirkten sie bei all ihrer Lebensfreude doch resigniert?

Ihr fiel auf, daß unser Staatsoberhaupt eine große Blonde aus dem mittleren Westen der USA zur Frau hatte. Und daß all die Frauchen seiner Abgeordneten ihre dunklen Haare um einige Grade aufgehellt hatten. Sie fragte mich nach der Ermordung der Ehebrecherin in *Alexis Sorbas.* Hatte Kazantzakis die Wahrheit geschrieben? Und wenn ja, geschahen solche Dinge immer noch?

Als sie sich immer weiter vorwagte, sah ich, wie sich der Blick meiner Mutter veränderte. Sehr eigenartig. Denn ich hatte mein ganzes Leben lang auf ihrem Gesicht nur eine begrenzte Anzahl von Ausdrucksmöglichkeiten wahrgenommen. Der Blick, den sie auf meine wissensdurstige Frau richtete, war mir neu.

Ich sah, wie meine Mutter gegen ihren Willen erwachte. Wie aus einem langen Schlaf. Sich schüttelte wie ein Tier nach dem Winterschlaf. Ich sah sie ihr Gedächtnis durchforschen. Sie blickte an sich selbst herab wie zum ersten Mal seit ihrer Kindheit vor fast sechzig Jahren und bemerkte die schwarzen Kleider, die sie einhüllten, und das schwarze Kopftuch, das sie in der Hitze Griechenlands unter dem Kinn verknotet hatte. Ich sah, daß sie Angst vor dem hatte, was Susannahs neugierige Fragen möglicherweise in ihr auslösen würden. Und daß sie deshalb darauf verfiel, Susannah in eine Touristin zu verwandeln.

Geht in die Kirche, krächzte sie und zog uns auf die Straße. Zeig Susannah unsere Sehenswürdigkeiten. Sie verzog das Gesicht zu einem etwas grimmigen Grinsen, bei dem ihr abgenutzter Goldzahn aufblitzte.

Die Sonne brannte vom Himmel. Sie kam mir heißer vor als in meiner Kindheit. Die Steine waren so aufgeheizt, daß jeder noch so rasche Schritt Staub aufwirbelte. Ich nahm Susannahs Hand. Sie war ganz in Weiß gekleidet, ihr Haar hatte sie zu einem dicken Zopf geflochten und hochgesteckt, was ihre Größe und ihren eleganten, gleitenden Gang betonte. In Griechenland kam ich mir an ihrer Seite nicht zu klein vor. Viele griechische Männer waren klein, und etwas in unserer Psyche – Susannah meinte, es sei die Erinnerung an die antiken Götter und Göttinnen – wollte zu stattlichen Frauen aufblicken. Hier war ich stolz, wenn ich mich mit ihr zeigte.

Sie gelangten in die kleine weiße Kirche, den Schrein St. Theodors des Barmherzigen, zu dessen Füßen eine winzige braune Jungfrau stand, und beobachteten ein Ritual, das Petros zuletzt in seiner Kindheit gesehen und danach vergessen hatte. Die Frauen aus dem Dorf betraten die Kirche, zogen ihre Tücher über den Kopf und beteten lautlos, während sie sich der großen Statue des heiligen Theodor näherten, doch dann warfen sie sich nieder und küßten verstohlen die Füße der kleinen Jungfrau. Sieh doch, sagte meine aufmerksame Tochter und stieß ihren Mann in die Seite. Sieh doch. Sieh doch. Das (und sie meinte die Frauen, die die kleinen braunen Füße der Jungfrau küßten) ist der Grund, aus dem du dich in mich verliebt hast.

Und in der Kirche begegneten sie schließlich der Zwergin.

Augen

Zunächst erinnerte ich mich wirklich nicht mehr an sie, obwohl ich sie, solange ich denken konnte, jeden Sonntag gesehen hatte. Sie gehörte zum Inventar der Kirche. Sie lebte sogar dort.

Susannah stieß mich in die Rippen, als die alten Frauen sich erhoben, die wächsernen weißen Lilien in die dafür bestimmte Urne stellten, sich bekreuzigten, ihre Kopftücher zurechtrückten und sich rückwärts durch die Tür entfernten. Ich dachte, sie wolle fragen, warum sie rückwärts gingen, was ich jetzt als Zeichen des Respekts vor der Jungfrau deutete, obwohl ich als Junge gedacht hatte, es geschähe aus Ehrerbietung vor dem heiligen Theodor. Aber nein, sie wies mit dem Kopf auf die Schwelle zur Sakristei, wo eine sehr kleine Frau, deren graue Haare gerade noch über das herausragten, was in Amerika Kanzel genannt wird, damit begonnen hatte, den Staub wegzufegen, der mit den betenden Frauen, den Touristen und anderen Zufallsreisenden hereingeglitten war.

Sie heißt Irene, flüsterte ich Susannah zu. Sie lebt hier. Sie ist die Hausmeisterin.

Irene schien mein Flüstern zu hören, wenn auch nicht zu verstehen, und warf uns einen zornfunkelnden Blick zu.

Ihr Blick schien sich in Susannah einzubrennen. Es war, als würden sie und die Zwergin sich wiedererkennen. Was ich als bösen Blick interpretiert hatte, war in Wirklichkeit, wie mir Susannah später versicherte, ein tiefes Eintauchen ineinander. Eine Verschmelzung. Und wie kam es dazu?

Natürlich wollte Susannah, die Amerikanerin, das wissen. Warum sollte eine alternde Griechin ihr so intensiv in die Augen sehen? Und was war mit all den anderen griechischen Frauen, die auch so leidenschaftlich blicken konnten? Bei dieser Gelegenheit fiel ihr auf, daß einem in Griechenland klar wurde, warum das Wort Leidenschaft etwas mit Leiden zu tun hatte. So viele Frauen schienen durch Tränen hindurch zu lächeln. Es liege an den Augen, sagte Susannah und überlegte laut weiter, ob sich die Frauen selbst dieses alten, unauslöschlichen Kummers bewußt waren.

Sie wollte ihr vorgestellt werden. Das käme nicht in Frage, erklärte ich. Niemand sprach mit Irene. Susannah war entgeistert. Wie ist das möglich? fragte sie und starrte mich an. Und natürlich spricht sie kein Englisch, fügte ich hinzu.

Oh, murmelte meine Frau und schien in sich zusammenzusinken, irgendwie kleiner zu werden. Oh, wiederholte sie noch einmal, an niemanden gerichtet, als würfe sie das Wort gegen den heißen, trockenen Wind: Oh, aber was für Augen sie hat, sagte sie schließlich. Und mit diesen Worten wandte sie sich, schon im Fortgehen, trotzig noch einmal um und blickte zurück. Aber die Zwergin war nicht mehr da.

Paradies

Nachdem ich in der kleinen, kühlen Kirche Irenes brennendem Blick begegnet war, gingen Petros und ich hinaus und stiegen auf den Hügel hinter der Kirche. Als Kinder hatten er und Anand dort gespielt; als junger Mann war er mit Mädchen zwischen den Felsen spazierengegangen. Damals, in den fünfziger Jahren, war für die, die eine Freundin hatten, oft der Sonnenuntergang der Höhepunkt der Woche.

Seine Mutter hatte mich in die Kirche geschickt, die mittlerweile in erster Linie eine Touristenattraktion war, um sich der Fragen zu entledigen, die ich ihr über die Frauen stellte. Ich war ihr lästig geworden. Und dennoch war sie es, die mich mit Irene zusammenbrachte. Petros allerdings schärfte mir ein, ich dürfe sie seiner Mutter gegenüber nicht erwähnen. Sie habe bestimmt vergessen, daß Irene dort auftauchen und ich neugierig werden würde. Seine Mutter, sagte er, würde meine Fragen mit einem Achselzucken beantworten; sie würde kein Wort sagen.

Und du, fragte ich, was hast du zu sagen?

Nur die alten Geschichten, erwiderte er, während wir den engen Pfad entlang gingen und er meine Hand hielt. Irenes Mutter wurde vergewaltigt. Ihr Vater und ihre Brüder beschlossen, das nicht zu glauben. Sie wurde verprügelt. Niemand hat je wieder mit ihr gesprochen. Als Irene zur Welt kam, starb ihre Mutter. Irene war eine Zwergin. Gottes Strafe für die Sünde ihrer Mutter. Sie wurde in sehr jungen Jahren der Kirche als Dienerin überlassen.

Petros deutete auf die Kirche, die in der Ferne fast wie eine Miniatur wirkte. Dort an der Seite, in einem abgetrennten Hof, ist ihre Mutter begraben. Siehst du die Blumen auf ihrem Grab? Das sind die Lilien, die die alten Frauen gebracht haben.

Die aus der Kirche? fragte ich.

Ja, sagte er.

Niemand weiß, wie oder wann Irene erfuhr, daß dort das Grab ihrer Mutter lag. Niemand hätte es ihr sagen dürfen, es durfte ja überhaupt niemand mit ihr sprechen. Aber irgendwie hat sie es von Anfang an gewußt.

Ich werde ihr sagen, daß ich es auch weiß, überlegte ich laut.

Petros lächelte mich an. Wow, imitierte er seine amerikanischen Lieblingshelden, die Cowboys. Sie weiß es. Dich braucht sie nicht dazu. Du mußt hier nicht die Amerikanerin herauskehren und dich in alles einmischen.

War das der Moment, in dem ich mich von Petros zurückzuziehen begann? Plötzlich fühlte ich mich wie abgeschnitten von der griechischen Landschaft, durch die wir voller Bewunderung spazierten. Selbst der Gedanke an den Tisch mit dem Wachstuch, das vollkommen dem glich, das meine eigenen Großeltern in den Südstaaten besessen hatten – ein kleines Stück davon hatte ich gerahmt an die Wand meines College-Zimmers gehängt –, konnte mich nicht aufmuntern. Wir sahen zu, wie Irene, die Arme voller weißer Lilien, aus der rückwärtigen Tür der Kirche stapfte. Sie erinnerte mich an ein Gemälde von Diego Rivera; ihre kleine, gedrungene, schwarze Gestalt war kaum zu erkennen. Sie ging in den abgelegensten Teil des Friedhofs und dann noch weiter, bis zu einem Geviert, das, verglichen mit den regulären Gräbern und den glitzernden weißen Grabsteinen, leer wirkte. Dort standen in einer großen Urne verwelkte Blumen, die sie herauszog. Dann arrangierte sie achtsam, fast streng, wie man sogar aus der Entfernung erkannte, eine nach der anderen die Lilien in dem Gefäß. Zum Schluß lief sie rasch an der Seitenwand der Kirche entlang und kehrte mit einem Eimer Wasser zurück. Sie goß das Wasser über die Blumen, trat zurück, bekreuzigte sich und kehrte um.

Wir beobachteten sie, wie sie ihren eigenen kleinen Raum hinter der Kirche betrat, und als sich die Fensterläden schlossen, seufzte Petros, vielleicht bei dem Gedanken an ihre Einsamkeit. Aber vorher, kurz bevor die Läden zuknallten, bemerkten wir noch etwas, das verdächtig nach leuchtend roten Vorhängen aussah.

Was für ein Leben führte diese Frau? Diese Zwergin? Wie konnte sie so bestraft werden für das, was sie war? Dafür, daß sie das Kind ihrer Mutter war? Für ihr Dasein? Und wer hatte sie als Baby gewiegt? Sie in ihrer Jugend getröstet? Wer hatte ihr beigebracht, ihrer Mutter und der Kirche zu dienen?

Das ist unerträglich! sagte ich erregt zu Petros, als wir zurückgingen. Zurück zu den Bohnen, dem Reis, dem Salat und Lammfleisch seiner Mutter.

Du hast recht, stimmte er traurig zu. Dann stampfte er plötzlich heftig auf den Boden auf und stieß hervor: Ich hasse diesen Ort!

Aber es war das Paradies.

Natürlich

Natürlich spreche ich Englisch, sagte Irene und zog an ihrer übelriechenden Gauloise. Stangen von Camels, Kools und Lucky Strikes stapelten sich an der rückwärtigen Wand ihres Zimmers. Ich spreche auch Deutsch, Italienisch, Spanisch, Japanisch. Lateinisch auch, aber das versteht keiner mehr.

Susannah war froh, daß sie prinzipiell selten auf Männer hörte. Kaum je ein Wort glaubte, das sie von sich gaben. Unabhängig davon, wie sehr sie sie liebte.

Mein Mann dachte, Sie ... setzte sie an – aber wie sollte sie den Satz beenden? Er hing zwischen ihnen. Erst jetzt kam ihr in den Sinn, daß Petros wahrscheinlich vermutet hatte, Irene könne überhaupt nicht sprechen, weil mit ihr niemand sprechen durfte.

Ehemänner, sagte Irene achselzuckend. Ich sehe sehr selten welche. Gewöhnlich sind nur ihre Frauen neugierig. Frauen wie Sie. Dabei wandte sie ihr Gesicht mit einem kleinen Nicken Susannah zu.

Aber warum sind wir neugierig? überlegte Susannah, während Irene mit einer Gauloise zwischen den dunkelroten Lippen konzentriert an einer Stickerei arbeitete, die ausgebreitet über ihren Knien lag.

Früher haben sie hier Frauen gesteinigt, setzte Irene neu an, vor gar nicht so langer Zeit. Hat Ihr Mann Ihnen das erzählt? Das erzählen sich die Männer gegenseitig, und sie flüstern es ausländischen Männern zu, wenn sich ihnen die Gelegenheit dazu bietet. Ah, Frauen behaupten immer, sie wüßten gerne, worüber Männer reden! spottete Irene. Glauben Sie mir, sie haben eine ganze Menge Frauen gesteinigt, bevor hier ihre vielgepriesene »Demokratie« eingeführt wurde. Von meinem Fenster aus kann ich eine der Säulen sehen. Es heißt, noch vor hundert Jahren sei ihr Fuß rot von Blut gewesen.

Susannah erhob sich von ihrem Kissen neben der Tür und blickte in die Richtung, die Irene ihr wies. Da, weit entfernt, gegen das Meer zu, knochenweiß auf königsblauem Hintergrund, ja, da blinkte etwas, das wie ein Pfahl aussah.

Es geschieht auch heute noch häufiger, als die meisten Leute im Westen annehmen, sagte Susannah bekümmert. Und in den religiösen Schriften mancher Kulturen steht, welche Größe und Form die Steine haben sollen. Manche sind so geformt, daß sie der Frau die Nase brechen, andere zerschmettern ihr den Schädel. In letzter Zeit gab es viele Steinigungen in Saudi-Arabien und im Iran; ein paar mutige Frauen und Männer haben ihr Leben riskiert, um der Welt davon zu berichten.

Irene verzog das Gesicht. Sie saß ebenfalls auf einem Kissen. Ihres war weinrot, Susannahs grün. Es war ein erstaunliches Zimmer. Jeder Zentimeter – Wände, Decke, Fußboden – war mit Stickereien oder Petit point bedeckt. Man hatte das Gefühl, ganz klein zu sein, nicht größer als eine Fliege etwa, und auf dem Oberteil eines farbenfrohen, altmodischen griechischen Hochzeitskleids zu krabbeln.

Ich bin beeindruckt, sagte Susannah. Daß Sie so viele Sprachen sprechen.

Ich bin jetzt schon fast siebzig, sagte Irene. Ich gehe nie von hier fort. Mir bleibt als Zeitvertreib nur, daß ich herausfinde, was in der Welt vor sich geht. Um alles zu erfahren, mußte ich nur die Sprachen anderer Völker lernen und mir durch das Fernsehen beibringen, in ihren müden Gesichtern zu lesen.

Susannah sah zu dem großen Fernsehgerät in der Ecke hinüber. Hat es Satellitenempfang? fragte sie.

Natürlich, sagte Irene. Von hier aus sehe ich überall hin; bis ins Herz der modernen Diana. Sie runzelte die Stirn. Prinzessin Di. Ich sah, wie sehr sie sich bemühte, der Bedeutung ihres Namens gerecht zu werden. Ihr Name war wie ein Rettungsring, wenn sie nur nach ihm gegriffen hätte. Irene schüttelte den Kopf. Was hätte die Göttin, nach der sie benannt wurde, von ihr gehalten? Sie zog einen Faden, der aus der Stickerei ragte, ganz heraus und biß ihn ab. Plötzlich lachte sie auf. Fast bellend.

Als Prinzessin muß sie sich aber doch wie eine Göttin vorgekommen sein, sagte Susannah nachdenklich. Sie hatte Diana gemocht, deren manchmal leidendes, manchmal strahlendes Gesicht einem in Nordamerika auf Zeitschriften, an den Kassen der Supermärkte, wo immer man hinging, unablässig entgegengeblickt hatte.

Vor ihrer Hochzeit, ja, sagte Irene. Sie war so jung. Und schließlich war ihr zukünftiger Ehemann ja ein Prinz.

Hmm, machte Susannah. Ich weiß noch, wie ich das mit den Heiligen und Göttinnen begriffen habe. Den Unterschied, meine ich. Heilige sind zu gut, um wahr zu sein, und Göttinnen bestehen darauf, daß sie magisch und wirklich zugleich sind. Weil sie gut *und* böse sind und weil bei ihnen alles möglich ist, deshalb sind sie Göttinnen.

Diana war eine Jägerin, spann Irene ihren Faden weiter. Sie wußte, wie sie ihr Ziel erreichen konnte; aber als Göttin behielt sie die Freiheit, zurückzuschleudern, was ihr nicht gefiel. Eine einfache Prinzessin hat damit Probleme. Brummelnd zupfte sie den Stoff zurecht, an dem sie gerade arbeitete, damit er besser in den Stickrahmen paßte.

Es wurde allmählich Abend, der Nachmittag war heiß und trocken gewesen. Irene brachte Tee, den sie mit frischer Minze garniert und über Eissplitter gegossen hatte.

Susannah saß träge auf ihrem grünen Kissen, das sie von der Tür weggezogen hatte, und lehnte sich mit dem Rücken an Irenes schmales Holzbett.

Es gibt auch wunderbare Videos, sagte Irene. Besonders geeignet sind die Soap Operas. Mit ihnen läßt sich jede Sprache am besten lernen.

Im Ernst? fragte Susannah und nippte an ihrem Tee.

Im Ernst, wiederholte Irene im selben Tonfall, und ihr ungewohnter Akzent ließ Susannah schmunzeln.

Aber warum kommen denn die Frauen zu Ihnen? fragte Susannah. Und vor allem – warum lassen Sie sie herein?

Meiner Meinung nach, sagte die Zwergin und deutete auf ihre gewölbte Brust, kommen sie, weil sie von meinen roten Vorhängen angelockt werden.

Bei mir war es so, sagte Susannah lächelnd.

Warum überrascht es Sie, daß ich, sogar ich, nach Leben dürste? fragte Irene. Eine Frau, die allein lebt. Eine kleine Frau. Eine sehr kleine Frau. In einem Zimmer an der Rückwand einer weißen Kirche. Einer sehr weißen Kirche, denn ich weißele sie jedes Jahr. In einem Zimmer mit roten Vorhängen.

Schon die Beschreibung ist faszinierend, das müssen Sie zugeben! sagte Susannah lachend.

Und doch war Petros nicht fasziniert. Nicht einmal interessiert.

Sie ist eine Zwergin, sie lebt allein. Sie hat sich damit abgefunden. Laß sie zufrieden. Irenes Schicksal hatte ihn deprimiert, dachte Susannah jetzt, ohne daß er es wirklich kannte.

Warum gehen Sie nie fort? fragte sie.

Früher, als ich jung war, war es mir verboten. Ich wurde geschlagen, wenn ich wegging. Zurückgeschleppt. Es gab auch keinen Ort, an den ich hingehen konnte. Meine Mutter war tot. Niemand wollte mich.

Es ist schwierig, einer Person gegenüberzusitzen und sich vorzustellen, daß sie nicht erwünscht ist. Die Wahrheit in Irenes Worten, die durch ihr Leben bezeugt wurde, schmerzte Susannah, obwohl sie sie noch nicht recht fassen konnte. Sie war in eine Familie hineingeboren worden, die sie wollte, sie liebte. Und doch hatte sie schon als Kind die Macht der Zurückweisung entdeckt und sie benutzt, um ihren Vater von sich zu stoßen.

Während Irene rauchte und an ihrer Stickerei arbeitete, die als Tischtuch an Touristen verkauft werden würde, hing Susannah ihren Gedanken nach. Sie sah ihren Vater lächelnd auf sich zukommen und ihr eine Handvoll grüner Gummidrops anbieten. Er hatte alle anderen Geschmacksrichtungen aussortiert, weil er wußte, daß sie den Apfelgeschmack der grünen am liebsten mochte. Die süßen Drops lagen glänzend und appetitlich in seiner großen braunen Hand. Sie hatten bei einem Laden an der Landstraße angehalten, als sie auf dem Rückweg von Mexiko durch Texas fuhren. Dort mußte er die Süßigkeiten gekauft haben.

Sie spürte, wie ihre Hand danach greifen wollte und ihre Augen sein Lächeln erwiderten. Und dann, genau in der Sekunde, bevor sie sie berührte, hörte sie, wie June, Mad Dog, Magdalena, sich räusperte. Und dann sagte sie, obwohl ihr Vater sie ihr noch nicht angeboten hatte: Ich mach mir nichts aus denen. Und Susannahs Hand war im Schoß liegengeblieben, und sie hatte den Blick gesenkt. Sie hörte das enttäuschte »Na dann« ihres Vater. Hörte, wie er sich abwandte, vorne um das Auto herumging und einstieg. Sie hatte so Lust auf diese Gummidrops gehabt! Aber

Junes Hüsteln hatte es ihr unmöglich gemacht, sie anzunehmen. Wieder einmal fühlte sie sich vor das Schlüsselloch zurückversetzt. Wieder einmal sah sie, wie ihr Vater sich in einen Mann verwandelte, den sie nicht kannte.

Vom Rücksitz aus hatte sie, während ihre Mutter und June schliefen, den Hinterkopf ihres Vaters betrachtet. Wie sich seine Haare im Nacken wellten, obwohl sie sehr kurz geschnitten waren. Wie seine Ohren abstanden. Ihre Beziehung hatte von Berührungen gelebt. Früher, bevor sie gesehen hatte, wie er June bestrafte, hätte sie die Hand ausgestreckt und die Finger durch den lockigen Haaransatz gleiten lassen und mit den lustig abstehenden Ohren gespielt.

Jetzt war sie nicht einmal imstande, einen Finger zu rühren. Obwohl er unmittelbar vor ihr saß, fühlte es sich an, als sei er meilenweit entfernt. Erst jetzt, als längst erwachsene Frau, die mit einer ältlichen griechischen Zwergin an einem warmen Abend auf einer kleinen Insel inmitten eines purpurroten Meeres Tee trank, fragte sie sich, was ihr Vater wohl damals gedacht haben mochte.

Verwandte

In jener Nacht warf sich Susannah neben Petros im Bett ruhelos hin und her. Petros dachte, ihre Unruhe ließe sich durch Liebe beheben, aber sie wollte ihn nicht. Am nächsten Tag fragte sie ihn, ob er sie auf einem Spaziergang zu den Klippen am Strand begleiten würde. Liebenswürdig wie fast immer, sagte er sofort ja. Sie machten sich auf den Weg, als die Luft kühler wurde und erreichten bald die Steinigungssäule, die Irene von ihrem Zimmer aus sehen konnte. Sie bestand aus Marmor und neigte sich zur Seite. Gegen ihren Fuß lehnte ein großes Metallschild, das für Coca-Cola warb. Eine Seite war von oben bis unten mit griechischen Graffiti bekritzelt.

Früher haben sie hier Frauen gesteinigt, sagte sie zu Petros.

Auf keinen Fall! entgegnete er und sah sie entsetzt an. Wie kommst du denn nur darauf!

Frauen werden gesteinigt, weißt du. Sogar heute noch. Sie sprach ruhig und spürte, wie sie sich von der Tatsache, die sie beschrieb, innerlich distanzieren mußte.

Die Miene ihres Mannes hatte sich verfinstert. Er rückte von ihr ab. Warum mußt du dich nur immer mit solchen Sachen beschäftigen, murrte er. Und deshalb hast du mich den ganzen Weg mitgehen lassen? Er war ärgerlich, weil er wußte, daß es jetzt für mindestens zwei Nächte keinen Sex geben würde, vielleicht sogar für den Rest ihres Aufenthalts. Und er schlief so gerne mit ihr im Bett seiner Kindheit. Das Kind, das er gewesen war, schien sich noch irgendwie in diesem Zimmer aufzuhalten. Und von oben auf sie herabzuschauen, wie sie sich liebten. Eine Phantasie war Wirklichkeit geworden.

Sie sagte ihm nicht, daß Irene ihr von der Säule erzählt hatte. Sie erwähnte nichts von dem, was zwischen ihr und Irene vorgefallen war. Jeden Tag ging sie einfach zur Kirche, umrundete sie und klopfte an Irenes schwarze Tür.

Als sie sich am nächsten Tag der Kirche näherte, fragte sie sich, ob Irene sie wohl vermißt hatte. Wahrscheinlich nicht, nahm sie an: Irene war sicher daran gewöhnt, daß Touristen auftauchten, für einige Tage oder vielleicht auch eine Woche, und dann unvermittelt wieder verschwanden, wenn ihr Schiff oder Flugzeug ging. Die Tür stand einen Spalt offen, damit der langsam rotierende Ventilator, der die Zimmerecken zu durchforschen schien, die schwache Brise in den Raum hineinziehen konnte.

Komm herein, sagte Irene.

Sie saß auf dem grünen Kissen vor mehreren Karten, die sie auf dem Boden ausgelegt hatte. Susannah blieb neben ihr stehen und sah auf die Karten hinunter. Es waren Tarotkarten, die sie nicht kannte. Rot, blau und weiß.

Die Farben unserer Fahne, sagte sie, als sie sich Irene gegenüber auf dem weinroten Kissen niedergelassen hatte.

Ja, sagte Irene. Seltsam, nicht? Eine Frau aus der Türkei hat sie mir geschenkt, und sie kommen, glaube ich, aus Spanien. Es sind Zigeunerkarten. Ich kann mir nicht vorstellen, daß die Karten früher so schlicht aussahen. Sie klatschte eine Karte, auf der eine finster blickende Frau mit zwei Schwertern abgebildet war, auf den Fußboden. Oha, sagte sie, jetzt ist Schluß mit den Illusionen.

Das soll es bedeuten, meinst du? fragte Susannah eifrig wie ein Kind. Sie liebte alles Geheimnisvolle, Vieldeutige, noch nicht Greifbare.

Irene blickte zu ihr herüber, griff lächelnd hinter sich und holte ein Päckchen Camels hervor.

Das soll es immer bedeuten, sagte sie trocken. Ich lege dir die Karten, wenn du willst.

Oh, gut, sagte Susannah und zog ihr Kissen näher heran, während Irene die Karten mischte. Das fiel ihr schwer, weil die Karten groß waren und ihre Hände recht klein. Doch durch jahrelange Übung beherrschte sie nun diese Kunst vollkommen. Bald lagen die Karten vor ihr und bildeten ein Muster, das an ein Kreuz erinnerte. Die »Schluß-mit-den-Illusionen«-Karte lag im Zentrum.

Du bist auf der Reise zu deinem Körper, sagte Irene. Nicht so sehr zu deinem Verstand, jedenfalls nicht gerade gegenwärtig, auch nicht zu deinem Herzen. Sondern in deine Haut, damit du erfährst, wie sie leuchtet, glänzt, riecht, das Licht aufnimmt. Noch ist es so, als würdest du deine Arme um ein Schemen, eine Wolke, einen Nebel legen. Im Grunde hast du deinen Körper vor langer Zeit, als du noch sehr jung warst, verlassen; deshalb hast du einen so anmutigen und aufrechten Gang. In Wirklichkeit bist du eine Statue.

Oh Gott, sagte Susannah, die immer wegen ihres Gangs bewundert worden war. Du läßt nicht die Schultern hängen wie die meisten hochgewachsenen Mädchen, hatte man ihr gesagt. Du schreitest wie eine Königin.

Irene nahm eine Karte in die Hand, auf der eine Frau und ein Mann in eine alte Kutsche einstiegen. Der Mann hatte die Hand unter den Ellenbogen der Frau gelegt. Irene hielt die Karte seitlich an die Nase und schloß, wie Susannah zu bemerken glaubte, versonnen die Augen. So verharrte sie einen Augenblick tief in Gedanken versunken.

Weißt du, warum es dieses »Ladies first« gibt? fragte sie dann. Wenn man uns in früheren Zeiten erlaubt hätte, hinter dem Mann zu gehen, wären wir weggelaufen. Vorne konnten sie uns im Auge behalten. Später, als wir zahmer geworden waren, ertrugen sie den Gedanken nicht, daß eine Frau, die sie begehrten, nur darauf aus war wegzulaufen, und deshalb erfanden sie die Ritterlichkeit. Die Galanterie. Das Über-Pfützen-Heben, das In-die-Kutsche-Geleiten.

Ja, sagte Susannah, aber was bedeutet die Karte noch?

In dir existiert ein Mann, dein innerer Mann sozusagen, und er will dir helfen. Er hebt dich in die Kutsche deines eigenen Körpers, in der du anfangen kannst, über dein Leben selbst zu bestimmen.

Wer könnte das sein? dachte Susannah. Doch nicht Petros?

Es ist niemand, der dir jetzt einfällt, sagte Irene, als könne sie ihre Gedanken lesen. Außerdem ist er ein innerer Mann. Er ist ein Teil von dir selbst. Aber es gibt auch einen äußeren Mann, der diesen inneren Helfer wachruft.

Im Ernst, sagte Susannah.

Im Ernst, äffte Irene sie fröhlich nach.

Ich sehe hier, sagte Irene und nahm eine Karte in die Hand, auf der eine Frau auf dem Mond saß, daß du weit weg warst. Du warst verloren. Es hat dir in gewisser Weise gefallen, verloren zu sein. Verloren sein bedeutet, daß niemand weiß, wo er dich finden kann. Wenn niemand weiß, wo du zu finden bist, bist du aller Erwartungen ledig. In anderen Worten frei. Das bedeutet Verlorensein manchmal. Aber jetzt ist es so, als würdest du dich selbst rufen. Susannah, Susannah, komm zurück! Komm nach Hause! Irene gluckste. Und weit weg, in einem großen Baum, sitzt eine Kindfrau, hört die Rufe und denkt: Vielleicht ist es Zeit zurückzugehen.

Bei diesen Worten hätte ich die Zwergin am liebsten geküßt! Doch alles, was ich zuwege brachte, war ein Windstoß, der in den Ventilator fuhr. Die Karten stoben in alle Richtungen auseinander. Susannah rief: Was war das? Und Irene zuckte die Achseln, zog an ihrer Zigarette und sagte: Der Wind. Vielleicht ist der Wind mit dir verwandt.

Ich sah zu, wie meine Tochter mit langsamen Schritten zur Familie ihres Mannes zurückkehrte. Still mit ihnen beim Abendessen saß. Ihr Blick verweilte nachdenklich auf den Gesichtern des alten Mannes und seiner Frau. Ihrer Schwiegermutter gefiel es nicht, daß sie so viel Zeit bei Irene verbrachte. Obwohl sie wußte, daß sie die Zwergin fast täglich besuchte, stellte sie ihr nicht eine einzige Frage. Der alte Mann war neugieriger. Er hatte Gerüchte gehört.

Ist es wahr, daß sie eine schwarze Katze hat? fragte er Susannah, als sie mit der letzten Tomatenscheibe auf ihrem Teller spielte.

Ich habe keine gesehen, sagte sie.

Und kocht sie ein Gebräu aus bitteren Kräutern, das sie als Medizin ausgibt?

Nein, sagte Susannah lachend. Sie kocht und serviert Tee.

Und kann sie ihre Gedanken auf den Schwingen der Nacht aussenden?

Nein, sagte Susannah, sie hat Satellitenfernsehen. Und einen Computer hat sie auch.

Wohlstand

Mein Vater war reich, sagte Irene, als sie sich das nächste Mal unterhielten. Nicht so reich wie Onassis. Aber reich genug, um diese Kirche zu kaufen, damit ich in ihr leben und ihr dienen kann.

Dann kennst du ihn also, sagte Susannah.

Auf so einer kleinen Insel, antwortete Irene, der die Zigarette im Mundwinkel klebte, während sie einen Fisch ausnahm, mußte ich ihn ja irgendwann treffen. Er war ein großer, gemeiner, finsterer Mann. Ich kann natürlich nur mutmaßen, was er dachte, als er feststellte, daß ich eine Zwergin bin. Wie du siehst, sind Zwergwüchsige in dieser Gegend nicht häufig anzutreffen. Es gibt nirgendwo mehr viele.

Oh, sagte Susannah, glaubst du, daß es in früherer Zeit mehr von euch gab?

Wir waren natürlich ein Stamm, sagte Irene. Wie die Pygmäen in Afrika. Sie hörte auf, die Schuppen von dem Fisch zu schaben und blickte verträumt in die Ferne. Von allen Menschen auf der Erde fühle ich mich den Pygmäen und natürlich den Zigeunern am nächsten.

Warum den Zigeunern? fragte Susannah und steckte sich ein paar Pistazien in den Mund, die Irene ihr angeboten hatte.

Ihr Leben ist so grundverschieden von meinem, sagte Irene. Sie gehen überallhin. An jeden Ort der Welt. Sie sind immer noch ein Stamm. Jeder Versuch, sie seßhaft zu machen, ist gescheitert. Ich glaube, sie lieben die Erde mehr als irgend jemand sonst, deshalb sind sie immer so schnell bereit, mehr von ihr zu sehen.

Nicht immer freiwillig, entgegnete Susannah kauend. Sie werden gnadenlos verfolgt wegen ihrer unbeirrbar antibürgerlichen Lebensweise. Am meisten lieben sie anscheinend die Musik.

Oh ja. Die Musik. Deshalb liebe ich sie auch. Und wegen ihrer Verehrung der Dunklen Mutter, die nichts anderes ist als das menschliche Symbol für die dunkle Erde.

Oder eine entfernte Erinnerung an die Erdmutter der Pygmäen, sagte Susannah. Hast du zufällig Zigeunermusik da? fragte sie.

Irene zog eine Grimasse, als wolle sie sagen: Mag ein Affe Pistazien?

Sie holte einen betagten Plattenspieler und einen Stapel von an die fünfzig Jahre alten Schallplatten unter dem Bett hervor. Bald war das Zimmer erfüllt von schluchzenden Geigen und tiefen, seelenvollen Klagegesängen.

Irene seufzte: Wie kommt es nur, daß wir gerade das lieben, was uns doch nur zum Weinen bringt?

Susannah dachte kurz nach und dann sagte sie entschieden: Weil es das ist, was uns in unser Herz zurückruft.

Ja, stimmte Irene zu, und wischte sich die Augen. Ich weiß, du mußt bald wieder nach Hause fahren, aber ich möchte dir noch etwas sagen.

Was denn? fragte Susannah.

Du bist eine Touristin, die ich mag.

Gut getroffen

Als Petros und meine Tochter Skidiza verließen, glaubte er, seine Liebe habe sie zurückgewonnen. Beim Abschied von seinem Elternhaus schaute er voller Zuneigung auf sein Kinderbett. Er stand vor seinen Eltern, hatte die Hand unter Susannahs Ellenbogen gelegt und erwiderte ruhig ihre Blicke.

Er war mit nichts nach Amerika gegangen und hatte das Glück gehabt, Susannah, eine Frau von Format, zu heiraten, eine Arbeit zu finden, die er mochte, und sich ein gutes Leben zu schaffen. All die politischen, kulturellen und historischen Kräfte, die das Leben seiner Frau geformt hatten, blieben seinen Eltern ein Rätsel. Sie mochten sie einfach, weil sie so höflich war und ihrem Alter Respekt bezeugte. Es gefiel ihnen, daß sie ihre Landschaft und ihr Essen bewunderte. Susannah ihrerseits hatte nicht über den Bürgerkrieg oder die Bürgerrechtsbewegung gesprochen, wie auch seine Mutter, das fiel ihm erst jetzt auf, die Gründe für die Rechtlosigkeit der griechischen Frauen ebensowenig erwähnt hatte wie die Steinigung und Ermordung von Frauen, an die sie sich doch aus ihrer Kindheit noch lebhaft erinnern mußte. Oder das Recht der männlichen Familienmitglieder, die Frauen zu töten, wenn sie sie auf irgendeine Weise »entehrten«. Sie waren sich an der Oberfläche der Dinge begegnet, aber in gewisser Weise auch von Herz zu Herz. Er, Petros, war der Ort, an dem sie sich begegneten.

Seine Eltern hatten gestaunt, wie gut er aussah. Wie

attraktiv und gesund. Daß er so mühelos Englisch sprach. Mit Susannah hatte er es gut getroffen, kein Zweifel.

Und doch stand Susannah unbewegt neben ihm, während er sie am Ellenbogen hielt. Ihr Körper war mit keiner Regung, keinem Zucken seiner wortlosen Aufforderung zu solidarischem Gekicher nachgekommen, als die Eltern sein Glück priesen, und sie ließ keine Spur von Trauer erkennen, daß sie wegfuhren. Er spürte, daß sein Zuhause, sein Dorf, sein Land sie traurig machten. Daß sie zutiefst enttäuscht war und sich ihm deshalb entfremdet hatte. Er gab der Zwergin die Schuld. Kein Wunder, daß man sie in die Kirche gesteckt hat, dachte er ungnädig.

Piercings

Ich bin sehr dick, das stimmt. Und in einem Jahr werde ich tot sein, weil mein Herz es nicht mehr schaffen wird, das Blut durch so viel Masse zu pumpen. Ich unterrichte an einer großen Universität an der Ostküste, wo mich meine Studenten bestimmt für eine als Punklesbe verkleidete schwarze Mammy halten, wenn ich mit dreifach gepiercter Nase und grünen Haaren in den Seminarraum rolle, die wabbeligen Arme vollgepackt mit ihren Arbeiten, die ich mit ausführlichen Kommentaren garniert habe. Weil ich an dieser speziellen Universität lehre, gelte ich als erfolgreich, ganz egal, welche Farbe meine Haare haben, wie viele Piercings ich machen lasse oder wie fett ich werde. Für besonders erfolgreich hielt mich mein Vater, der mir nach dem Tod meiner Mutter manchmal einen Schrecken einjagte, weil er wie eine streunende Katze auf meiner Veranda saß, wenn ich nach Hause kam.

Was willst du? fragte ich ihn grob, als ich ihn das erste Mal dort vorfand.

June, June, antwortete er, ein schwaches Funkeln in den traurigen Augen. Hast du kein Erbarmen?

Nein, sagte ich. Und bist du gekommen, um es mir beizubringen?

Wir redeten nicht miteinander, mein Vater und ich, wir kabbelten uns. Mit der Zeit gewöhnte ich mich an seine Überraschungsbesuche. Er lud mich in Restaurants ein, in jedes beliebige Restaurant, das ich mir aussuchte, und bestellte mir alles, was ich wollte. Und von dem, was ich wollte, wollte ich viel. Und ich aß und aß und aß, während er zusah, wie sich die Teller und Platten vor uns auf dem Tisch zu einem peinlichen Stapel auftürmten. Sobald er mich essen sah, schien es ihm den Appetit zu verschlagen. Und mir kam vor, als würde er jedes Mal, wenn er mich besuchte, deutlich abnehmen.

Besonders quälte es ihn, wenn ich mit beiden Händen zulangte. Und so saß ich dann vor ihm, ein Hühnerbein in der einen Hand, ein Stück Schweinebraten in der anderen, und antwortete schmatzend auf seine Nachfragen, wie denn mein Tag gewesen sei.

Ist das meine Schuld? fragte er eines Tages. Aber ich tat so, als verstünde ich ihn nicht, und bestellte ungerührt den Leckerbissen, auf den ich mein Auge geworfen hatte – ein Schokoladenéclair.

Wir redeten nie über sein Mißtrauen mir gegenüber. Oder darüber, daß er sich, als ich klein war, mit der Beharrlichkeit eines Raubvogels Einblick in meine Persönlichkeit verschaffen wollte. Wir redeten nie über meine Leidenschaft für Reißverschlüsse. Er hatte vergessen, wie es dazu gekommen war, wenn er sich überhaupt je Gedanken darüber gemacht hatte. Es war ein so kleines, unbedeutendes Ereignis, und dennoch hatte es mein Leben außerordentlich beeinflußt. Einmal allerdings fragte ich ihn: Weißt du noch, daß du mir in dem Jahr, bevor wir nach Mexiko gingen, einen kleinen Geldbeutel geschenkt hast?

Ach, sagte er, hab ich das? Sein Gesicht hellte sich auf. Vielleicht wegen meines höflichen Tons.

Ja, sagte ich, hast du. Er war klein und rund und schwarz oder vielleicht dunkelbraun. An die Farbe kann ich mich nicht mehr erinnern. Ich aß gerade ein Bananensplit. Ein paar von meinen Studentinnen kamen in die Eisdiele, und ich winkte ihnen zu. Mein Vater sah zu ihnen hinüber und setzte das gewinnende Lächeln auf, das farbige Männer eines bestimmten Alters bis zur Perfektion beherrschen. Ich war manchmal regelrecht erschüttert, wenn ich mir eingestehen mußte, wie gut mein Vater immer noch aussah. Daß Hetero-Frauen für ihn schwärmten und schwule Männer hoffnungslos schmachteten. Nach jahrelangem Spionieren wußte ich, daß er ein großartiger Liebhaber war; er besaß diese unglaublich aufregende Willfährigkeit, die meine Mutter dazu anregte, ihn immer wieder zu verführen. Wenn er meine Mutter zum Einlenken bewegen wollte, war er sich nicht zu schade, auf die Knie zu fallen. Zu betteln. Betteln, hörte ich ihn einmal zu einem anderen Mann sagen, bringt die Verzweiflung im Gesicht eines Liebhabers erst richtig zur Geltung. Es funktionierte! Meine Eltern gehörten zu den Liebespaaren, die sich nicht stunden-, sondern tagelang liebten.

Meine Stimme wurde bitter. Es war ein kleiner runder Geldbeutel, fuhr ich fort, als mein Vater sich stirnrunzelnd zu erinnern versuchte. Und zuerst habe ich nicht gewußt, was es war. Du hast gelacht, als du mein Gesicht gesehen hast. Und dann habe ich etwas Goldenes aufblitzen sehen, etwas Leuchtendes. Ich habe den kleinen Geldbeutel hin und her gedreht und versucht, an das Ding heranzukommen, das im Licht geglänzt hat. Und schließlich hast du ihn mir aus der Hand genommen und mir gezeigt, daß der kleine Geldbeutel einen verborgenen goldenen Reißverschluß hatte!

Mein Vater lächelte.

Und du hast mir gezeigt, wie man ihn aufmacht, und bist bei mir geblieben, während ich dieses Wunderding Mutter und Susannah gezeigt habe. Die es genauso wunderbar fanden wie ich.

Mein Vater lächelte immer noch. Er erinnerte sich nicht mehr an sein Geschenk.

Seufzend hob ich meinen letzten Löffel Dessert.

Und dann, sagte ich, hieß es plötzlich: Auf nach Mexiko. Alle haben verrückt gespielt. Überall standen Kisten herum, die gepackt werden mußten, und dann kam der Umzugswagen, und wir wurden in ein Auto verfrachtet, und dann diese endlose Fahrt, auf der du und Mutter davon redetet, daß ihr Anthropologen seid, aber jetzt so tun müßtet, als wärt ihr eine Pastorenfamilie. Es war alles sehr verwirrend. Aber schlimm war für mich nicht nur, daß ich das einzige Zuhause verlor, das ich je gehabt hatte. In dem ganzen Durcheinander hatte ich auch noch den kleinen runden Geldbeutel verloren.

Ich wartete, ob etwas davon zu ihm durchdrang. Mein Vater bat die Kellnerin um koffeinfreien Kaffee. Das war alles.

Seit dieser Zeit faszinieren mich Reißverschlüsse, sagte ich.

Wirklich? erwiderte er und lächelte sein charmantes Lächeln.

In einem von Susannahs Romanen, der *Heimkehr* heißt, erzählt sie die Geschichte einer blonden skandinavischen Familie, die sich eines Tages in ihren Volvo setzt und nach Süden fährt. Sie fahren durch Holland, Deutschland, Frankreich und Spanien bis Nordafrika. Und während sie fahren, fällt ihnen auf, daß die Haut der Menschen immer dunkler wird und sich die Landschaft verändert. Schließlich erreichen sie Zentralafrika. Sie fahren, bis sie mitten im Regenwald oder vielleicht auch mitten in der Wüste ankommen. Sie steigen aus. Um ein Feuer herum sitzen dunkelhäutige Verwandte, die sich erheben und sie begrüßen. Sie teilen diesen Verwandten mit, daß sie gerne noch einmal von vorne anfangen würden.

Der Umzug nach Mexiko war, soweit es das Verhältnis zu meinem Vater betraf, der Verlust meiner inneren Heimat, die mein Vater verkörpert hatte. Wer war dieser Mann, der sich als Geistlicher verkleidete? Wer war dieser Mann, der plötzlich nur noch das Böse in mir sah? Ich wußte es nicht. Und weil ich es nicht wußte, hatte ich ständig Angst.

Und da sich mein Vater nicht an den Beginn unserer eigenartigen Reise erinnerte, wie konnte ich ihn bitten, noch einmal anzufangen? Ich träumte unablässig von unseren Jahren in Mexiko.

Grün

Es war ungewöhnlich, daß June mich anrief, wenn sie glücklich war. Das Thema, bei dem sie am gesprächigsten wurde, war ihr eigenes Unglück. Susannah, keuchte sie dann, ich habe ganz gräßliche Schmerzen in der Seite, genau unter meiner linken Brust, die sich auch schrecklich schwer und klamm anfühlt. Mein ganzer Körper vibriert vor Hitze und glüht vor Schmerzen. Bei diesen Worten rückte ich ein Stück von meiner oder meinem jeweiligen Geliebten ab und faßte den Hörer lockerer. Ich fragte mich ohnehin, wie sie die Schmerzen an ihrem Körper ertragen konnte, Schmerzen, die sie sich durch zwanghaftes Piercen (von ihren Brustwarzen baumelten kleine Kettchen, von ihren Schamlippen ein Kruzifix) und ihre Eßsucht selbst zufügte. Ich gähnte ausgiebig, während mein Liebhaber an meinen Zehen oder Brüsten knabberte, und versuchte mir einen Körper vorzustellen, der gegen solche Freuden immun war.

Auf das leise, genüßliche Lachen meiner Schwester war ich nicht gefaßt.

Rate mal, was passiert ist, sagte sie. Ihre Stimme war heiser vor Erregung.

Was? fragte ich neugierig.

Rate mal, wen ich auf dem Rückweg von einem Vortrag im Flugzeug getroffen habe.

Wen? fragte ich. Ich setzte mich im Bett auf und zog die Füße an.

Manuelito.

In dem darauffolgenden Schweigen versuchte ich mich an eine solche Person zu erinnern. An den Namen. Manuelito. Meine Schwester erinnerte sich an unsere Jahre in den Bergen viel besser als ich. Nachdem wir in die Vereinigten Staaten zurückgekehrt waren, hatte sie sich noch jahrelang bemüht, zu den Leuten, die wir dort gekannt hatten, Kontakt aufzunehmen. Was natürlich nicht möglich war, denn sie lebten viel zu weit von der nächsten Poststation entfernt.

Manuelito, der aus den Bergen, sagte sie ungeduldig. Manuelito. Du weißt doch, der hübsche Junge mit dem schwarzen Pferd.

An das Pferd erinnerte ich mich genau. Es war ein Hengst und hieß Vado. Das Wort bedeutet Furt – eine seichte Stelle im Fluß, an der man sicher hinübergelangt. Inzwischen saß ich kerzengerade im Bett, und ein Zittern überlief mich. Denn instinktiv wußte ich, daß dieser Name, diese Person den inneren Ort verkörperte, an dem meine Schwester zerbrochen worden war. Und daß der Ort ihrer Qual nur durch eine Tür von meinem getrennt war. Und daß sie es all die Jahre gewußt hatte.

Mein Gott, stieß ich hervor, wo sagst du, hast du ihn getroffen?

Im Flugzeug, auf dem Rückweg von Las Cruces.

Ich wußte nicht, daß du in Las Cruces warst.

War ich aber, rief sie fröhlich. Und außerdem flog ich erster Klasse, weil ich mittlerweile in normale Sitze nicht mehr hineinpasse.

In ihrer Stimme schwang kein Funken von Bedauern mit. Wie konnte sie das sagen! wunderte ich mich, hielt den Hörer von meinem Ohr weg und führte mir ihre unglaubliche Leibesfülle vor Augen.

Er saß in der ersten Klasse!

Manuelito, in der ersten Klasse? Ich mußte lachen. Seine Leute hatten in winzigen Lehmhütten auf dem blanken Fußboden gehaust, wenn sie nicht sogar in Höhlen wohnten. Vielleicht ist er kriminell geworden, dachte ich.

Aber nein. Er war in der Armee, sagte June. Der einzige aus seinem Regiment, der nicht umgekommen ist.

Leg los, sagte ich, nahm einen Schluck von dem Saft, den mein Liebhaber mir gebracht hatte, und warf der sich hinter ihm schließenden Tür eine Kußhand zu.

Es fing auf dem Flugplatz an, auf einem Flugplatz wie jedem anderen; dieselben Metalldetektoren, dieselben Schlangen vor der Paßkontrolle. Derselbe bemühte Gleichmut angesichts der Tatsache, daß man sich so unvernünftig hoch in die Luft erhob. Irgendwann spürte ich einen Blick auf mir. Und dann nicht mehr. Und dann, als ich mich anschnallte, spürte ich ihn wieder. Ich sah hoch, und da stand ein untersetzter Mann mit hellbrauner Haut vor mir, an dem mir irgend etwas bekannt vorkam, und lehnte sich über unsere Sitze. Er machte auch so ein Gesicht, als käme ihm etwas an mir bekannt vor. Ich beschloß, ihn zu ignorieren, und er setzte sich neben mich und plauderte gutgelaunt mit der Stewardess. Er hätte ihr Gesicht mindestens einen Monat nicht mehr gesehen, weil er wegen einer Erkältung zu Hause bleiben mußte und zu krank zum Fliegen war. Sie strahlte ihn mit ihrem aufgesetzten Lächeln an und fragte, ob er das Übliche wolle. Er wollte. Beim Start hatte er schon einige Fläschchen Gin intus.

Als wir unsere Flughöhe erreicht hatten, schnallte er sich ab und ging auf die Toilette. Danach setzte er sich nicht wieder hin, sondern ging an seinem Sitz vorbei und wanderte den Gang entlang (ich drehte mich um und sah ihm zu). Dabei merkte ich, daß er hinkte.

Woher kommen Sie? fragte er, als er sich in seinen Sitz fallen ließ.

Ich lebe an der Ostküste, antwortete ich kurz angebunden. Und steckte die Nase wieder ins Buch.

Was lesen Sie da?

Ein Buch über Physik, sagte ich.

Taugt es was? fragte er.

Ja, sagte ich. Es ist von einem indischen Mystiker, der im Westen studiert hat. Er sagt, nichts ist feststofflich, nicht mal diese Ledersitze, nicht mal dieses Flugzeug, alles im Universum bewegt sich. Er sagt, sein Volk weiß das seit Jahrtausenden und braucht die Beweise der westlichen Wissenschaft nicht.

Ich war still. Ich befürchtete, daß ich schon zuviel gesagt hatte.

Hatte ich.

Oh, sagte er, wenn Sie gerne lesen ... Er griff in seine Aktentasche und gab mir ein Buch. Mein Buch, erklärte er.

Und tatsächlich war er auf dem Umschlag abgebildet, in Uniform, genauso, wie er da neben mir saß. Die Narben konnte ich auf dem Foto sogar besser erkennen. Man hatte ihm das Gesicht praktisch weggepustet. Ich sah auch seine Augen.

Ich war in 'Nam, erzählte er. Alle anderen von meinem Regiment sind umgekommen. Sie dachten, mich hätten sie auch erwischt, aber ich bin ein verdammt zäher Indianer.

Indianer, dachte ich. Indianer.

Mir wurde schwindlig. Es kam mir vor, als suche sich ein Erinnerungsbrocken durch meinen Hals den Weg nach draußen. Ich löste den Gurt und hievte mich aus dem Sitz. Ich stolperte zur Toilette und erbrach mich, eingeklemmt in dem engen Raum, in das teetassengroße Waschbecken.

Als ich zurückkam, nuckelte er an der nächsten Ginflasche. Danach stand er auf und torkelte noch einmal den ganzen Gang auf und ab.

Muß mich bewegen, sagte er, als er zurückkam, und fiel fast in den Sitz. Wenn ich das nicht mache, werden meine Gelenke steif und blockieren.

Seit wann nennen Sie sich Mannie?

Er sah mich überrascht an.

Woher, sagte er, wissen Sie, daß ich den Namen geändert habe?

Ihr mexikanischer Akzent, sagte ich, und wenn Sie Indianer sind, wurden Sie sicher nicht als Mannie geboren.

Er lachte. Als ich über die Grenze kam, sagte er, und in einem Diner in Los Alamos zu arbeiten anfing.

Der Name Mannie gefiel mir nicht. Ich konnte sehen, wohin ihn dieser Name gebracht hatte. Ich nahm sein Buch in die Hand und sah mir die Fotos an. Er starrte auf meine Hände. Ich bewegte die Finger und linste über den Rand meiner Lesebrille zu ihm hinüber.

Oh, sagte er. Ich habe mir nur Ihre Hände angesehen. Ihr kleiner Finger hat einen lustigen Knick.

Tatsächlich hat er den immer noch, auch wenn er jetzt eher einer Wurst ähnelt. Ich streckte ihm den Finger entgegen. Ich kannte mal ein Mädchen mit so einem Finger, sagte er.

Mich fesselte gerade ein Bild, auf dem ihm von Ronald Reagan das Purple Heart und die Tapferkeitsmedaille verliehen wurden. Ist das Ihre Familie? fragte ich und deutete auf eine düster blickende Frau und wohlerzogene Kinder. Sie verfolgten die Zeremonie mit sorgenvollen Mienen.

Ja, sagte er. Sie hatten mich auf das Podest gerollt, aber ich wollte dem Präsidenten aufrecht entgegengehen. Ich bin nur einmal gestolpert. Kissinger bin ich, glaube ich, auf den Fuß getreten. Meine Frau sagte, ich hätte den Präsidenten fast umgeworfen, aber das kann nicht sein. Im Grunde erinnere ich mich kaum, weil ich mir solche Mühe gab, nicht umzufallen. Alles war verschwommen, wie wenn man auf einen Hügel vorrückt und oben von feindlichem Geschützfeuer geblendet wird. Irgendwie kommt man runter und merkt, daß man es geschafft hat, aber man hat keine Ahnung wie. Habe ich es mit Anstand hinter mich gebracht? habe ich hinterher meine Familie gefragt. Weil ich wollte, daß die Mexikaner, die Indianer, stolz auf mich seien.

Wie oft sind Sie verwundet worden? fragte ich, während ich ein Foto studierte, das ihn in Verbände gewickelt im Krankenhausbett zeigte.

Sie konnten die Einschüsse nicht zählen, weil ich so zerfetzt war. Die haben mich praktisch in Stücken aus 'Nam herausgeholt. Ich war so lange im Krankenhaus, daß bei meiner Entlassung nicht mehr Nixon Präsident war, sondern Reagan. Sie haben mich mit Draht zusammengeflickt. Deshalb muß ich mich immer bewegen. Wenn ich zu lange sitze, kann ich nicht mehr aufstehen.

Ha, sagte ich. Genau wie ich.

Er lachte, und seine Ginfahne stieg mir in die Nase. Ihnen könnte eine Diät helfen, sagte er; in meinem Fall ist das nicht so einfach.

Seltsamerweise hat es mir nie etwas ausgemacht, wenn andere Leute mich fett finden. Aber als er davon sprach, hatte ich das Gefühl, als hätte man mir ein Loch in die Seite gepiekst. Und die Luft würde aus mir herauszischen.

Ich kam über die Grenze, weil ich ein Mädchen suchte, sagte er. Ich kam in dieses Land, als ich noch ganz jung war. Eine Weile war ich Viehtreiber. Dann Tellerwäscher. Und Koch. Ich habe gedacht, ich würde sie finden. Ganz zufällig würde sie mir eines Tages über den Weg laufen. Er lachte. Ich war wirklich noch jung. Und ich wußte nichts über die Welt. Vor allem wußte ich nicht, daß dieses Land so verdammt groß ist.

Es ist wirklich groß, sagte ich.

Nach einer Weile war ich froh, daß ich zur Armee konnte. Ich hatte noch nie von Vietnam gehört, und Zeitungen las ich nicht oft. Aber dann wurden wir ausgebildet, und im Handumdrehen waren wir dort.

Wie war es? fragte ich.

Die Hölle, sagte er.

Und Ihre Familie blieb hier?

Meine Frau. Sie war schwanger. Ich konnte Geld nach Hause schicken. Ich konnte mich um sie kümmern.

Da stand der grinsende Reagan und klopfte dem »Helden« auf die Schulter. Caspar Weinberger sah aus wie ein Gespenst. Kissinger gab sich gerührt. »Mannie«, der Krüppel, schlurfte auf seine Medaille zu und hoffte, seiner Familie und seiner Rasse keine Schande zu machen.

Ich hatte angefangen zu weinen.

Wasn los? lallte er.

Bevor ich antworten konnte, schnarchte er schon.

Lieber Mannie, Manolo, Manuelito,

(schrieb ich eine Woche nach meiner Rückkehr:) Magdalena ist es, die dir aus der Vergangenheit schreibt. Obwohl ich dich ja kürzlich gesehen habe, deshalb ist es nicht wirklich die Vergangenheit. Ich war die Frau, die im Flugzeug aus Las Cruces neben dir saß. Die sehr dicke Frau mit den Nasenringen und dem grünen Streifen im Haar, die weinte, als sie dein Buch las. Ich weiß, ich sehe nicht wie Magdalena aus. Ich bin dreimal so dick wie sie. Meine grünen Haare – das, was noch davon übrig ist – sind zu einem

Bürstenschnitt geschoren und kürzer, als du es dir je hättest träumen lassen. Selbst meine Nase ist zweimal so groß wie ihre. Seit ich wieder zu Hause bin, denke ich an eine Diät, weil du sie vorgeschlagen hast. Werde ich durchhalten? Wahrscheinlich nicht. Aber du bist auch nicht mein Manuelito. Du bist ein Zinnsoldat und tust alles, um dein menschlich fühlendes Herz zu ertränken. Wie viele Menschen hast du getötet, Manuelito? Wer waren sie, und hatten sie Gesichter wie deines? Hast du Frauen getötet, die dich an mich erinnert haben, Manuelito? Davon träume ich, Nacht für Nacht. Weil du und ich wieder vor mir stehen, so wie wir waren, sobald ich mich schlafen lege.

Liebe Magdalena,

Manuelito ist es, der dir schreibt. Glaube nicht, daß ich dich nicht erkannt habe. Ich würde den kleinsten Teil von dir erkennen, auch deinen kleinen Finger, ganz gleich, wie riesig er geworden ist. Oder wie viele Nasenringe oder grüne Haarsträhnen du hast. Aber ich war betrunken, schon bevor ich in das Flugzeug stieg, und als ich zu dem Schluß kam, daß du es sein müßtest, war ich nicht mehr in der Verfassung, klar zu denken. Deshalb habe ich mich in den Schlaf geflüchtet. Und als ich aufgewacht bin, warst du weg. Wie hat du das übrigens geschafft? Du hast einen stattlichen Umfang, das stimmt, aber mit deinen magischen Kräften, an die ich mich noch erinnere, hast du dich wohl einfach in Luft aufgelöst. Du warst nicht auf dem Flugplatz. Jedenfalls habe ich dich dort nicht gesehen oder gespürt.

Es tut mir weh, daß du mich als erstes nach dem Töten fragst. Das ist genau der Grund, warum ich die Hippies so hasse. Jedesmal, wenn sie während des Vietnamkrieges eine Uniform sahen, haben sie sie verhöhnt. Eine von ihnen, eine Frau mit langen Haaren und einer Großmutterbrille, hat mich angespuckt. Es hieß töten oder getötet werden in 'Nam. Ich hatte nur einen Gedanken: lebendig dort herauskommen. Nein, das stimmt nicht ganz. Ich wollte so viele meiner Kameraden wie möglich beschützen und retten. Mr. Reagan hat das verstanden. Mr. Kissinger. Mr. Laird. Mr. Weinberger. Wenigstens habe ich das geglaubt. Erst nachdem ich meine Medaillen bekommen hatte, wurden die Renten für uns arbeitsunfähige Veteranen gekürzt, und ich mußte immer wieder nach Washington fahren, um alle daran zu erinnern, daß wir unsere Gesundheit für sie, für das amerikanische Volk, geopfert hatten. Und obwohl ich mit Draht zusammengeflickt bin und keinen Job annehmen kann, bei dem ich länger als ein paar Minuten stillstehen muß, wollten sie mich einfach in die anonyme Menge der arbeitenden Bevölkerung zurückstoßen.

Aber darum geht es nicht. Ich sehe auf dem Briefumschlag, wo du wohnst. Ich stehe in Kürze vor deiner Tür.

Und ist er wirklich gekommen? fragte ich meine Schwester.

Ja, sagte sie.

Und war es gut?

Was meinst du damit?

Das Wiedersehen, meine ich.

Na, sagte sie, er war nicht sehr betrunken, nur ein bißchen. Am ersten Nachmittag haben wir Kaffee getrunken und sind am Fluß spazierengegangen.

Nach ihrer Beschreibung von »Mannie« konnte ich mir vorstellen, wie sie knirschend und kurzatmig am Fluß entlangzockelten. Ich war dort oft mit ihr spazierengegangen, und auch mit meinem Vater, wenn einer seiner Besuche bei June mit einem meiner Besuche zusammenfiel. Die Passanten hatten sich auf dieses Paar bestimmt keinen Reim machen können und sich wohl maßlos gewundert.

Ich habe ihn gefragt, ob seine Frau wüßte, daß er mich besucht, sagte June.

Natürlich, hat er geantwortet. Er ist ihr, abgesehen von der Zeit in ’Nam, immer treu gewesen. Und sie ihm, abgesehen von demselben Zeitraum. Das war eine Vereinbarung, die sie getroffen hatten.

Obwohl sie schwanger war, als er wegfuhr? fragte ich.

Ja, sagte June. Sie haben beide begriffen, daß sie nicht ewig schwanger bleiben würde. Und vergiß nicht, so wie er erzogen wurde, hat er sich auch als schwanger betrachtet.

Das stimmt, sagte ich. Ich hatte es vergessen. Obwohl meine Mutter und mein Vater sogar ein Buch über diesen Aspekt des Lebens der Mundo geschrieben hatten. Wie die Schwangerschaft als ganz und gar gemeinsame Erfahrung betrachtet wurde, was soweit ging, daß der Vater sich während der Wehen ebenfalls mit Schmerzen ins Bett legte und seine Freunde sich bei ihm einfanden, um ihm beizustehen. Manchmal übertönten die Schreie des Vaters sogar die der Mutter.

Es ist ein Merkmal seiner Erziehung, daß er sie über mich nicht belügen würde, sagte June. Gott, Susannah, weißt du noch, wie manchmal Leute von draußen ins Dorf kamen und mit Daddy und Mama redeten und den Kopf schüttelten und sagten, die Mundo seien so naiv wie Kinder. Nur weil sie nicht logen.

Und Daddy schwafelte dann ein bißchen herum, aber Mama ließ sich nicht von ihrer Überzeugung abbringen, daß sie reifer waren als all die Leute, die kamen, um sie zu studieren, einschließlich ihr und Daddy.

Es gab ein Sprichwort bei den Mundo: Eine einzige Lüge reicht aus, das Gewebe der Welt aufzulösen. Und als unser Vater mit seinem Predigerhut auf dem Kopf sagte, Gott habe dem Menschen die Herrschaft über die ganze Welt gegeben, erklärten die Mundo, das könne auf keinen Fall stimmen. Vielleicht, sagten die Männer und strichen ihre Bärte, ist das die eine Lüge, durch die das Gewebe eurer Welt sich aufgelöst hat.

Während meine Schwester sprach, dachte ich an die Mundo, über die ich seit Jahren nicht mehr nachgedacht hatte. Sie hatten nie verstanden, wie man eine Frau für böse halten konnte, weil sie doch die Maismutter war. Als sie von der Erbsünde hörten, die im Essen der verbotenen Frucht bestand, kratzten sie sich wieder das Kinn und sagten noch ernster: Vielleicht ist das die eine, die größte Lüge, durch die das Gewebe eurer Welt sich aufgelöst hat. Die Männer hatten nicht gewollt, daß ihre Frauen hörten, wessen sie beschuldigt wurden; sie versuchten, unseren Vater davon abzuhalten, dieses schreckliche Geheimnis preiszugeben, auch wenn er nicht an seiner Wahrheit zweifelte. Und als die Frauen es erfuhren, waren sie sehr verletzt.

Daß sie jemand für nicht gut halten könnte, war ihnen nie in den Sinn gekommen.

Um ehrlich zu sein, sagte June, dieser Mannie/Manuelito hat mich zuerst abgestoßen. Ich sah immer noch den Körper des Jungen vor mir, den ich geliebt hatte. Dann schaute ich mir dieses zusammengeflickte Gesicht an und hoffte, es würde sich in das kluge, intelligente, unendlich freundliche Gesicht verwandeln, das ich gekannt hatte. Sein Gesicht bestand nur noch aus Fetzen, und sie hatten sogar die Augenlider unbeholfen zusammengenäht. Aber die Leute auf der Straße hätten gar nicht unbedingt etwas bemerkt. Natürlich schaut auch niemand mehr einen anderen richtig an, und natürlich unterscheidet sich keiner mehr vom anderen. Alle haben die gleiche Dauerwelle, die gleichen gebleichten Locken, dieselbe fahle Haut. Und große Nasen landen sofort im Abfalleimer von Schönheitschirurgen.

Aber ziemlich bald hat sich etwas bei mir verändert. Ich erkannte allmählich meinen hübschen Manuelito hinter der Maske seines zerstörten Gesichts; die Zärtlichkeit in seinem Blick drang durch die schrecklichen Kriegserfahrungen hindurch und traf mich, als würde er mich durch einen Vorhang aus Blut ansehen.

So viel Blut, erzählt er mir. Ströme von Blut. Die Erde so getränkt von Blut, daß man darauf ausglitt. Wie kommt es, daß du und ich noch leben? fragte er dann plötzlich mit der Präzision der Volltrunkenen.

Ich wußte es nicht. Irgendwann faßte ich nach seiner Hand. Meine fühlte sich wie eine riesige Gummipfote an und seine wie eine verschrumpelte, verbogene Klaue. Meine Schenkel rieben beim Gehen aneinander, und der Stoff meiner Leggings zischelte im Takt wie kriegerische Marschmusik.

Vergebung

Dein Leben lang gibst du dich der Illusion hin, du wüßtest alles, was man über gebrochene Herzen wissen kann. Ich bin nur sehr ungern derjenige, der davon berichtet, wie es einem nach dem Tod das Herz zerreißt. Da stand ich nun zitternd auf der Brücke, über die sie gingen. Ihre gewaltige Hand umschloß die seine. Jeder Draht in seinem Körper spannte sich vor Kälte. Ich hatte sie geschlagen, weil sie seinen jungen Körper liebte! Wenn ich nicht schon tot gewesen wäre, hätte ich mich umgebracht.

In jener Nacht war ich wie gelähmt. Ich schämte mich so, daß ich nicht einmal spionieren konnte. Ich weiß, sie gingen in ihre Wohnung zurück, und sie ließ ihm in ihrer gigantischen Jacuzzi-Wanne ein heißes Bad ein, und er legte brav seine Uniform ab und ließ seinen schmerzenden Körper in Berge von schneeweißem Schaum sinken. Ich ließ den Kopf, oder was einmal mein Kopf gewesen wäre, hängen und blieb vor der Wohnungstür. Wie sollte ich das je wieder gutmachen? Eine Studentin erschien, um meine Tochter mit ihrer Arbeit zu belästigen. Ich plazierte mich zwischen sie und die Tür. Sie klopfte mehrmals an meine Brust, aber das Geräusch wurde vom leeren Raum meiner Leblosigkeit verschluckt. Als sie ging, sank ich auf die Knie und begann in Gestalt eines sanften Windhauchs über den Querbalken von Junes verschlossener Tür hinweg um Vergebung zu bitten.

Was übrig ist

Was da noch übrig ist, funktioniert nicht mehr richtig, sagte Manuelito. Diese verrückten Cong haben es praktisch weggeschossen.

Das tut mir leid, sagte ich.

Er lachte. Wer hätte gedacht, daß wir so enden, was, Magdalena?

Ach, ich weiß nicht, sagte ich, und schob ein Bein aus meinem tief ausgeschnittenen seidenen Nachthemd. Ich finde, manche Teile von uns sehen noch ziemlich gut aus. Seit dem Augenblick, als Manuelito aus der Badewanne gestiegen war, ich ihn abgetrocknet und er sich hinuntergebeugt hatte, um meinen Knöchel zu küssen – wonach er sich dann ohne Hilfe nicht mehr aufrichten konnte –, war mir leicht ums Herz geworden.

Meine Beine sind immer noch gut in Form, findest du nicht?

Oh, da bin ich vollkommen deiner Meinung, sagte er, stützte sich auf den Ellenbogen und küßte mein Knie.

Deine Lippen sind ziemlich unbeschädigt, sagte ich, lehnte mich in seinen Armen zurück und betrachtete sie.

Wirklich, sagte er und machte einen Schmollmund.

Klar, sagte ich und gab ihm einen schmatzenden Kuß.

Du bist immer noch schön, sagte er, nur eben üppig. Mehr an dir dran zum Genießen.

Früher hatten wir uns beeilt. Jetzt wußte ich, daß wir uns Zeit lassen würden. Weißt du noch, wie ich deine Haare gebürstet habe? fragte er.

Nein, sagte ich.

Doch, ich habe sie gebürstet, beteuerte er. Ich mochte es, wenn sie sich um meine Finger ringelten. Es ist komisch bei den Mundo, manche von uns haben die dunkle Haut behalten, so daß man unsere Verbindung zu Afrika erkennt, aber unsere Haare sind hoffnungslos gerade. Indianer haben eben dominante Glatthaar-Gene.

Es wird sich jetzt aber nichts ringeln, sagte ich, als ich sah, daß er nach einer Bürste suchte.

Grinsend setzte er sich hinter mich auf das Bett. Lehn deinen Kopf an, sagte er. Ich tat es. Allein schon, daß mein Kopf auf seiner Brust lag, gab mir ein wunderbares Gefühl der Ruhe. Langsam bürstete er meine Haare. Ich dachte, er würde eine Bemerkung über die grüne Strähne machen, aber er tat es nicht.

Es ist viel dünner, nicht? sagte er. Und zog an den längeren Haaren ganz oben auf meinem Kopf.

Ich antwortete nicht. Billie Holiday sang leise etwas Fröhliches, Beschwingtes. Ich hatte Angst, ihre Stimme würde in Manuelito den Wunsch nach einem Drink aufkommen lassen. Es war diese Art von Musik, diese Art von Stimme. Aber nein, er bürstete friedlich und bewegte sich dabei häufig, um locker zu bleiben. Er bürstete so lange, daß ich einnickte. Aber genau in diesem Augenblick legte er die Bürste beiseite, und ich spürte, wie seine Finger meine Schultern und meinen Nacken kneteten. Sie streiften den Stoff über meinen Brüsten.

Ich liebe große Brüste, flüsterte er in mein Ohr.

Nun, mein Schatz, ich habe mir diese Melonen extra für dich wachsen lassen, sagte ich. Gleichzeitig faßte ich nach seinen Händen und lenkte sie zu meinen kühn aufgerichteten Brustwarzen. Sehr sanft und ein wenig nervös zog er die Ketten heraus. Und so fingen wir an.

Jedesmal, wenn dich ein Geliebter verläßt, den du immer noch liebst, hast du Phantasien, wie es wäre, wenn er noch einmal in deinen Armen läge. Aber es ist immer ein Bild aus der Vergangenheit. Eure Körper sind darin so wie früher. Manuelito und ich waren immer noch dieselben, aber unsere Körper waren die von zwei anderen Menschen. Wir küßten uns. Wir leckten uns ab. Wir rieben uns aneinander. (Er zog gekonnt den Spike aus meinem Bauchnabel.) Wir beteten darum, daß unsere fremden Körper sich besinnen und sich wiedererkennen würden. Zuerst schien das nicht mehr möglich. Einmal murmelte Manuelito, er brauche etwas zu trinken. Ich hätte alles für einen Burger mit Pommes gegeben. Aber wir hielten durch. Ich dachte, ich müßte auf seinem Körper die wenigen Stellen finden, an denen er noch sexuell stimuliert werden konnte. Er dachte, er müßte sich abmühen, in all dem Fett meine Mitte zu entdecken. Aber als wir müde wurden, ließen wir alle Strategien beiseite. Wir schliefen ein. Und als wir aufwachten, schien mir, die Atmosphäre in der Wohnung habe sich völlig geändert. Und als wir Stunden später mein Bett verließen, waren wir beide befriedigt.

Magdalena, sagte er, als wir im Burger King ein gigantisches Frühstück verspeisten, ich möchte dich heiraten.

Aber du bist schon verheiratet, sagte ich.

Er sah erstaunt aus. Ich mußte über seinen Gesichtsausdruck lachen.

Ich bin verheiratet, du hast recht. Und ich liebe Maria. Meine Frau.

Maria? sagte ich. Sie heißt Maria? Göttin, dachte ich, das war ja nicht anders zu erwarten.

Zwischen uns existiert nicht diese magische Anziehungskraft, sagte er traurig. Hat sie noch nie. Weißt du, was ich glaube? Ich glaube, es gibt während unserer Zeit auf der Erde eine Seele, die zu uns paßt. Wir suchen immer danach, bewegen uns auf sie zu, aber oft finden wir sie nicht. Er schwieg. Wir haben uns nicht einmal, sondern zweimal gefunden! Nicht nur, als wir jung und hübsch waren, sondern sogar jetzt, wo wir so aussehen.

Ich steckte mir eine Fritte in den Mund. Wenn ich mit dir zusammen esse, ist mir, als würde ich alleine essen.

Genau das meine ich, sagte er.

Trotzdem ist Maria deine Frau. Sie hat zuviel mit dir durchgemacht, als daß sie dich jetzt gehen lassen würde.

Was sollen wir tun? fragte er.

Uns lieben natürlich, sagte ich.

Aber wir müssen Maria alles erzählen, sagte er.

Ja, sagte ich. Ich weiß, das ist so bei euch.

Er nickte.

Wird sie uns hassen oder Mitleid mit uns haben?

Ich weiß nicht, sagte er. Ich trinke seit Jahren; es ist schwer, mit einem Trinker Mitleid zu haben. Wir sind manchmal so widerlich und richten immer wieder soviel Chaos im Leben an.

Für mich, für uns würde Manuelito zu trinken aufhören, das wußte ich. Und ich wußte, daß ich sofort anfangen würde, auf mein Gewicht zu achten. Aber wie der Manuelito und die Magdalena von früher sprachen wir nicht darüber und gönnten uns sogar am gleichen Tag noch harte Drinks und ein herzhaftes Essen.

Als wir das Restaurant verließen, wurde der beschwipst singende Manuelito, während er sich zuerst mir zuwandte und dann die Arme hochwarf, als wolle er den hellen zunehmenden Mond umarmen, von einem Bus angefahren. Der Bus schleifte ihn fast bis zur nächsten Straßenecke mit. Als ich ihn erreichte, war er tot.

Schwester sein

Und deshalb komme ich von meinem Berg herunter und lasse den Zufluchtsort, an dem ich schreibe, hinter mir. Der Schutzgeist, dessen Anwesenheit ich allmählich zu spüren beginne, bleibt auf der Schaukel unter der Eiche zurück. Ich werde Magdalena, June, Mad Dog, MacDoc, die wieder einmal von einer Welle des Kummers überflutet wird, eine Schwester sein.

Aber ich bin nicht traurig, Susannah, sagte sie, als ich vor ihrer Tür stand. Fix und fertig von dem Flug, dem Mittagsverkehr und dem Schlafmangel starrte ich sie aus blutunterlaufenen Augen an. Ich hatte gewußt, daß sie dick war, aber diesmal kam sie mir doppelt so breit vor wie sonst. Ihr grünes Haar hing schlaff herunter, und ihre Nasenringe waren nicht poliert. Aber etwas an ihr hatte sich verändert. Nur, was?

Es war ein Wunder, daß wir uns wiedergefunden haben, aber es sollte nicht von Dauer sein, sagte sie. Ich spürte, sogar während wir uns liebten, daß Manuelito eine Leihgabe von anderswo war. Nicht nur von Maria, seiner Frau, und ihren Kindern. Sie schwieg. Im Grunde, fuhr sie dann fort und blickte auf den Grund ihrer Teetasse, glaube ich, daß er in 'Nam umgebracht wurde.

Oh, Schatz, sagte ich, das klingt wie aus *Twilight Zone*.

Es gibt ja auch unbekannte Dimensionen, sagte sie leise. Wo, glaubst du, haben die das im Fernsehen her?

Hör doch auf, fuhr ich sie an.

Oh, sicher, rational läßt sich das nicht begründen. Sie

stellte die Tasse ab. Aber schau dir die Welt an. Sollte es uns nicht scheißegal sein, ob etwas vernünftig ist oder nicht? Da draußen kommt mir überhaupt nichts vernünftig vor.

Also, du hast ihn im Flugzeug aus Las Cruces getroffen. Was hat er gemacht? Wohin wollte er?

Ah ja, sagte sie. Stell dir vor. Bei dem »Job«, den die Regierung ihm angeboten hatte, mußte er vor Schülern Reden halten. Reden über die Armee. Über 'Nam.

Wow, sagte ich.

Genau. Also reiste er herum, wie die indianische Variante des Fliegenden Holländers, und tauchte nur zu Hause auf, um sich zu betrinken, seine Familie zu tyrannisieren und eine frische Uniform anzuziehen. Ein Alptraum.

Und was konnte er der Jugend überhaupt erzählen? fragte ich sarkastisch.

Magdalena lachte. Tja. Er stellte sich also in seiner adretten Ausgehuniform vor sie hin. Sein ganzer Körper steckt voller Draht ... hab ich dir schon erzählt, daß die Metalldetektoren in Geschäften immer wie verrückt piepsten, wenn er durch die Tür ging? Er besaß einen besonderen Ausweis, den er den Sicherheitsbeamten am Flughafen zeigte.

Im Ernst, sagte ich. In Gedanken grübelte ich immer noch über die Persönlichkeitsveränderung meiner Schwester nach. Sie hatte seit dem Flughafen nichts gegessen. Sie ist auf Diät, dachte ich. Vielleicht erklärte das den überirdischen Glanz, der sie umgab.

Er wollte natürlich den Jugendlichen unbedingt die Wahrheit sagen. Er wollte ihnen sagen, sie sollten ihn und alle Uniformierten meiden wie den Teufel. Aber gleichzeitig hing er an seinem Purple Heart und seiner bescheuerten Tapferkeitsmedaille wie die Fliege am Leim.

Und was hat er gemacht? fragte ich.

Er hat versucht, ihnen zu erzählen, wie man überlebt. Das sei seine Spezialität, meinte er. Das einzige, von dem er etwas verstand. Aber sie waren keine Indianer. Sie waren verwöhnte amerikanische Bauernsöhne und noch verwöhntere und kindischere Ghetto-Kids aus den Städten. Außerdem wußten er und sie, daß das Militär ihnen die einzigen Jobs bot, die sie je kriegen würden. Die Bauernsöhne langweilten sich ohne Krieg vor dem Fernseher zu Tode; die Kids aus der Stadt wußten, daß sie jederzeit an der nächsten Straßenecke umgebracht werden konnten. Er redete den ganzen Vormittag auf sie ein, und dann ging er zurück in sein Hotelzimmer und betrank sich.

Er hat nicht gewußt, wie man überlebt, sagte ich. Und nahm die Kaffeetasse entgegen, die sie mir reichte.

Sie zuckte die Achseln. Er hat gesungen, als er starb, sagte sie.

Oh.

Ja. Er ist gestorben, während er sein Initiationslied gesungen hat. Als wir in den Bergen gelebt haben, hat er es mir beigebracht und ich habe es dort ständig gesungen.

Magdalena begann zu summen und dann leise und verhalten zu singen:

Alle sehen, daß der Himmel nackt ist
Und wenn der Himmel nackt ist
Dann muß auch die Erde
Nackt sein.

Es kommt mir bekannt vor, sagte ich. Einigermaßen.

Ich sage dir doch, ich habe es ununterbrochen gesungen. Oder gesummt. Es hat Daddy auf die Palme gebracht, und deshalb habe ich immer weitergesungen. Zu irgendeinem Zeitpunkt – das habe ich erst Jahre später begriffen – hat er sich wirklich in einen Geistlichen verwandelt. Mir kam es vor, als habe sein Bibellesen und sein Schauspielern, das eigentlich die Mundo beeindrucken sollte, auf ihn selbst abgefärbt. Ich habe es mir früher so erklärt, daß das rudimentär vorhandene Reptilgehirn in seinem Kopf die Macht ergriffen hat.

Merkwürdig, nicht? sagte ich. Dabei waren Mama und Daddy Atheisten.

Abgefeimte Lügner waren sie, sagte June. Sie haben andauernd den Mundo nachspioniert und alles in ihre widerlichen kleinen grauen Notizbücher geschrieben.

Heute würde jemand ihre Arbeit finanzieren, sagte ich. Irgendeine politisch korrekte anthropologische Gesellschaft würde zweifellos diesem unternehmungslustigen, engagierten, intelligenten schwarzen Paar, das sich für die Lebensform eines gemischtrassigen Stammes wie die Mundo interessiert, hilfreich zur Seite stehen.

In gewisser Weise hat die Kirche sie versklavt, sagte June. Hat sie gezwungen, für sie zu arbeiten statt für sich selbst.

Schon verblüffend, daß sie damit durchgekommen sind, sagte ich. Daddy hat über Sachen gepredigt, von denen er kaum etwas verstand und die ihm nicht das geringste bedeutet haben. Und Mama hat die Fromme gespielt.

Durch ihre ständige Fickerei haben sie das alles überstanden, sagte meine Schwester verbittert.

Oh ja, antwortete ich lachend. Du glaubst nicht, wie lange es gedauert hat, bis ich begriffen habe, warum das hilft!

Warum der Tollwütige Hund als weise gilt

Ich erinnere mich daran, daß Magdalena mich fragte, warum in meinem Stamm tollwütige Hunde als weise gelten. Eine solche Frage war typisch für sie.

Ihre kleine Schwester Susannah fragte kaum etwas. Sie war zufrieden, wenn sie gemächlich hinter ihren Eltern hertrottete. Ihr Vater verwöhnte sie. Es war klar, daß er sie nur dann für schön hielt, wenn sie sich sehr langsam bewegte oder stillhielt. Er sah sie versonnen an, als wäre sie eine Blume und könne sich nicht heftiger bewegen als eine Blume.

Ganz anders Magdalena. Sie war ständig unterwegs und steckte ihre Nase überall hinein. Alle Ältesten liebten sie, weil sie noch wild war. Sie erzählten ihr Geschichten, solange sie stillsitzen mochte, und Magdalena erledigte Botengänge für sie.

Der tolle Hund gilt als weise, weil er den Verstand verloren hat, sagte ich. Und das ist das Allerschwierigste auf der ganzen Welt. Unsere Leute nehmen einmal im Jahr Kräuter zu sich, damit sie alle gleichzeitig den Verstand verlieren. Statt Gedanken haben wir Visionen, und so finden wir unseren Weg.

Aber wozu wollt ihr den Verstand verlieren? fragte sie unverblümt, mit zusammengezogenen Augenbrauen. Das finde ich dumm.

Nein, nein, sagte ich. In der Welt, aus der du kommst, legen die Leute viel zu viel Wert auf den Verstand. Du könntest fast sagen, sie sind zu bloßem Verstand geworden.

Was weißt du denn von der Welt, aus der ich komme? fragte sie.

Das erzähle ich dir später, antwortete ich, aber jetzt will ich dir mehr darüber sagen, warum der tolle Hund weise ist.

Na gut, okay, sagte sie, stemmte die Hand in die Hüfte und schaute zu mir auf.

Sie war so hübsch! Meine Magdalena. Schon als Junge wollte ich sie küssen. Ihre Lippen waren voll und rund; im Sommer wurde sie braun, fast schwarz. Ihre Wangen waren wie Schokolade. Ich wollte an ihnen lecken. Sie hatte einen kühnen Geist; was sie empfand, war an ihren Augen abzulesen.

Tollwütige Hunde beißen Leute, sagte sie jetzt.

Das mögen wir auch nicht, erwiderte ich. Auch nicht das Sabbern und Geifern oder die Angst vor dem Wassertrinken. Nur daß sie den Verstand verlieren.

Aha, sagte sie.

Es ist eine andere Art zu sagen, daß du nicht zu sehr nach dem Kopf leben sollst. Es erinnert dich daran, daß du zu deinen Gefühlen stehen sollst, egal wie verrückt sie sind; es bedeutet auch, Verrücktheit hat ihren Wert.

Aber Weisheit? hakte sie ein. Die sehe ich nicht.

Die Ältesten sagen, du erkennst Weisheit erst, wenn du alt bist.

Pah, lachte sie, so alt wie die wird doch sowieso keiner.

Irgendwie hatten die Ältesten diese Erwiderung gehört. Sie amüsierten sich darüber. Und danach fing sie an, sich Mad Dog, tollwütiger Hund, zu nennen. Den Namen mußte sie auf Verlangen ihres Vaters in MacDoc umändern. Und dann war ihm sogar dieser Spitzname peinlich. Er verstand nicht, daß Magdalena das war, was wir eine *Changing Woman*, eine Schamanin, nannten. Sie war es von Natur aus, ohne Belehrung und Initiation und deshalb sehr außergewöhnlich.

Wir bemerkten das sofort. Schon am Tag ihrer Ankunft. Es ist leicht, eine zukünftige *Changing Woman* zu erkennen, auch wenn sie noch ein kleines Mädchen ist. Sie ist diejenige, die sich aufmerksam alles ansieht. Sie ist diejenige, die keine Scham zu kennen scheint. Denn was würde Scham einer Person nützen, die jeden Moment zu dem werden kann, dessen sie sich schämt?

Schicksal

Als der Bus mich erfaßte und mit sich schleifte, sang ich noch. Obwohl ich da schon tot gewesen sein muß. Bei meinen Leuten gilt das als außergewöhnliches Glück. Es bedeutet, daß ich auf der anderen Seite weitersingen, weiterleben werde. Wenigstens so lange, bis meine Aufgaben erfüllt sind. Das ist es, was der Initiationsgesang verspricht, auch wenn man ihn so früh lernt, daß man das unmöglich gleich versteht:

Alle sehen wir, daß die Erde
Eine Enkelin des
Mondes ist
Und der Mond
Die Mutter des Nachthimmels

Wenn du stirbst
Ist dies das Lied
Das dich über den Fluß
Tragen wird
Es ist dein Nachen
Es ist dein Pferd

Und deshalb hieß mein Pferd Vado, denn das bezeichnet die seichte Stelle im Fluß, an der er sich leicht überqueren läßt.

Ich wollte Magdalena nicht verlassen, aber jetzt, von hier aus, sehe ich, daß der Zeitpunkt perfekt gewählt war.

Ich war zerstört und für sie gerettet und zu ihr zurückgebracht worden. Aber ich glich einem nassen Lappen, den ihre Liebe vorübergehend gefestigt hatte. Einen Augenblick lang stand ich hochaufgerichtet neben ihr. Lange genug, um ihr zu sagen, ich hätte begriffen, daß wir füreinander bestimmt waren. Daß das, was wir erlebt hatten, echt gewesen war. Denn danach hatte sie sich verzehrt. Nach dem Wissen, daß sie nicht allein unter einer zerstörten Liebe litt.

Die Mundo lehren, daß du einen anderen nicht besitzen kannst. Aber ich verließ den Stamm so früh, daß ich diese Lektion nur unvollständig gelernt hatte. Eines hatte ich allerdings schon aufgenommen: daß es in jedem Leben eine Seele gibt, zu der wir uns ganz besonders hingezogen fühlen. Es ist eine körperliche und eine seelische Anziehung. Wenn du diese Seele gefunden hast, was du unweigerlich sofort spürst, dann schwindet jede ängstliche Überlegung, was andere davon halten könnten. Du sagst nicht mehr: Wer wird das gutheißen? Wen werden wir dadurch verärgern? Du sagst nur: Danke, Mama (unsere Vorstellung von Gott), oder Danke, Schicksal. Denn für uns sind Mama (alles, das ist) und Schicksal ein und dasselbe.

Fleisch

Als ich klein war, arbeitete mein Vater in einer Fleischfabrik, erzählte ich Susannah. Schon damals, in den späten vierziger Jahren, bot man Einwanderern aus Osteuropa und illegalen Arbeitern aus Mexiko die schmutzigeren, schlechter bezahlten Jobs an, die Männer wie mein Vater hatten; das regte ihn sehr auf. Arbeiter, die kaum Englisch sprachen, die er an irgendeiner lauten, fettverschmierten Maschine angelernt hatte, nahmen in der Fabrik bald bessere Positionen ein als er. Seinen ganzen Zorn und sein Selbstmitleid lud er an unserer Haustür ab. Es war eine zerkratzte, vernarbte Tür. Sie sah so häßlich und abstoßend aus und stank so nach dem Elend auf der anderen Seite, daß ich als Teenager etwas von meinem Verdienst als Babysitter sparte und eine kleine Dose gelbe Farbe kaufte, mit der ich sie »sonnengelb« strich.

Ich habe Susannah oft von meiner Kindheit erzählt, weil sie von Überlebensgeschichten nicht genug bekommen kann.

Wie hat eure Mutter euch denn alle durchgefüttert? will sie mit weit aufgerissenen Augen wissen.

In unserem Haus, antworte ich, wurde nichts weggeworfen. Nicht einmal Knochen.

Nicht einmal Knochen, wiederholt sie jedesmal, wenn sie das hört. Was hat sie denn bloß mit den Knochen angefangen?

Brühe gekocht, erkläre ich.

Brühe? fragt sie, als gäbe es dieses Wort in ihrem kulinarischen Wortschatz nicht.

Brühe, wiederhole ich.

Es gab auch Brühe aus dem Viehhof nicht weit von der Fleischverarbeitungs- und Verpackungsfabrik, in der mein Dad gearbeitet hat. Aber diese Brühe benutzte meine Mutter als Grundlage für Suppen.

Oh, sagt sie. Sie ist vielleicht gerade dabei, ihre langen, zobelfarbenen Haare zu bürsten oder lackiert sich die Nägel. Oder ich habe ihr gerade die Seele aus dem Leib gefickt.

Wir waren arm, erläutere ich.

Ihr wart arm, ertönt ihr Echo, als überstiege die Vorstellung, nicht genug zu haben, ihr Fassungsvermögen.

In meinem Vater steckte mehr als seine stereotype Streitlust und Feindseligkeit, mehr als seine wehleidige und gemeine Tyrannei. Er hatte noch eine ganz andere Seite, sagte ich. Wenn er bei Sinnen war, wie meine Mutter es nannte. Wenn er gebadet und geschlafen und ordentlich gegessen hatte, wenn er unsere Zeugnisse angesehen und sie für zufriedenstellend befunden hatte, wenn er auf einen ersten Drink verzichtet und meine Mutter ins Schlafzimmer gelockt hatte, war er ein Vater, der lustige Geschichten zum Besten gab und Späße machte. Er war ein Vater, der gerne Dinge reparierte, der Gitarre spielte.

Bei dieser Beschreibung spitzte Susannah immer die Ohren. Oh, sagte sie dann, das klingt toll.

Darüber dachte ich nach, während ich beispielsweise die Innenseite ihres Schenkels streichelte.

Er war normal, glaube ich.

Erzähl mir noch mal, wie du schwanger geworden bist, bat sie wie ein Kind, das ein Märchen hören möchte.

Das war im Frühling, fing ich an.

Warte, warte, sagte sie. Wenn es Frühling war, müssen wir die Fenster öffnen. Oder wenn wir im Winter darüber sprachen, sagte sie: Oh, wenn es Frühling war, müssen wir eine Kerze anzünden oder ein Feuer machen. Ich kannte keinen anderen Menschen, dem Rituale so wichtig waren wie ihr. Ich wartete also, während sie die Fenster hochschob, eine Kerze entzündete, ein Feuer entfachte oder was auch immer.

Es war Frühling, fing ich noch einmal an. Ich war fünfzehn.

Fünfzehn, wiederholte sie.

Fünfzehn, sagte ich.

Passieren schlimme Dinge immer fünfzehnjährigen Mädchen? wollte sie wissen.

Unterbrich mich nicht, sagte ich.

Ich glaube schon, hauchte sie aufgeregt.

Da gab es einen netten Mann, einen Freund meiner Familie. Ich fand ihn allerdings überhaupt nicht nett. Ich meine, er war okay, aber mir wäre es lieber gewesen, wenn er überhaupt nie zum Essen gekommen wäre.

Du meinst, du hättest ihn nicht vermißt?

Richtig.

Weiter.

Versuche ich ja.

Entschuldige.

Fragst du mich nicht noch mal, wie arm wir waren?

Oh, sagte sie. Das hatte ich vergessen.

Auch bevor der nette Mann zum Essen kam und anfing, mich über den Tisch hinweg anzustarren, waren wir arm. Mein Vater stand den ganzen Tag in der Fabrik und verpackte Fleisch. Er roch nach Fleisch. Er versteckte Fleisch in seinen Kleidern und brachte es für uns mit nach Hause. Seine Arbeitskleidung ließ er in der Fabrik. Ich habe sie nie gesehen. Er sagte, am Ende des Tages sei sie so fettig und blutig und verklebt, daß sie von alleine stehen würde. Jede

Nacht wurden die Kleider der Arbeiter eingesammelt und ausgekocht.

Igitt, rief Susannah.

Im Winter trug er einen weiten Mantel, auf dessen Innenseite meine Mutter eine Menge Taschen eingenäht hatte. Sobald wir seinen Schlüssel in der Tür hörten, rannten wir zu ihm und zogen das Fleisch aus den Taschen. Wenn er nicht zu betrunken oder schlecht gelaunt war, brachte ihn das zum Lachen.

Wie viele wart ihr? fragte sie, und ihre braunen Augen verdunkelten sich erwartungsvoll.

Zwölf, sagte ich.

Zwölf, wiederholte sie wie vor den Kopf geschlagen.

Zehn Kinder, ergänzte ich hastig.

Das verschlug ihr die Sprache.

Zehn Kinder, alle mit Mündern, wie meine Mutter immer zu sagen pflegte.

Und du warst die Älteste? fragte sie.

Ich war mehr in der Mitte. Nummer vier.

Wie hast du es angestellt, daß du dich da nicht verloren gefühlt hast?

Aus irgendeinem Grund überfiel mich an dieser Stelle immer nervöses Gelächter. In der Therapie hatte ich entdeckt, daß ich mich tatsächlich verloren gefühlt hatte, aber zu Hause hatte ich mich für sehr bedeutend gehalten. Die älteren Kinder hatten meine Eltern als Eltern, sagte ich. Die jüngeren hatten mich.

Oh! Sie war verwirrt.

Ich war seit meinem fünften Lebensjahr Mutter, erklärte ich. Das hat sich so ergeben. Lily Paul, gib mir die Windel; Lily Paul, gib mir die Babyflasche. Lily Paul, halt mal Joey. Als ich acht war, konnte ich Essen kochen, während ich ein Baby im Arm hielt und auf zwei andere aufpaßte.

Nein! staunte Susannah mit weit aufgerissenen Augen.

Deine Augen sind so rund wie Untertassen, sagte ich.

Weil sie Schriftstellerin war, mußte sie über diese Beschreibung jedesmal lachen.

Aber wenn du so wichtig warst, verstehe ich nicht, warum sie dich verheiraten wollten. Du warst doch das perfekte Dienstmädchen, und sie brauchten dir nicht mal Lohn zahlen.

Mir war eigentlich nur die Schule wichtig, sagte ich. Das war meine große Leidenschaft. Ich schlich mich morgens in die Schule, wenn ich die anderen Kinder aus dem Haus losgeschickt hatte. Die kleineren Kinder meiner Mutter überließ ich ihr. Aber da war sie eigentlich schon zu krank, um für sie zu sorgen.

Mein Gott, sagte Susannah entsetzt.

Der nette, lächelnde Mann besaß keinen Penny. Er war ein Taugenichts. Aber charmant. Am liebsten saß er herum und trank und spielte mit ihnen Karten. Er konnte überhaupt nicht für mich sorgen. Er konnte mich nur schwängern und ihnen helfen, mich zu Hause festzuhalten.

Nein! empörte sich Susannah.

Oh ja, sagte ich.

Wann hast du das alles herausgefunden?

Jahre später.

Die Gebrüder Grimm sind Waisenknaben gegen dich, sagte sie.

Was meinst du damit?

Das ist schlimmer als Hänsel und Gretel, antwortete sie. Schlimmer als von der Hexe gebraten und aufgegessen zu werden. Schlimmer als Rotkäppchen.

Und schlimmer als das, was mit Psyche oder Persephone passiert ist, antwortete ich trocken.

Die Geschichte von Psyche ging immerhin gut aus,

sagte Susannah mit einer nachdenklichen Falte auf der Stirn. Eros kam wieder zu Sinnen. Ihr Kind wurde in Liebe gezeugt, und sein Name bedeutete Freude.

Richtig, sagte ich. Ganz so lief es bei mir nicht.

Du bist mehr wie Persephone, mein Liebling, sagte sie, beugte sich herüber und streichelte meine Locken. Du warst dazu bestimmt, wenigstens die Hälfte der Zeit glücklich zu sein.

Ich liebte ihren süßen Atem; er roch, als hätte sie nie etwas Verdorbenes gegessen. Ich küßte sie. Sie war alles, was ich nicht war. Groß, anmutig, elegant. Von ihren Eltern geliebt. Weitgereist. Sie fuhr ein schwarzes Jaguar-Cabrio mit offenem Verdeck, selbst wenn es nieselte. Sie rasierte sich die Beine.

Ich mochte ihn nicht, sagte ich. Ich mochte keine Jungen. Ich hatte keinen Freund. Ich war mit vierzehn im Grunde schon zu matronenhaft, als daß sich die Jungen in der Schule für mich interessiert hätten.

Dieser Mann war älter?

Viel älter. Fünfundzwanzig, gut und gerne.

Wie sah er aus? fragte sie.

Gut sah er aus, sagte ich. Da war ich mir mit meinen Eltern einig. Er war gut gebaut. Seine Hautfarbe gefiel mir. Ein sattes, warmes Braun, wie Holz. Die Art von Haut, auf der nie ein Pickel erscheint. Er roch auch gut. Er versuchte, mit mir über die Schule zu reden. Sein Atem war frisch. Ich mochte ihn nur einfach nicht, sagte ich. Meine Eltern mochten ihn. Sie hatten ihn gerne um sich. Sie erkannten, daß er ihnen nützlich sein konnte.

Aber sie hatten doch schon so viele Kinder, sagte Susannah. Ist es ihnen nicht zu eng geworden?

Es war auch wirklich kein Platz mehr, sagte ich. Schlußendlich zogen die älteren Kinder weg, sie wurden regelrecht aus der Wohnung gedrängt. Aber du verstehst nicht, worum es ging. Wenn man mich zwingen konnte zu bleiben, dann würde ich, egal wie viele Kinder meine Mutter oder ich noch kriegen würden, immer zur Stelle sein und mich um sie kümmern.

Ich glaube, das bekomme ich nie in meinen Kopf hinein, stöhnte Susannah, während sie an ihrem eisgekühlten Campari nippte.

Nein, das kannst du dir nicht vorstellen, sagte ich. Deshalb habe ich ja auch solche Probleme mit dir.

Oh Liebling, sagte sie, du bist unerbittlich.

Wie auch immer. Er grinste mich unentwegt über den Tisch weg an. Jedes Jahr fielen Babys aus dem Bauch meiner Mutter wie Äpfel vom Baum. Ich fing sie auf, wenn sie herauspurzelten. Sie flüchtete aus der Wohnung, indem sie fast täglich ins Kino ging. Sie mußte eine enge Bandage um den Bauch tragen, damit die Gebärmutter an ihrem Platz blieb. Es ist unglaublich, sagte ich, daß ich erst später, nach jahrelanger Therapie, begriffen haben, wie schockierend es für mich gewesen sein mußte, wenn diese alte, graue, gebeugte Frau mit dickem Bauch in der Wohnung umherschlurfte.

Habt ihr nie über Verhütung geredet? fragte Susannah entgeistert.

Kein Wort, sagte ich. Meine Eltern waren fromm. Sie dachten, Verhütung bedeute Mord.

Und Abtreibung war illegal, sagte sie. Unglaublich.

Mehr Arbeiter für die Fleischfabrik, sagte ich. So konnte man sie für einen Hungerlohn schuften lassen. Alle meine Brüder haben da gearbeitet.

Und haben sie Fleisch gestohlen?

Meistens, um es zu verkaufen. Oder sie haben es ihren Prostituierten gegeben.

Was ist mit den Frauen, die sie geheiratet haben?

Sie haben sich geweigert zu heiraten. Bis sie ziemlich alt waren. Sie haben viel lieber eine Frau für Sex bezahlt, ehrlich und pünktlich, wie sie es nannten, und so getan, als sähen ihre Kinder dem Klempner ähnlich.

Nein! sagte Susannah.

Die Ehe hat keinen von uns besonders gereizt, abgesehen von den letzten drei Kindern. Als die älter wurden, gab es mehr Jobs. Sie gingen in die Schule, bekamen eine Ausbildung. Lernten von ihren Klassenkameraden und dem Fernseher, daß es nicht in allen Familien wie in unserer zuging.

Der nette Mann hat dich also über den Eßtisch hinweg angegrinst, sagte Susannah und steuerte mich zu meiner Geschichte zurück.

Stimmt, sagte ich. Inzwischen hatte ich keine Lust mehr, über mein Leben nachzudenken. Ich wollte die Geschichte hinter mich bringen. Das war eine Haltung, die Susannah, meine faszinierte Zuhörerin, maßlos aufregte. Ich seufzte. Sie haben dauernd auf mich eingeredet: Sieh mal, diesen Beutel Süßkartoffeln hat Winston dir mitgebracht. Schau dir diese Zimtbrötchen an! Er ist in dich verliebt! Warum bist du nicht ein bißchen netter zu ihm? Wie sollte ich noch netter zu ihm sein? Wenn ich kochte, aß er seinen Teil. Ich schimpfte nicht mit ihm, bewarf ihn nicht mit Steinen, wenn ich ihn kommen sah. Ich war verdammt höflich. Zu höflich. Manche Leute meinen, mit Höflichkeit schaufelst du dir dein eigenes Grab.

Mhmm, murmelte Susannah.

Er half mir, auf die Kinder aufzupassen, so daß meine Mutter und mein Vater ab und zu ausgehen konnten. Sie gingen ins Kino oder zum Bingo in den Raum unter der Kirche oder besuchten Freunde. Wir saßen dann auf der

Couch und hörten Musik, während die Kinder spielten. Oder wir sahen alle zusammen fern. Er legte den Arm auf die Rückenlehne der Couch. Ich muß zugeben, manchmal war er eine Art Zuflucht, ein Schutz für mich. Manchmal stand er auf und holte einem Kind ein Glas Wasser oder ein Stück Brot, und ich mußte es nicht tun. Ich war immer blutarm, wahrscheinlich seit meiner Geburt, und immer müde.

Über wie viele Kinderchen sprechen wir gerade? fragte Susannah.

Fünf, sagte ich, um die sich jemand kümmern mußte.

Wie hast du das nur fertiggebracht und bist gleichzeitig in die Schule gegangen?

Die Schule hat gelitten. Trotzdem bin ich hingegangen. Ich habe meine kleinen Brüder und Schwestern geliebt, aber irgendwie habe ich schon begriffen, daß sie nicht meine Kinder sind. Ich wollte Geografie lernen, wissen, wie es an anderen Orten aussieht. Ich wollte zeichnen lernen und Schreibmaschine schreiben.

Ich wußte nicht mal, wie Frauen schwanger werden. Keiner hat den jungen Mädchen damals irgendwas erklärt. Ich wußte nur, ich wollte ihn nicht näher an mir dran haben als neben mir auf der Couch mit dem Arm auf der Lehne. Aber eines Tages hatte er genug von meiner Gleichgültigkeit. Mein Vater, meine Mutter und einer meiner Brüder, der mit Winston eng befreundet war, haben mich betrunken gemacht. Ich hatte noch nie Schnaps getrunken. Und sie haben mich mit ihm allein gelassen.

Ich fasse es nicht! sagte Susannah. Wie konnten sie nur! Wie haben sie das angestellt?

Weißt du das nicht mehr? fragte ich.

Erzähl es mir noch einmal, bat sie.

Es war im Grunde eine Art Initiationsritus, nur eben ein

großer Schwindel, sagte ich. Zum ersten Mal in meinem Leben haben sie sich an meinen Geburtstag erinnert, an den 12. August, und eine Party für mich gegeben. Mein Vater hat einen Kuchen gekauft. Winston hat ein Geschenk gebracht. Mein Bruder hat Tequila besorgt. Meine Mutter hat ein Hühnchen gebraten.

Es war ein phantastisches Geschenk. Eine Mundharmonika. Ich hatte mir schon immer eine gewünscht. Ich konnte es kaum erwarten, sie auszuprobieren. Kaum hatten wir den Kuchen aufgegessen, stand ich vom Tisch auf und fing an zu üben. Mir war schon schwindlig und ein bißchen schlecht von dem Tequila, aber ich war sehr, sehr glücklich. Sie haben mich alle so komisch angesehen, aber ich habe nicht darauf geachtet.

Kurz gesagt, faßte ich zusammen, er hat sich über mich hergemacht, während ich bewußtlos war.

Ah, Persephone! sagte Susannah und zog mich an sich.

Persephone wurde nicht von ihrer Mutter verraten, sagte ich und vergrub meine Nase an ihrem Hals. Persephones Mutter hat ihre Tochter vermißt. Sie ließ die Erde in Winterkälte erstarren, als Persephone nicht gefunden wurde. Meine Mutter hat mich nicht einmal gefragt, was passiert war. Ich wußte es ja auch nicht recht. Als sich herausstellte, daß ich schwanger war, sagte sie, welches Glück ich hätte, daß Winston noch da sei und daß er mich haben wollte.

Sie ging reiten

Mir kamen nie die Tränen, wenn Pauline mir ihre Geschichte erzählte. Unter anderem lag das sicher daran, daß sie so anders war als die Pauline, von der sie sprach. Mit ihren fünfundfünfzig Jahren war sie eine kraftvolle, kühne, eigensinnige Frau, die enge Jeans, Seidenhemden, fransige Lederwesten und Cowboystiefel trug. Ihre Haare flogen wie eine wilde, graue Fontäne. Im Frauenclub kaute sie auf einer falschen Zigarre und spielte Billard mit dem Hintern zur Tür. Frauen taxierte sie mit so unverschämten Blicken, daß weiße Frauen erröteten, schwarze Frauen sich unwillkürlich in den Nacken griffen und kleine Mädchen, die sich für erwachsen gehalten hatten, kehrtmachten und nach Hause gingen.

Du bist immer auf der Pirsch, stellte ich kurz nach unserer ersten Begegnung fest.

Sie lachte. Das macht mir eben verdammt viel Spaß, sagte sie. Warum sollen wir den Männern das ganze Vergnügen überlassen?

Aber wir versuchen doch, etwas daran zu ändern, wie Frauen beurteilt werden. Bist du keine Feministin?

Doch, schon, sagte sie. Aber es gibt nichts dagegen einzuwenden, wie ich Frauen ansehe. Wenn sie mir gefallen, sehe ich ein bißchen länger hin. Dich könnte ich den ganzen Tag ansehen.

Meiner Freundin wird das nicht gefallen, sagte ich. Die Freundin hatte ich aus einer spontanen Eingebung heraus erfunden und mich selbst damit überrascht.

Wie heiß ist denn deine Freundin? antwortete sie.

Und das war die Frau, die mit fünfzehn vergewaltigt worden war?

Du mußt nicht auf ewig vergewaltigt bleiben, sagte sie einmal. In gewisser Weise war es für mich sogar ein erster Schritt in die Freiheit, aber damals wußte ich das noch nicht.

Und was hast du gedacht?

Daß mein Leben vorbei ist, natürlich. Da saß ich nun, hundeelend und dick wie eine Tonne. Und mußte jede Nacht Winston ficken.

Das Leben der meisten Frauen, die du auf der Straße triffst, macht mir Angst, sagte ich.

Männer tappen auch in die Falle, erwiderte sie. Das habe ich zuerst nicht begriffen. Sie erkennen es auch nicht. Manchmal merken sie es erst nach einem ganzen Leben. Aber Winston ließ mich einfach kalt, und ich wußte, das würde sich nie ändern. Ich empfand weder Erregung noch Wärme noch ein Kribbeln im Bauch, wenn er mich anfaßte. Er war mir zuwider. Er allerdings war süchtig nach mir; er saß mir gegenüber am Tisch und starrte mich an wie ein Hund einen Knochen. Meine Eltern waren begeistert. Ich sagte meiner Mutter, daß es mir nicht gefiel. Sie sagte, eine verheiratete Frau müsse tun, was ihr Mann verlange. Und dankbar sein, daß er es von ihr wolle und nicht von irgendeiner Hure von der Straße. Ich saß in der Falle.

Sie war keine Frau, die man sich so leicht in der Falle vorstellen konnte. Sie ging reiten, fuhr schnelle Autos, sagte ihre Meinung. Sie hatte sich beigebracht, Kuchen zu backen, während sie noch bei ihren Eltern wohnte, und sie in ihrem Wohnblock und auf der Straße verkauft. Damit hatte sie Erfolg gehabt und deshalb als nächstes gelernt, Pasteten zu backen; die sich ebenso schnell verkauften. Als

Richard, ihr Sohn, drei war, hatte sie genug Geld gespart, um wegzulaufen. Den Entschluß setzte sie in die Tat um. Ihren Sohn ließ sie bei ihrer Familie, während sie die Abendschule besuchte, diese abschloß, schließlich ein College-Examen ablegte und sich bei der Navy bewarb. Dort studierte sie Luft- und Raumfahrtwesen und lernte, Satelliten und Sterne aufzuspüren.

Wie viele Leben hat eine arme Frau? fragte ich lachend, während wir in Cuernavaca Margaritas schlürften oder in Rom Eis aßen.

So viele wie Moll Flanders, sagte sie. Und eine arme schwarze Frau hat mindestens noch dreimal soviel.

Pauline war belesen, man konnte fast sagen literarisch gebildet. Mit Leichtigkeit verknüpfte sie ihr Leben mit dem von Frauen aus früherer Zeit. Ihre Zustimmung fanden nur die Tapferen, die Tatkräftigen, die Tollkühnen. Die Frauen, die wußten, daß sie in der Falle saßen und beschlossen, einer Falle nach der anderen zu entkommen, beflügelt von Zorn und gesteigerter Libido. Was sie an mir fand, war ihr ein Rätsel. Ich sei viel zu zahm, meinte sie.

Aber du magst mich ja auch nicht, sagte ich. Du fickst mich gerne, aber du magst mich nicht.

Natürlich mag ich dich, Suz, behauptete sie.

Warum habe ich dann manchmal, wenn du mit mir schläfst, das Gefühl, du würdest mir am liebsten die Zähne einschlagen?

Du hast alles gehabt, sagte sie. Ich versuche, auf dein Leben nicht eifersüchtig zu sein. Ich versuche, keinen Neid zu empfinden. Aber verdammt nochmal, ich will das auch. Ich will Reisen nach Mexiko als Kind, Diskussionen über Kultur und primitive Kunst. Ich will Eltern, die mich nie verraten. Wenn ich dich liebe, versuche ich, dir das Leben zu nehmen. Richtig.

Genauso fühlt es sich auch an, sagte ich.

Und warum kommt es mir dann manchmal so vor, als würdest du Almosen austeilen?

Wir können beide nichts dafür, daß du arm warst und ich nicht, sagte ich. Außerdem war meine Familie nicht reich, wir mußten nur nicht knapsen, und meine Eltern hatten eben nur meine Schwester und mich. Aber alle Eltern verraten ihre Kinder, sagte ich. Sie können nicht anders.

Wolltest du deshalb keine Kinder bekommen?

Ehrlich gesagt, ja.

Pauline lachte. Mein Sohn ist phantastisch, sagte sie. Er ist das erstaunlichste Wesen, das je gelebt hat. Ist das nicht unglaublich!

Das hast du sicher nicht erwartet.

Nein, du lieber Himmel. Ich dachte, er würde sich eine Waffe besorgen und mit Drogen dealen. Statt dessen ist er ein begabter Mathematiker, den das M.I.T. sich geschnappt hat. Er wohnt in einem schicken, geräumigen alten Haus in Cambridge und ist meinen beiden wunderbaren Enkeln ein liebevoller Vater.

Er hat auch eine Frau, sagte ich. Das scheinst du immer zu vergessen.

Sie ist eine verklemmte Zicke, aber das ist seine Sache. Wenn ich sie besuche, biete ich ihr gleich einen Joint an, damit sie ein bißchen lockerer wird, solange ich da bin. Sonst bekommt sie jedesmal, wenn ich eine Frau auch nur ansehe, nervöse Zuckungen. Sie ist die Sorte Frau, die sich Sorgen macht, daß sie auf andere Frauen sexuell attraktiv wirken könnte. Du kennst den Typ. Sie trägt diese sackartigen Kattunkleider und dazu eine schäbige Perlenkette von ihrer Großmama. Jedes Haar liegt wie festgeklebt an ihrem Schädel. Ich begreife nicht, was mein Sohn an ihr findet. Aber so ist es nun mal. Wo die Liebe hinfällt.

Glaubst du, sie würde dich mögen, wenn du anders wärst?

Keine Lesbe, meinst du.

Ja. Und nicht so verdammt grob.

Aber ich bin nun mal lesbisch. Ich bin nun mal grob. Nur so bin ich Winstons Bett entkommen. Würdest du Tina Turner bitten, auf der Bühne ein bißchen weniger wild herumzuturnen, nur weil das ihrer Schwiegertochter nicht paßt? Nein, nicht nachdem sie den Mumm hatte, Ikes knochigen Arsch mit einem Tritt aus ihrem Leben hinauszubefördern. Sie kann so wild sein, wie es ihr verdammt nochmal gefällt. Und ich, verfluchte Scheiße, kann das auch. Sie schwieg einen Augenblick. Und was wollen diese Ärsche, die die Welt immer weiter in den Ruin treiben, dagegen tun – dir deine goldene Kreditkarte wegnehmen? Dir Krebs anhängen? Das machen die doch sowieso, ganz egal, wie du dich verhältst.

Wenn eine Frau mit dir schläft, die solche Gedanken äußert, dann ist das, als säßest du splitternackt auf der Erde. Illusionen kannst du vergessen. Du phantasierst nicht, und du hast keine Zeit für Tagträume. Was zählt, ist die ungeschminkte Wahrheit. Wenn sie nur den Verdacht hat, du würdest dich vor der Wirklichkeit drücken, fickt sie dich so unbarmherzig, daß dir alle Träumerei vergeht. Küßt dich so heftig, daß du die Glocken läuten hörst. Jesus liebt dich, heißt es, aber wenn eine Frau wie Pauline dich liebt, rückt das die Liebe, die du dir im Kindergottesdienst zusammengesponnen hast, in ein neues Licht. Denn Pauline liebt auf eine Art und Weise, wie Jesus es nicht konnte und wollte. Wenigstens nicht in der Version, die den Frommen und Einfältigen überliefert wurde. Wenn Pauline dich geliebt hat, hauchst du nicht nach Art der geilen christlichen Damen: Amen. Nein, du sagst, was die wilden Indianer nach einem machtvollen Gebet ausrufen: Ho!

Das erste, was du nach dem Tod verspürst

Das erste, was du nach dem Tod verspürst, ist das dringende Bedürfnis zu urinieren. Du hast nichts, mit dem du pinkeln könntest, verstehst du, nur das Bedürfnis danach. In meinem Volk wurden wir darauf vorbereitet, und deshalb war ich nicht sonderlich überrascht. Meine Leute wissen, daß die Spiritualität in den Lenden, in den Geschlechtsorganen beheimatet ist. Nicht im Verstand und nicht im Herzen. Beim Ficken fühlst du dich normalerweise Gott besonders nahe. Die andere Gelegenheit, bei der du dich dem Schöpfer nahe fühlst, ist natürlich, wenn du etwas erschaffst.

Als ich den Drang zu urinieren verspürte, überkam mich Frieden. Das Gefühl von Geborgenheit. Ich war gut auf der anderen Seite angekommen. Ich erkannte, daß mein Volk mich die Wahrheit gelehrt hatte und daß ich auf jedes Abenteuer vorbereitet war, das mich erwarten mochte. Gleich darauf traf ich Magdalenas Vater, der als schluchzende Dunstwolke neben dem Bus erschien.

Es war eine merkwürdige Begegnung. Er war völlig auf den verstümmelten Körper fixiert, den ich hinterlassen hatte.

Señor Robinson, sagte ich, mir geht es gut. Als ich ihn ansprach, wurde er für mich sichtbar. Mit tränenüberströmtem Gesicht blickte er auf.

Oh, sagte er, Manuelito. Du armer, armer Junge.

Kaum hatte er zu mir gesprochen, wurde auch ich für ihn sichtbar.

Ich bin nicht so arm, sagte ich, ich bin singend auf der anderen Seite angekommen. Für die Mundo ist das das größte Glück, das jemandem zuteil werden kann.

Er streckte mir die Arme entgegen. Einen Moment lang bildeten wir eine kleine Bewegung in der Zeit. Hätte Magdalena zu uns herunter gesehen, hätte sie vielleicht ein welliges Muster in der Luft wahrgenommen. Dann trennten wir uns.

Señor Robinson ließ den Kopf hängen. Ich bin nicht singend hier angekommen, sagte er. Ich weiß, dein Volk hielt das für wichtig, aber ich habe ihm nicht geglaubt.

Wie sollten Sie auch, sagte ich. Sie sind unter Gringos aufgewachsen, die glauben, daß alles Wirkliche sichtbar sein muß.

Ich hätte Vertrauen haben können, sagte er. Vertrauen zu deinen Leuten. Sie waren so sanft, aber sie waren auch so arm. Wenn du siehst, daß Menschen so arm sind, fällt es dir schwer zu glauben, daß sie wissen, was sie tun.

Sie meinen, wenn wir reich gewesen wären wie die Ladinos, hätten Sie uns geglaubt, als wir sagten, singend sterben sei ein Glück? Aber wir glauben eben, daß es etwas Wertvolleres gibt als Geld, deshalb sind wir immer geflohen.

Was meinst du damit, ihr seid immer geflohen? fragte er. Es schien, als hätten wir den zerquetschten Körper unter den Autobusrädern vollkommen vergessen. Als wir zur Seite glitten, um den Sanitätern und Polizisten auszuweichen, war mein Körper auf dem Erdboden nicht wichtiger als ein Sack Müll. Wie er einmal gelitten hatte! Doch auch diese Erinnerung war flüchtiger als ein Gedanke; ich wußte es, das war alles.

Wissen Sie nicht mehr, warum Sie uns studieren wollten? fragte ich.

Señor Robinson runzelte die Stirn. Er war an einem Schlaganfall gestorben. Jetzt war er eine sehr, sehr alte und durchsichtige Person, die seiner früheren Gestalt gerade noch ähnlich genug sah, daß der Raum, den er einnahm, identifiziert werden konnte. Ich weiß nicht mehr warum, gestand er.

Weil wir ein gemischtrassiger Stamm waren, sagte ich. Und es war uns dennoch gelungen, in unserem sozialen und spirituellen Leben ein System kohärenter Überzeugungen aufrechtzuerhalten. Ich lachte leise. So haben Sie uns beschrieben, als sie sich um die Finanzierung der Expedition bemüht haben.

Nigger und Indianer, hatten die potentiellen Geldgeber abgewinkt, wer schert sich schon darum, ob die an etwas Kohärentes glauben oder nicht. Die sind doch beide auf dem absteigenden Ast. Mit abgewandtem Gesicht wiederholte Señor Robinson diesen bitterbösen Kommentar.

Das sind die meisten von uns wirklich, lachte ich. Junge, Junge, aber wenn wir erst weg sind, dann geht's den anderen richtig schlecht!

Ich wollte von deinem Volk lernen, Manuelito, sagte Señor Robinson. Ich habe die besten Schulen meines Landes besucht, aber was ich am liebsten lernen wollte, konnten sie mir nicht beibringen. Wie man das Leben besser organisiert als die Weißen. Wie man so lebt, daß andere auch leben können.

Allen Mundo, sagte ich, ist eines gemeinsam: Wie die Sterne trägt jeder von uns eine Geschichte des Auseinanderstrebens in sich. Und in den Zeiten des größten Leidens fliehen wir in dieselbe Richtung und finden wieder zusammen. Dazu ist das Desaster – die Trennung von den Sternen – gut. Anscheinend. Und weil ständig Unheil geschieht, vereinigt sich unser Stamm immer wieder. Deshalb sind die Mundo nicht ausgerottet worden. Wir entstehen immer wieder neu. Viele von unser leben jetzt in Städten.

Wirklich? fragte er.

Ja. Wir haben unsere Mörder von Anfang an sehr genau studiert. Wir glauben, daß einige von uns dazu bestimmt sind, sie zu überleben.

Wußten Sie, daß die Mundo schon immer Spione zu den Eroberern geschickt haben? Daß dies unsere höchste Form des Opfers war? Die Mundo haben immer jemanden gebraucht, der unter den Mördern saß und dann zurückkam und uns berichtete, wie wenig Gnade wir zu erwarten hatten. Ihre Kultur ist allerdings sehr hinterlistig, Señor. Manchmal sind unsere Leute nicht zurückgekommen. Manchmal sind sie zu dem geworden, was sie beobachtet haben. Durch die Verbreitung des Fernsehens haben wir eine Krise von großem Ausmaß erlebt.

Wie seid ihr damit fertig geworden? fragte Señor Robinson.

Die Mundo, antwortete ich, stellen das Fernsehgerät allein in einen Raum, am besten eine winzige Kammer, und jede Woche oder jeden Monat wählen sie eine Person aus, die sich davorsetzt und zusieht. Und dann Bericht erstattet. Wir haben bemerkt, sagte ich, daß auch manche dieser Spione nie wieder zurückkehren.

Señor Robinson lachte.

Ich schmunzelte. Jeder Mensch mit der richtigen Geisteshaltung kann ein Mundo werden. Das Schwierigste ist, daß wir uns einen Moment lang zusammenfinden müssen, bevor die anderen uns finden und vernichten.

Woher weißt du das alles? fragte Señor Robinson.

Haben Sie das nicht gemerkt? fragte ich zurück. Nach dem Tod wissen wir alles.

Asche

Wie eine richtige Mundo-Frau summte ich das Lied, das Manuelito gesungen hatte, während sein Körper auf eine Bahre gelegt und weggetragen wurde. Ich sah, daß die Polizei sein Armband las – auf dem stand, welche medizinische Betreuung er brauchte, falls er zusammenklappte –, und wußte, sie würden Maria benachrichtigen. Auf dem Heimweg flimmerte die Luft vor meinen Augen. Als ich mich durch die Wohnungstür quetschte, merkte ich, wie sehr mir meine Eltern fehlten. Seufzend mixte ich mir einen extrastarken Martini und stieg ins Bett.

Wenn ich mir Susannah, die einige Meter von mir in meinem Zimmer sitzt, so betrachte, dann begreife ich leicht, daß sie schon immer von allen verhätschelt wurde. Sie wirkt irgendwie klein, obwohl sie hochgewachsen ist. Sie ist sehr ordentlich und elegant. Selbst wenn sie allein in einem großen Sessel sitzt, dreht und wendet sie ihren Körper, als würde er von einer Riesenhand gestreichelt.

Wie ist dein Liebesleben zur Zeit? frage ich sie.

Lehrreich, grinst sie.

Und was ist es diesmal? Mann, Weib oder fleischfressende Pflanze?

Ihr Grinsen wird breiter.

Und Daddy hielt *mich* für das Flittchen!

Bist du immer noch wütend auf mich? fragt sie direkt, was sie nie zuvor getan hat. Ich bin von den Socken. Auf denen ich gerade in die Küche tapse und auf eine Schüssel mit Hühnchenschlegeln zusteuere.

Warum sollte ich wütend auf dich sein? frage ich.

Oh, June, sagt sie. Stell dich nicht dumm.

Weil du geliebt worden bist und ich nicht?

Aber du bist doch geliebt worden, Mama und Daddy haben dich geliebt.

Mama hat mich geliebt.

Daddy auch.

Er hat mir nicht vertraut. Wie kann es Liebe ohne Vertrauen geben?

Glaubst du, Gott vertraut uns?

Reden wir nicht von diesem Unruhestifter.

Du läßt Daddy einfach nie vergessen, was er dir angetan hat. Ich weiß, er hat sich entschuldigt.

Ich wollte Wiedergutmachung, sagte ich, keine Entschuldigung.

Wiedergutmachung! Wovon redest du?

Ich wollte wieder so sein wie vorher, verdammt nochmal! Er hat sich ausgerechnet den Augenblick in meinem Leben ausgesucht, an dem ich am sichersten war, daß alles einen Sinn hatte. Den Augenblick, in dem mein Leben ganz offen wurde, nicht nur für meine Familie und meine Freunde, sondern auch für mich selbst. Den Augenblick, in dem ich wußte, daß mir mein Leben gegeben war, damit ich selbst darüber bestimmte. Er hat diesen Augenblick gepackt und ihn in eine Million Scherben zerbrochen. Er hat ihn in den Dreck gezogen.

Er hatte Angst vor Sex, sagte Susannah.

Klar doch, sagte ich, ein Mann, der ununterbrochen am Ficken war, und wenn er es nicht gerade getan hat, dann hat er bestimmt daran gedacht.

Ein Heuchler war er wirklich, sagte Susannah. Das hat ihm auch zu schaffen gemacht.

Nicht genug, sagte ich.

Er hat versucht, dich zu entschädigen. Als er und Mama endlich für ihre Arbeit anerkannt wurden und mit ihren Büchern Geld verdienten, haben sie uns beide auf gute Schulen geschickt. Es hat uns nie an etwas gefehlt.

Liebe hat mir gefehlt. Vertrauen. Ein Vater, der nicht durchdreht, nur weil mich ein hübscher Mundo-Junge zum Orgasmus bringt.

Er hatte Angst, daß du schwanger wirst, sagte Susannah.

Wenn er bei den Mundo die Ohren aufgesperrt hätte, dann hätte er gewußt, daß es nicht dazu kommen würde. Und selbst wenn – wäre davon die Welt untergegangen? Er war Anthropologe und hat sich als Geistlicher ausgegeben. In keinem dieser beiden Berufe ist es angebracht, die Leute zu verprügeln, die du überzeugen willst. Denk an die Konquistadoren, die sich damit gebrüstet haben, sie hätten das Kreuz mit dem Schwert in die Neue Welt gebracht. Das Kreuz, das Christentum, kann nicht mit dem Schwert importiert werden. Sowenig wie Liebe durch die Faust erzwungen werden kann.

Oh June, sagte sie. Warum klammerst du dich immer noch an dieses alte Zeug?

Glaubst du, das macht mir Spaß? Der Mann hat mein Leben ruiniert! sagte ich.

Und du hast versucht, meines zu ruinieren, gab sie heftig zurück.

Was meinst du damit? fragte ich.

Spiel nicht die Unschuldige, sagte Susannah mit hochrotem Gesicht. Du weißt, was ich meine.

Ich wußte genau, was sie meinte.

Ich habe Daddy geliebt, sagte sie. Ich habe Daddy immer geliebt. Dich habe ich auch geliebt. Aber plötzlich, nach diesem beschissenen Tag in Mexiko, mußte ich zwischen euch wählen.

Niemand hat dich dazu gezwungen, sagte ich.

Du hast mich nicht gezwungen, sagte Susannah, du hast es mich bloß nie vergessen lassen.

Wenn deiner Schwester etwas Schreckliches zustößt, warum solltest du es vergessen wollen?

Aber er war mein Vater! stieß sie leidenschaftlich hervor. Ich habe ihn geliebt. Du warst diejenige, die ihm nicht gehorcht hat. Das hat dir dein Leben lang Spaß gemacht. Ich war ihm nie ungehorsam. Wir sind gut miteinander ausgekommen.

Und weil ich mich wie eine Nutte aufgeführt habe, hast du ihn verloren, gab ich höhnisch zurück. Ist das die Scheiße, die du mir verkaufen willst?

Du hast mich nie vergessen lassen, daß ich bei einem Ungeheuer auf dem Schoß saß, sagte Susannah.

Jemand mußte dich daran erinnern, sagte ich. Sonst hättest du nur gegrinst und dein Leben lang gekatzbuckelt.

Susannah verdrehte die Augen zum Himmel. Was ging das dich an? sagte sie. Mir gegenüber hat er sich nie wie ein Ungeheuer benommen. Deinetwegen habe ich meinen Vater verloren. Eine Hälfte der Liebe, die mir in dieser Welt zustand. Sie lehnte sich nach vorne und wischte sich die Augen. Und es war so traurig anzusehen, wie er versucht hat, mich zurückzugewinnen, mein Vertrauen zurückzugewinnen. Aber du hast dich immer zwischen uns gestellt. In den zärtlichsten Augenblicken warst du da und hast gesagt: »Nein, ich mache mir nichts daraus.«

Aus seinem Gesülze? Nein, daraus habe ich mir wirklich nichts gemacht, sagte ich.

Dir hat er es ja auch nicht angeboten, sondern mir, jedenfalls lange Zeit nicht. Du hast es mir unmöglich gemacht zu glauben, daß mein Vater mich liebt und mich akzeptiert und mir vertraut.

Wenn du durch die Gegend gefickt hättest wie ich, hättest du schon kapiert, wie wenig er von deiner Liebe und deinem Vertrauen hielt.

Ob du es glaubst oder nicht, sagte Susannah, ich hatte ein Liebesleben, und er wußte darüber Bescheid. Als wir in Sag Harbor wohnten und ich auf die High-School ging. Er hat mich nie deshalb ausgeschimpft. Er hat nie gesagt, das sei falsch. Er hat mich beiseite genommen und mit mir wie ein ganz normaler Vater über Empfängnisverhütung geredet.

Das hatte ich nicht gewußt. Es tat scheußlich weh.

Aber trotzdem blieb Sex ein heikles Thema, und ich war ihm gegenüber nie wieder so locker wie vor diesem schrecklichen Augenblick in Mexiko.

Er war ein Widerling, ein Heuchler, ein Lügner. Und Mama war seine Schlampe, sagte ich.

Wie kannst du sowas sagen! protestierte Susannah.

Nach dem, was er mir angetan hat, hätte sie ihn verlassen müssen.

Aber June, sagte sie, sie hat ihn geliebt. Wir waren eine Familie. Wohin in aller Welt hätte sie gehen sollen? Ihn zu verlassen, hätte ihr das Herz gebrochen.

Und was ist mit meinem gebrochenen Herzen?

Als ich diese Worte aussprach, erlebte ich noch einmal, wie mich mein Vater in jenem kleinen, weißen Raum geschlagen hatte. Es war ein drückend heißer Tag gewesen. Ein Ast bog sich vor dem offenen Fenster, ein Vogel flog langsam hoch oben am Himmel entlang. Die silbernen Plättchen auf Manuelitos Gürtel hinterließen Abdrücke auf meiner Haut. Blut tropfte herab. Ich hatte nur den einen Gedanken: nicht weinen. Und ich haßte meinen Vater unermeßlich, weil er mich dazu zwang, die gerade noch frische Erinnerung an die Liebe so früh schon aufzugeben.

Ich fing an zu schreien.

June, Magdalena, hörte ich meine Schwester rufen. Ich war kopfüber in das Dunkel meines Rachens gestürzt. Ich bestand nur noch aus Schreien. Ich schrie und schrie und schrie. Jemand hämmerte gegen die Tür. Sirenen kreischten. Fremde Leute stürmten ins Zimmer. Ich schrie. Ich warf meine Masse durch das Wohnzimmer und zerbrach alles, wogegen ich anstieß. Ich spürte die pulsierende Kehle meiner Schwester zwischen den Händen, fühlte, wie ihr wohlfrisierter Kopf gegen die Wand knallte und einen Fotorahmen zerbrach, der hinter ihr hing und ein Foto von uns beiden zeigte, auf dem unsere Eltern die Arme zärtlich und schützend um uns gelegt hatten. Ihr hübsches Gesicht war aschfahl, sie hob den Arm, um ihr Gesicht vor meinen Zähnen zu schützen und ich biß hinein bis auf den Knochen. Ein stechender Schmerz durchzog meine Schulter. Ich ließ Susannahs Hals los und fiel wie ein Stein zu Boden. Magdalena, June, MacDoc, Mad Dog war nach Hause gekommen.

So benehmen sich tollwütige Hunde

Als ich wie benebelt im Krankenhaus aufwachte, war mir alles egal. Ich dachte an meine Studentinnen. Welchen Sinn hatte es, daß ich sie drei, vier Jahre lang unterrichtete und sie mich trotzdem nicht kannten? Daß ich sie ebensowenig kannte? Daß ich ihre Eltern höchstens ein- oder zweimal im Leben traf? Vielleicht auf ihrer hohlen Abschlußfeier. Es kam mir so albern vor. Ich half ihnen, sich wie die Wahnsinnigen in die Erwachsenenwelt zu stürzen, die sich immer mehr in Scheiße verwandelte. Immer Scheiße gewesen war. Geld war der Gott der Kultur, in die sie hineingeboren worden waren und durch die sie hetzten und in der sie sterben würden. Ich wollte nichts damit zu tun haben.

Ich dachte an meine Mutter. Als sie im Sterben lag, hatte ich sie oft besucht und ihr vorgelesen. Sie war manchmal eingenickt, und dann hatte ich aufgehört zu lesen und auf ihr Gesicht gestarrt. Ich hatte versucht, mich zu erinnern, wie es sich angefühlt hatte, sie zu lieben. Denn ich hatte aufgehört, sie zu lieben, als sie mich im Stich gelassen hatte. Es gab noch Augenblicke der Zärtlichkeit zwischen uns, Augenblicke der Zuneigung. Aber ich hätte mich nicht mehr für sie erschießen lassen wie früher, bevor sie sich von meinem Daddy wieder unter die Knute zurückvögeln ließ. Der Krebs verwüstete sie, er nahm ihr den üppigen Körper, den sie stolz wie eine Fahne getragen hatte. Eine Fahne, auf der stand: *Vertreterin der Frauennation. Auf die Knie, Mann.* Und noch als sie sterbend im Bett lag und ihr Körper kaum noch vorhanden war, saß mein Vater bei ihr und legte seine Hände auf ihre flachen Brüste, ihre Fersen, ihre knochigen Knie. Auf ihren Hintern. Es machte mich rasend.

Was war mit mir passiert? Hatte ich, wie Susannah einmal behauptete, mein Herz so erfolgreich verhärtet, daß es nicht mehr funktionierte, auch wenn ich mir das noch so sehr wünschte? Ist es das, was geschieht, wenn jemand dir das Herz bricht und du es absichtlich in diesem Zustand läßt, nur um denjenigen zu bestrafen?

Der Arzt betrat das Zimmer, als ich gerade an Susannah dachte.

Wie fühlen Sie sich, Ms. Robinson? fragte er mit einem Blick auf meine Patientenkarte.

Er sah aus wie ein Kind, das Doktor spielt.

Sie sollten sich wenigstens einen Schnurrbart anmalen, sagte ich.

Was?

Sie sehen so jung aus.

Ich bin dreißig, sagte er. Alt genug, um zu wissen, was ich tue.

Machen Sie keine Witze.

Er sah mich fragend an.

Niemand ist jemals alt genug, um zu wissen, was er tut.

Er lachte.

Wie geht es meiner Schwester? fragte ich.

Nun, Sie haben ihr den Arm nicht ganz abgebissen, sagte er. Aber bis auf den Knochen haben Sie es geschafft. So etwas habe ich noch nie gesehen.

So benehmen sich tollwütige Hunde, sagte ich.

Die andere Ms. Robinson, Ihre Schwester, hat erklärt, Sie hätten unter Streß gestanden, weil Sie gerade einen lieben Menschen verloren haben.

Manuelito. An ihn hatte ich gar nicht mehr gedacht. Jetzt fiel mir ein, wie sein Rücken im Wasser geglänzt hatte, wenn wir in den seichten Flüssen unserer Berge spielten. Seine elegante, schlanke Taille. Sein langes, gerades, leicht welliges Haar. Seine ehrlichen Augen. Die süße Nase. Die weißen Zähne. All das hat dieses Scheißland kaputtgemacht, dachte ich. Und es dann mit ein paar billigen Medaillen zusammengeflickt und mit einem Tritt auf die Straße befördert. Diese Schweine.

Ich fing an zu schluchzen.

Die Schwester wird Ihnen Ihre Medikamente bringen, sagte der Arzt, während er rasch auf die Tür zustrebte. Er gehörte offensichtlich zu jenen Wunderkindern der westlichen Schulmedizin, die mit Patientenfleisch nur dann umgehen können, wenn sie daran herumstochern, und nicht, wenn das Ganze anfängt zu weinen.

Mit der Schwester kam Susannah, deren Gesicht grün und blau angelaufen war und die den Arm in der Schlinge trug.

Wie steht's? fragte sie.

Geht das blaue Auge auf mein Konto? fragte ich.

Ja, sagte sie. Und du hast mir den Arm bis auf den Knochen durchgebissen.

Das wollte ich nicht, sagte ich.

Hatte ich auch nicht angenommen. Na, immerhin hast du mich nicht erwürgt. Dafür bin ich dir dankbar.

Erinnerst du dich an diese Geschichten über Schwarze, die plötzlich durchdrehen und jemanden umbringen? Das nannten sie dann »Amok laufen«. Ja, jetzt haben wir mal aus erster Hand erlebt, was das bedeutet.

Ich habe noch nie jemanden so schreien hören wie dich heute, sagte Susannah. Es klang, als käme es geradewegs aus der Hölle.

So hat es sich auch angefühlt, sagte ich. Als hätte es sich in mir seit tausend Jahren angestaut. Ich konnte es nicht ertragen, daß du geliebt wurdest und ich nicht.

Manuelito hat dich geliebt, seufzte meine Schwester.

Deshalb habe ich eigentlich auch geschrien, sagte ich. Ich weiß, wie es sich anfühlt, geliebt zu werden, und dann, wegen irgendwelchem religiösen Unsinn, an den ich nicht geglaubt habe und der mir von meinem Vater aufgezwungen wurde, der auch nicht daran geglaubt hat, habe ich das in meinem ganzen Leben nicht mehr erlebt.

Wir sind aus den Bergen fortgezogen, sagte Susannah, du hättest Manuelito sowieso verloren.

Schwesterherz, sagte ich, treib mich nicht dazu, dir den anderen Arm durchzubeißen.

Stimmt, sagte sie. Das war dumm.

Weißt du, was ich glaube? fragte ich.

Was? sagte sie.

Ich glaube, manche Wunden heilen nicht. Jedenfalls nicht in diesem Leben.

Wir könnten versuchen, uns beim Heilen zu helfen, sagte Susannah. Wir könnten uns gegenseitig heilen.

Wie denn? fragte ich. Ich bin zu festgefahren. Mit meinen Gewohnheiten verheiratet. Meine größte Gewohnheit ist der Haß auf den Mann, der mir das Leben geschenkt hat.

Das ist leicht, sagte Susannah. Stell dir den Vater vor, den ich geliebt habe und warum ich ihn liebe. Warum Mama ihn geliebt hat. Warum du ihn geliebt hast, bevor er dich gedemütigt hat. Nagle ihn nicht auf diesen einen Augenblick fest. Er war ein Mensch wie du und ich. Du hast mich gerade gewürgt und mir ein Stück Arm ausgebissen, aber jetzt liegst du hier und siehst aus, als täte es dir leid. Tut es dir leid?

Ich dachte darüber nach.

Los doch, sagte Susannah. Sei nicht so ein alter Besen! Tut es dir nicht leid?

Doch, sagte ich.

Dann ist mein Plädoyer beendet.

Das ist aber nicht dasselbe, sagte ich.

Natürlich ist es das.

Ich war ein Kind.

Maggie, bitte, vergib dem Mistkerl einfach.

Ich lachte los.

Erinnerungen wiegen so schwer

Ms. Robinson, sagte mein jugendlicher Arzt, das Wichtigste ist jetzt, daß Sie abnehmen.

Aber meine Erinnerungen wiegen so schwer, Doktor, sagte ich.

Es ist nicht unmöglich, schaltete sich meine Schwester ein, die am Fußende des Bettes saß. Ich komme für ein paar Tage mit zu dir. Wir fangen zusammen ein neues Leben an.

Susannah, sagte ich, deine Güte kotzt mich an.

Sie lächelte.

Pech, Schwesterchen. Sie wandte sich an den Arzt. Wieviel sollte sie abnehmen?

Mit achtzig Kilo weniger würde es ihr bedeutend bessergehen, sagte er. Und ihrem Mobiliar auch.

Sehr komisch, sagte ich. Was keiner von euch beiden kapiert, ist, daß mein Fett einem Zweck dient. Wenn ich fett bin, fühle ich mich mächtig, als bräuchte ich sonst nichts auf der Welt.

Ja, sagte Susannah, und die Leute, die dir entgegenkommen, schubst du mit deinem Fett einfach aus dem Weg.

Was könnte ich essen, um achtzig Kilo abzunehmen? überlegte ich laut.

Oh, eine Menge, sagte der dürre junge Arzt. Meine Frau kocht Sachen für uns, die fast kein Fett enthalten.

Und was kochen Sie für Ihre Frau? fragte ich.

Ich koche nicht, sagte er.

Warum haut sie dann nicht ab?

Hören Sie nicht auf sie, Herr Doktor, sagte Susannah und lächelte ihr Zahnpasta-Lächeln, bei dem sie ihr perfektes kleines Gebiß bleckte. Sie hat Haare auf den Zähnen.

Habe ich auch, und die bekam sie zu spüren, die ganze Woche über, die sie bei mir wohnte und über Karotten und den Dickdarm redete. Sobald sie weg war, warf ich den Entsafter weg, den sie gekauft hatte, holte ein fettes Steak aus dem Gefrierfach und zerdrückte einen Berg buttertriefender Kartoffeln zu Brei. Goß mir einen Drink ein. Es war, als seien meine Erinnerungen in meinen Körperzellen eingelagert und müßten gefüttert werden. Wenn ich an Gewicht verlor, würden sich vielleicht meine Erinnerungen an Manuelito und die Wut auf meinen Vater verflüchtigen. Ich fühlte mich schon so verlassen, daß ich sie nicht auch noch verlieren wollte.

Böse Mädchen sind nicht die einzigen

Meine Schwester geht mit jedem ins Bett, sagte ich zu Pauline, ihrer Geliebten.

Sie wirkte überrascht.

Tat sie schon immer, sagte ich, obwohl ich in unserer Jugend nicht mal ahnte, daß sie Sex überhaupt mag. Aber sie mag ihn.

Pauline zuckte die Achseln. Böse Mädchen sind nicht die einzigen, die Sex mögen. Auch brave Mädchen sollen hin und wieder die Beine breit machen. Aber deine Schwester ist der Person gegenüber, die sie liebt, völlig loyal. Da ist sie monogam wie ein Priester.

Ein Bund mit der Kirche, ja, das würde zu ihr genauso gut passen wie zu diesen Heuchlern, sagte ich.

Ich sage dir, Priester fummeln mehr herum als deine Schwester.

Mein Vater hat mich für eine Schlampe gehalten, sagte ich. Aber ich hatte in meinem ganzen Leben nur einen Mann. Ich habe ihn nie betrogen.

Das sehe ich anders, sagte Pauline.

Was meinst du damit?

Ich meine, du hast ihn betrogen, mit Essen.

Ich wandte das Gesicht ab.

Deine Schwester verliebt sich. Punkt. Ich finde, sie beweist Mut – genau das, was sie befürchtet, nicht zu haben – und wagt etwas, wenn sie sich verliebt. Egal in wen. Sie schaut nicht zuerst auf die Genitalien. Die Liebe kommt davor, nicht danach. Sie ist der Person treu, mit der sie zusammen ist. Ganz und gar. Wenn sie anders wäre, wäre ich nicht hier.

Woher weißt du das? Daß sie treu ist? fragte ich.

Pauline lachte leise. Ich habe Vertrauen, sagte sie.

Unser Vater hat sie geliebt, sagte ich, mich hat er nie geliebt.

Er muß sehr kurzsichtig gewesen sein.

Ihre Haare waren kurz, stachelig und silbergrau. Ihre Augen klar und dunkel. Ihr schlanker, kurviger Körper, in schwarzen Jeans und einem blutroten Hemd, war alterslos und attraktiv. Ich konnte verstehen, daß meine Schwester in sie verliebt war.

Sie war keine Frau, die dich mit Ausflüchten davonkommen ließ. Auch sich selbst nicht.

Wieder einmal versetzte mir der Neid auf Susannah einen Stich. Ihr Leben lang lieb und artig, und dann flatterte ihr am Ende so ein Paradiesvogel ins Haus!

Mein eigener Vater war auch verwirrt, seufzte Pauline. Fast melancholisch. Mein Vater war sehr müde und verwirrt. Er mußte so tun, als hätte er alle seine zehn Kinder gewollt, durch die er für immer an den Packtisch in der Fleischfabrik gekettet war.

Warum hatten er und deine Mutter so viele? fragte ich.

Sie dachten, das sei ihre Christenpflicht, sagte sie. Sie dachten, wenn sie etwas gegen die Schwangerschaften unternähmen, würde Gott sie streng bestrafen. Obwohl ich mir nicht vorstellen kann, wie er sie noch strenger bestrafen sollte als mit zehn Kindern in einer Dreizimmer-Wohnung.

Lebt er noch? Hast du Kontakt zu ihm?

Oh ja, sagte Pauline. Er ist jetzt ein ganz anderer Mensch. Jemand, den es schmerzt, daß seine Kinder aufgewachsen sind, ohne zu wissen, wer er wirklich war. Jemand, der Entschädigung leisten will. Ein richtig netter Kerl. Alt und lieb. Du kennst den Typ.

Nur zu gut, sagte ich. Schweinehunde.

Du mußt ihnen irgendwann mal dein Herz öffnen, sagte sie. Egal, was sie getan haben.

Lieber sterbe ich, sagte ich.

Das könnte durchaus sein, sagte sie und sah mich ernst an.

Schon so rund

Meine Mutter starb am Kinderkriegen, sagte ich zu Susannah.

Das ist der Teil an meiner Schreckensgeschichte, den sie am schwersten verkraftet. Es ist genau wie im Märchen. Der traurigste Teil ist immer der, in dem die Mutter stirbt, was sie gewöhnlich ziemlich zu Anfang der Geschichte tut. Wir sind dankbar, daß sie so früh geht, weil ihr Verlust so schmerzt; es ist viel besser, ihren Tod hinter sich zu haben als vor sich, wenn wir den mühseligen Marsch in unser Schicksal antreten. Aber ich war es schon leid geworden, darauf zu warten, daß sich in unserem Haus etwas änderte, und war auf mein Schicksal zugewandert, bevor meine Mutter starb. Ich weiß nicht, ob sie mir je vergeben hat; meine Geschwister schworen, das habe sie nicht. Ich liebte sie von ganzem Herzen, und als ich hörte, daß sie mich auf ihrem Totenbett beschuldigte, sie verlassen zu haben, tat mir das sehr weh.

Sie fing an, ihren Körper zu hassen, sagte ich zu Susannah. Er war viel zu fruchtbar. Fünf Kinder hätten ihr noch Platz gelassen, sich zu bewegen. Sie hätte irgendwann einmal Atem schöpfen können. Mit zehn war das unmöglich.

Überhaupt schwer vorstellbar, sagte Susannah.

Ja. Es war klar, daß sie noch miteinander schliefen, weil sie dauernd schwanger war. Aber als ich das erste Mal mit einer Frau geschlafen hatte, als ich es zum ersten Mal genossen hatte oder mir vorstellen konnte, warum alle soviel

Theater darum machten, habe ich mich gefragt, ob meine Mutter je Spaß daran hatte. Oder sich dabei wenigstens entspannen konnte, ohne sich Sorgen zu machen, daß sie bald noch einen hungrigen Esser mehr zu versorgen hätte. Es würde mich umbringen, wenn ich mir sicher wäre, daß es ihr nie Freude gemacht hat.

Aber das ist möglich, erwiderte Susannah. Den Frauen auf der ganzen Welt wurde eingeredet, daß ihnen Sex keinen Spaß machen dürfe, der sei für die Männer reserviert, die sie ficken. Wir sollen uns den Spaß irgendwie von ihrem abzwacken. Zum Kotzen, was?

Susannah war äußerst damenhaft und adrett, sie kleidete sich elegant in aufeinander abgestimmten Farbtönen und trug zur Jahreszeit passende Stoffe und Schuhe. Sie wußte, wie man einen Tisch perfekt deckt und wohin jedes Messer und jedes Löffelchen gehörte. Wenn sie dann laut fluchte, waren alle schockiert. Sie tat es mit derselben Unbekümmertheit, mit der sie die Verkäuferin im Blumenladen um einen absolut geilen Wahnsinnsblumenstrauß bat.

Das hat Gena gesagt. Die Frau, die versucht hat, mir jemanden für die Abtreibung zu beschaffen. Und die meine Geliebte wurde, als das Baby da war.

Ah, Gena, sagte Susannah und zog sich den Seidenschal über die Nase.

Sie war meine Lehrerin. Sie fand, ich hätte ein Potential. Sie wollte mir helfen, indem sie mich bei sich lernen ließ. Gleich von Anfang an unterhielten wir uns viel über Sex, weil ich fast nichts darüber wußte, obwohl ich hochschwanger war. Als ich sie reden hörte, als sie mir erzählte, warum ihr Sex wichtig war, warum ihre Kinder sie an zwei ganz besondere Nächte erinnerten, wurde ich neugierig.

Du hattest wirklich keine Ahnung, sagte sie.

Woher denn auch? Ich wußte, wie es funktionierte, klar, aber ich hatte nie die wundervolle Befreiung erlebt, die echte Liebe zwischen zwei Menschen bedeuten kann. Wie du dich öffnest und fließt und dich allem verbunden fühlst und mit dem Leben Frieden schließt. Für Winston war Sex bloß ein Spiel, zu dem er mich benutzte, und ihm reichte das.

Iiih, sagte Susannah. Gott sei Dank hatte ich nie so jemanden. Weder Mann noch Frau.

Da hast du Glück gehabt, sagte ich. Du fühlst dich danach wie ein Stück Scheiße.

Und Gena war, wie soll ich es ausdrücken, keine Soul Sister?

Nein, lachte ich. Sie war weiß. Eine Tochter osteuropäische Einwanderer, die so rassistisch waren, als hätten sie hier das Licht der Welt erblickt. Aber sie war anders. Sie war verheiratet und hatte eigene Kinder und wollte ihnen beibringen, daß die Zigeuner, die Nigger ihrer alten Heimat, und die Farbigen in Ordnung waren. Sie hat mich darauf vorbereitet, was mich bei der Geburt erwartet. Es ist schlimm, sagte sie, unterschätz es nicht. Ich habe es eigentlich nicht unterschätzt, ich wußte, was die vielen Geburten dem Körper meiner Mutter angetan hatten; nur war es mir ein Greuel, daran zu denken, daß mir das auch passieren würde. Ich war sportlich. Ich spielte Basketball und sogar Football mit den Jungen. Noch im achten Monat. Sie sagte: Lily Pauline, das kannst du nicht mehr machen, dein Bauch ist schon so rund.

Das hat mir nicht eingeleuchtet. Ich hatte das Baby schließlich nicht da reingesteckt, und ich konnte mir kaum vorstellen, daß es sich trauen würde rauszukommen.

Sehr logisch, sagte Susannah lächelnd.

Nein, eigentlich nicht. Das weiß ich jetzt. Manchmal

sehe ich junge schwangere Frauen ins Restaurant kommen. Sie bewegen sich genauso wie ich damals. Als hätten sie ihren Körper noch unter Kontrolle, als hätte sich in ihrer Welt nichts verändert. Ich weiß nicht mehr, welche Gedanken mir durch den Kopf gingen. Genas Mann Richard stellte mir manchmal Fragen über das Baby: Wie wirst du es nennen? Wo wird es schlafen? Hast du eine Wiege? Ich hatte natürlich gar nichts, nur das Bett, das ich mit zwei Geschwistern teilte. Und was den Namen anging, so mochte ich niemanden genug, um ein Kind nach ihm zu nennen. Schließlich habe ich meinen Sohn dann Richard genannt, weil er, abgesehen von seiner Frau, der einzige war, der sich für ihn interessiert hat.

Und hat Richard das mit dir und seiner Frau je herausgefunden?

Das weiß ich nicht. Von mir hat er auf jeden Fall nichts erfahren. Vielleicht hat Gena es ihm erzählt. Ich wüßte allerdings nicht warum. Sie hat ihn nie verlassen und immer behauptet, er sei ein guter Mann. Das fand ich ja auch. Außerdem hatte unsere Affäre überhaupt keine Ähnlichkeit mit den Affären, über die der *Playboy* schreibt. Sie gab mir eine ungeheure Geborgenheit; es war genau die Art von liebevollem Sex, die mich wieder mit mir selbst in Verbindung gebracht, mich am Leben erhalten hat. Trotzdem hat Leidenschaft eine Rolle gespielt, und ich erfuhr, was ein Orgasmus ist. Und als ich gelernt hatte, daß ich einen bekommen kann und zwar ganz leicht, erkannte ich, daß ich wenigstens in einem Lebensbereich frei war.

Susannah streichelte teilnahmsvoll mein Knie. Solche Gedanken hört man nicht oft, sagte sie.

Ich weiß, antwortete ich, weil der Begriff persönliche Freiheit für Sklaven (denn für eine Sklavin hielt ich mich) immer als geistige Freiheit verstanden wurde. Das wollten mir auch meine Eltern einreden. Als ich mir das Leben nehmen wollte, indem ich mir ungeschickt die Pulsadern aufschnitt, zerrten sie mich in die Kirche. Aber da habe ich ihnen schon nicht mehr getraut. Nichts, was von ihnen kam, hat mich noch interessiert. Und ihre Frömmelei schon gar nicht.

Ich saß in der zweiten Bank, schaute zu dem Prediger hoch und fragte mich, was er vom Orgasmus wußte, ob er wohl regelmäßig einen hatte. Ob er die Frauen kannte, im biblischen Sinne kannte, die da vor ihm in der Kirche dauernd seufzten und stöhnten und in Ohnmacht fielen. Jetzt, im nachhinein, bin ich überzeugt davon.

Orgasmische Freiheit war schon immer ein Recht der Männer, sagte Susannah, mit jeder Frau, die sie ficken wollten, seit den Anfängen des Patriarchats.

Es ist eine sehr große Freiheit, sagte ich. Als ich sie erst einmal erlebt hatte, fühlte ich mich wie neugeboren. Wenn jetzt Winston auf mir herumrammelte, sah ich mich selbst als eine Burg mit einem dicken Eisentor, gegen das sein kümmerliches Glied nichts ausrichten konnte. Und dann, bei Gena, genügte ein Kuß, ein zarter, federleichter Atemhauch, um mich zu öffnen wie eine Rose. Es war Magie, und ich wollte unbedingt herausfinden, ob sonst noch jemand, den ich kannte, das auch so erlebte.

Und? fragte Susannah.

Die meisten nicht. Das fand ich verblüffend. Verheiratete Frauen, die ich verlegen fragte, kannten sie nicht. Meine ältere Schwester auch nicht. Die Töchter meiner Nachbarin nicht. Und so weiter. Sie sehnten sich danach, sie verzehrten sich danach, sie bettelten und flehten darum, sie hörten sich Lieder an, die sie beschrieben und versprachen, aber alles in allem war orgasmische Freiheit nicht gerade etwas, das die auffällig geschminkten und sinnlich parfümierten Frauen auf der Straße automatisch besaßen. Für mich war das eine Offenbarung. Ich armes kleines Wesen verfügte über dieses Juwel. Ich wußte sofort, was das bedeutete. Es bedeutete, daß ich von der Schöpfung nicht vergessen worden war; es bedeutete, daß ich leidenschaftlich, maßlos geliebt wurde. Ich fing auf der Stelle an, meine Flucht zu planen.

Was für Kuchen hast du zuerst gebacken? fragte Susannah.

Zitrone, sagte ich. Das Gelb der Zitrone hat mich aufgeheitert, und meine Kundinnen erinnerte es an Sonnenschein und ein besseres Leben. Meine Tür war, wie du weißt, auch gelb gestrichen. Nach dem Zitronenkuchen machte ich Schokoladentorte, weil die Leute aus dem Süden die schon immer besonders mochten.

Und deine Pasteten?

Beeren, sagte ich. Süßkartoffeln. Alles Nötige wußte ich schon, weil ich meiner Mutter zugesehen hatte, und Gena zeigte mir ihre Kochbücher. Am Anfang, als zwischen uns dieses warme, kribbelige Gefühl herrschte, half sie mir beim Kochen. Meine kleinen Brüder waren meine Verkäufer; sie durchkämmten jeden Tag nach der Schule die Nachbarschaft. Früher wurden auf diese Art noch nicht Drogen unter die Leute gebracht. Ich zahlte ihnen für jeden verkauften Kuchen einen Dime; meiner Mutter gab ich etwas dafür, daß ich ihren Herd benutzte. Ich mußte alle Zutaten von meinem Babysitter-Geld kaufen. Trotzdem wuchsen meine Profite allmählich.

Susannah lachte. Die geborene Kapitalistin!

Nein, sagte ich. Die geborene Überlebenskünstlerin. Gena hörte von einem Förderungsprogramm für Lernschwache, die aufs College wollten, und empfahl mich. Ich hatte keine Probleme mit dem Lernen, aber ich war so weit zurück, daß es auf dasselbe hinauslief. Das Programm war meine einzige Chance, nicht auf der Straße zu landen. Ich fand einen Job, bei dem ich auf die Kinder eines berufstätigen Paares aufpaßte, und abends ging ich zur Schule. In zwei Jahren hatte ich es aufs City College geschafft. Dort habe ich dann Wirtschaftslehre studiert. Schließlich habe ich Examen gemacht, bin zur Navy gegangen, bin wieder weggegangen, habe in Restaurants gearbeitet, habe mir mein erstes Restaurant gekauft. Der Rest ist, wie es heißt, Frauengeschichte.

Und in der Navy, erkläre ich Susannah, ist mir endgültig klar geworden, daß unser Land dem Untergang geweiht ist.

Warum denn? fragt sie, obwohl wir häufig über meine Militärlaufbahn gesprochen hatten.

Beim Militär hat niemand Respekt vor Frauen. Oder vor dem Weiblichen überhaupt. Oder vor all jenen, die nicht weiß sind. Es ist, als wäre die Welt ausschließlich zum Vergnügen der weißen Männer geschaffen worden, und so benehmen sie sich auch. Ich habe mich unter den Männern, die angeblich unser Land schützen sollten, vollkommen schutzlos gefühlt. Ihre Orgien und Vergewaltigungen sind inzwischen zum Teil bekannt geworden, aber manche ihrer besonders widerwärtigen Untaten werden nie an die Öffentlichkeit gelangen. Ich hatte Glück, daß ich mit dem Leben davonkam.

Und wie hast du das geschafft? fragte sie.

Ich habe Romane gelesen. Ich ging ins Kino, wann immer ich konnte. Ich habe Pläne für die Zukunft meines Sohnes gemacht. Für meinen Sohn, der glaubte, er wäre mein Bruder, denn das hat man ihm gesagt, nachdem ich gegangen war.

Lily Paul

Petros, mein Mann, war verantwortlich für mein erstes Essen bei Lily Paul's, einem noblen Bio-Soul-Food-Restaurant, das er durch Freunde entdeckt hatte.

Du glaubst nicht, was ich gefunden habe, sagte er.

Ist es größer als ein Brotkasten? fragte ich lachend.

Ja, sagte er. Viel größer.

Und das war es auch.

Lily Paul's war ein Gedicht aus Farnen und vergoldeten Spiegeln, Kronleuchtern und blanken Parkettböden. Doch dazu lag auf jedem Tisch das gleiche Wachstuch mit Rosenmuster, wie das auf dem Tisch seiner Eltern in Griechenland und von dem ein Ausschnitt als gerahmtes Quadrat an meiner Wand hing.

Als wir uns setzten, lachte ich los.

Ist das eine Überraschung oder nicht? sagte er, ganz rot vor Freude über meine gute Laune.

Es ist wunderbar, sagte ich und lächelte ihn an.

Vielleicht würde der heutige Abend so enden, wie unsere Abende früher geendet hatten, dachte ich. Wir würden gut essen und ein, zwei Flaschen Wein trinken. Über die tropfende Kerze hinweg flirten, unter dem Tisch die Schuhe abstreifen und füßeln. Uns beim Verlassen des Gebäudes küssen. Uns die ganze Nacht lang lieben. Wir brauchten das. Wir beteten darum. Es passierte nicht.

Was möchten Sie? fragte eine aufregende Frau mit silbergrauer Stachelfrisur.

Meine Frau, antwortete Petros.

Keine schlechte Wahl, grinste die Frau.

Das Lächeln auf Petros' Gesicht erlosch sofort. Die Frau und ich ließen uns die gute Laune nicht verderben.

Nach der Hälfte des ausgezeichneten Essens hielt ich es für ein Gebot der Höflichkeit, ihr dafür zu danken und mich ganz offiziell vorzustellen. Wie heißen Sie? fragte ich.

Ich bin Lily Paul, sagte sie. Mir gehört das Lokal.

Oh, sagte ich beeindruckt. Ich bin Susannah Robinson, und das ist Petros, mein Mann.

Sehr erfreut, sagte sie.

Er war blaß geworden. Ein Schatten schien sich auf ihn gesenkt zu haben.

Was ist denn los? fragte ich, als Lily Paul mit unserer Scheckkarte nach hinten ging.

Lesben, blaffte er. Ihre Dreistigkeit verschlägt mir den Appetit.

Glaubst du, daß sie eine Lesbe ist? fragte ich. Wie kommst du darauf?

Er verdrehte die Augen. Also wirklich, Susannah, sagte er. Sieh doch nur, wie sie geht.

Lily Paul schlenderte an unseren Tisch zurück und scherzte und schwatzte unterwegs mit Kunden, von denen sie angesprochen wurde. Ihr silbernes Haar leuchtete. Es scheint ihr völlig gleichgültig zu sein, was andere denken, sagte ich, während ich ihr zusah. Macht sie das zu einer Lesbe?

Ach, sei still, sagte er. Dann wandte er sich freundlich an Lily Paul: Wirklich reizend haben Sie es hier. Er grinste breit.

Sie steckte mir ihre Visitenkarte zu und antwortete nicht.

Zwei Wochen später rief ich sie an.

Wie geht es Ihnen? fragte ich.

Die Wechseljahre machen mir höllisch zu schaffen, erwiderte sie unverblümt.

Oh, sagte ich, was sind die Symptome? In der Hoffnung, keine traurige Geschichte über das Nachlassen ihres sexuellen Verlangens zu hören.

Das Übliche, sagte sie. Hitzewallungen, Migräne, Stimmungsschwankungen, Wehwehchen hier und da. Ach ja, sagte sie, und meine Freundin macht sich nicht soviel aus Sex wie ich.

Ich wurde gleich fröhlicher. Soll ich kommen, sagte ich, und Ihnen die Kopfhaut massieren? Ich habe gehört, das hilft.

Meine Kopfhaut gehört momentan meiner Freundin, und Ihre Finger befinden sich doch sicher in der Obhut Ihres gutaussehenden Mannes. Er sieht wirklich gut aus, wissen Sie. Allerdings auch irgendwie unecht, fand ich.

Das war eine so zutreffende Beschreibung von Petros, daß ich lachen mußte.

Sie haben ein nettes Lachen, sagte sie. Und sie haben einen verdammt netten Hals.

Ich mag Ihre silbernen Haare, sagte ich.

Dann gibt es ja schon zwei Stellen, an denen wir anfangen können.

Wie meinen Sie das?

Wenn wir uns lieben, sagte sie, haben wir zwei Stellen, wo wir anfangen können: meine Haare und Ihren Hals.

Zwei Wochen später war es soweit.

Myrrhe

Liebe Lieblingstouristin, begann der Brief. Er war auf hauchdünnem, blauem Seidenpapier geschrieben, an dessen Seite sich eine schmale, fast durchsichtige rote Linie entlangzog. Er roch nach Myrrhe.

Ich schreibe Dir, weil Du so freundlich warst, mir Deine Adresse zu geben, und auch weil es wahr ist: Von allen Touristen, die in den vergangenen Jahren die griechische Zwergin besucht haben und ihre Nasen heimlich in ein Unglück gesteckt haben, das sie nicht verstehen, bist Du mir die Liebste. Liegt es daran, daß Du so braun und so groß bist? Daß Deine Haare im Nacken geschlungen sind wie bei einer griechischen Göttin? Oder daß Du eine Frau bist, die aus der Ferne kam und sich bereitwillig mit dem Unbekannten, meinem armen Land und meinen armen Landsleuten verbunden hat? Daß Du mich nicht nur einmal besucht hast, wie es die richtigen Touristen tun, sondern jeden Tag, bis Du nach Amerika zurückgefahren bist? Weil wir Freundinnen geworden sind?

Amerika. Ist das nicht der Ort, an dem alle sein wollen? Und ist es nicht das Paradies?

An dieser Stelle nippte Susannah an ihrem Campari, streifte die Riemchensandalen von den Füßen, ließ zu, daß das schwarze Seidenkleid von ihrer tiefbraunen Schulter rutschte und machte es sich im Wintergarten auf einem Korbstuhl bequem: Nein. Nein, Amerika ist nicht das Paradies. Aber dieser Wintergarten ist es.

Ich schreibe Dir, weil ich gewaltige Neuigkeiten mitteilen muß, las sie weiter.

Ich habe mein Zuhause, die Kirche, verlassen! Das geschah auf eine Weise, wie ich es mir nie vorgestellt hatte. Erinnerst Du Dich an meine Träumereien von den Zigeunern? Von Pygmäen auch, aber vor allem von Zigeunern. Nun, wie das Leben so spielt, sind alle meine Brüder, denen mein Vater sein ungeheures Vermögen hinterlassen hat, gestorben. Sie waren alt, und es war an der Zeit. Mir hatte er nichts vererbt, denn ich war ja an die Kirche gekettet. Erst wenn alle sieben gestorben wären, würde ich erben. Man erwartete nicht, daß ich so lange leben würde. Aber ich lebte. Und so saß ich nun eines schönen Tages auf einem Berg von Geld, als eine ganze Prozession von Zigeunerwagen vorbeizog. Solche Kolonnen, eine lange Reihe kleiner, bunt bemalter Holzhäuser auf Rädern, waren natürlich auch früher schon an meiner Behausung vorbeigefahren, aber eben noch vor dem Krieg. Während des Krieges waren die Zigeuner wie vom Erdboden verschluckt. In Erinnerung geblieben waren ihre Kesselflickerei und ihre Musik und die bunten, exotischen Kleider oder ihre Diebstähle, Lügen und Betrügereien –, je nachdem, mit wem man sprach. Ich fürchtete mich genauso wie alle anderen vor den Zigeunern, weil ihr unsteter, liederlicher Lebenswandel in unserer Kirche regelmäßig angeprangert wurde, als ich ein Kind war. Deshalb versteckte ich mich jahrelang in meinem Zimmer, verriegelte mit klopfendem Herzen die Tür und lugte hinter meinen roten Vorhängen hervor. Diesmal jedoch tat ich nichts dergleichen. Ich bin jetzt so alt, dachte ich, es kommt nicht mehr darauf an, ob sie mir mein Essen stehlen, mein Geld oder sogar mich selbst. Ich lauschte den Glöckchen, die an dem mit roten Quasten geschmückten Zaumzeug der Pferde bimmelten; sie schienen mir eine Einladung zuzurufen. Ehrlich gesagt, war mir mit der Zeit immer langweiliger geworden. Sprachen lernen und auf dem Bildschirm Gesichter deuten kann man in jedem Gefängnis. Ich steckte meine kleine Derringer in ein Halfter, das in meine Achselhöhle paßte und lehnte mich aus dem Fenster. So merkwürdig gekleidete Menschen hatte ich noch nie gesehen. Die Männer trugen ausgefranste schwarze Hüte und bestickte Samtwesten. Die Frauen hatten lange Röcke mit Blumenmustern an und Goldmünzen in den offenen Haaren. Sie waren eigentlich nicht sehr überrascht, als sie mich sahen. Sie erklärten, sie seien auf einer Pilgerfahrt, auf der sie ihrer früheren Lebensart nachspürten. Sie hatten ihre Wohnwagen selbst gebaut und bemalt und übten jetzt die Lieder und Musikstücke ihrer Vorfahren, die sie gerade erst gelernt hatten. Die älteren Frauen, die zum Teil in der Stadt ihre Berufe ausübten – als Lehrerin, Ärztin und so weiter –, und ich sagten uns bald gegenseitig die Zukunft voraus, und die Männer schnitzten Holzlöffel und tranken Pflaumenwein, von dem sie mir einen Becher anboten, und die Kinder rannten durch den Friedhof und zeichneten Männchen auf die weißen Steine. Während meine alten Augen diese unerwartete Erfahrung langsam in sich aufsogen, regte sich neues Leben in den alten Knochen. Mit einemmal wiegte ich mich zu einer äußerst gefühlvollen Zigeunermusik; ich wagte, erst stolpernd, dann nach meinem eigenen Rhythmus, die ersten Tanzschritte. Wenn du noch nie mit anderen zusammen getanzt hast, ist es ein Gefühl wie Fliegen. Dann nahm ich meine roten Vorhänge ab, die den Zigeunerfrauen gefielen, packte ein Bündel alter Kleider und einen Gürtel voller Geld ein, schloß die Kirchentür hinter mir ab und zog mit ihnen los!

Endlich war ich selbst Touristin! Und reiste mit denen, die seit Tausenden von Jahren Touristen sind. Sie erklärten mir, daß sie nicht länger Zigeuner heißen, sondern Roma. Daß sie, wie andere indische Stämme, ein von Grund auf neues Leben beginnen wollten, indem sie sich einen neuen und anderen Namen gaben. Aber ich werde das Wort »Zigeuner« vermissen, sagte ich: für mich klang es immer nach Romantik. Ja, sagten sie, aber für die meisten Menschen klingt es wie »Gauner«.

Ich verstand. Jede Nacht fuhren wir über Land, und tagsüber blieben wir lange genug an einem Ort, um zu kochen und zu waschen und auf dem Marktplatz aus der Hand zu lesen. So verging Tag um Tag. Bis ich die Härte dieser Lebensweise zu spüren begann. Warum ließen wir uns nicht irgendwo nieder? Wenigstens für eine Saison? Ich fragte die Männer und Frauen, die uns führten. Und da erfuhr ich, daß Zigeunern fast niemals gestattet worden war, seßhaft zu werden. Sie ziehen weiter, bevor sie vertrieben werden. Das war das Ernüchterndste und Erschütterndste, was ich je gehört hatte. Niedergeschlagen ratterte ich in meinem Bett mit den roten Vorhängen die Straßen entlang. Ich hörte den herrlichen Liedern zu, die meine neuen Freude sangen, während sie auf den altbekannten Wegen umherzogen. Sie glichen überhaupt nicht, wie ich gedacht hatte, den Vögeln, die frei und ungebunden in immer neue Richtungen flogen, sondern eher Hamstern in ihrer immer gleichen, ausgetretenen Spur.

Ich blickte in die Gesichter der Dorfbewohner, durch deren Straßen wir zogen. Manche, die jüngeren, waren begeistert, wenn sie einen so märchenhaft dunklen, farbenfrohen und seltsamen Menschenschlag zu Gesicht bekamen. Aber die Mienen der älteren Leute ängstigten mich. Sie wirkten, als sähen sie Gespenster. Viele von ihnen erinnerten sich zweifellos daran, daß sie »ihre« Zigeuner in Konzentrationslager geschickt hatten.

In meinem Alter und nach meinen bisherigen Erfahrungen hätte man meinen können, daß mir der Verlust einer romantischen Lebenssicht willkommen gewesen wäre. So war es nicht, Lieblingstouristin. Ich nehme an, der menschliche Geist braucht den Glauben, daß etwas der allgemeinen Unterdrückung alles Lebendigen entkommen ist, die aus männlicher Perspektive als zivilisierte Existenz gilt. Ich hatte gehofft, die Zigeuner seien entkommen. Aber nein. Eines Tages sprach ich mit der jüdischen Schriftstellerin, die viel riskiert hatte, um ihre Geschichte ans Tageslicht zu bringen; sie hatte Freunde in unserer Gruppe, und sie sagte mir: Niemand weiß das, und die, die es wissen, haben es lieber verdrängt. Die Zigeuner waren vierhundert Jahre lang die Sklaven Europas. Gekauft und verschachert, erniedrigt und geschlagen, sogar getötet, nur so aus Spaß. Und während diese wunderbare junge Wissenschaftlerin sprach, dachte ich: Genau wie das schwarze Volk meiner Lieblingstouristin! Und deshalb, sagte diese Frau, leben sie so abgesondert von allen anderen Europäern, isolierter als die Juden, auch nach tausend Jahren noch. So isoliert und so mißtrauisch gegenüber allem, was von außen kommt, daß sie alle anderen Menschen für entsetzlich unrein halten. Weil das Verhalten der anderen ihnen gegenüber tatsächlich unsauber war und fast immer zu ihrem Verderben geführt hat. Die Zigeuner und die Schwarzen in Amerika wurden ganz ähnlich behandelt, nicht wahr, Lieblingstouristin?

Susannah legte den Brief auf den Schoß, seufzte und sah aus dem Fenster. Eine rosafarbene Damaszenerrose wuchs nahe der Wand des Wintergartens. Aus dem Garten drang ein herrlicher Duft ins Haus. Worin bestand der Unterschied? überlegte sie. Zwischen schwarzen Amerikanern und schwarzen Zigeunern? Oder zwischen Zigeunern und den Nunga in Australien? Oder zwischen den Zigeunern und der vollkommen ausgerotteten einheimischen Bevölkerung Tasmaniens?

Seit ich sie verlassen habe – las Susannah weiter und sog den Myrrhenduft in sich ein –, was ein paar Monate später geschah, lebe ich auf einer Jacht, auf eben der Jacht, auf die sich mein Vater Frauen von jedem Kontinent holte. Ich habe niemanden aufgegabelt, aber ich gehe an Land. Ich habe meine Nase in jedes Land gesteckt, das am Meer liegt. Ich habe sechs Monate lang bei dem kleinwüchsigen Volk im afrikanischen Regenwald gelebt, bei Leuten, die genauso groß sind wie ich, obwohl sie mir körperlich sonst nicht ähneln. Trotzdem haben sie mich zu ihrer Großmutter erkoren oder vielleicht zur Urgroßmutter, die zu ihnen zurückgekehrt ist.

Aber wo war ich denn? habe ich sie durch meine Übersetzerin gefragt.

Ich liebe es, ihnen diese Frage zu stellen, denn sie haben nicht die geringste Vorstellung davon, wie mein Leben früher aussah. Ihnen gefallen die Fotos, die ich von meinem Schiff mitgebracht habe, aber es fällt ihnen schwer zu verstehen, daß ich damit reise; außerdem haben sie das Meer noch nie gesehen.

Sie sagen: Du hast nach der *tuturi*-Wurzel gegraben, in der entferntesten Ecke unseres Waldes. Dort wurdest du vom König der Nachtvögel entdeckt, der eine Helferin für seine Frau brauchte. Vielleicht mußtest du ihr Blätter sammeln helfen, aus denen sie Schürzen macht wie die, die wir tragen. Oder du hast ihr geholfen, Blatthäuser zu bauen.

Nein, habe ich dann gesagt, das glaube ich nicht.

Sie haben den Kopf geschüttelt und waren ratlos. Alle mußten lachen. Manchmal hielt ich da gerade ein winziges Baby im Arm, das süß nach den aromatischen Kräutern roch, die ihm um den Hals gebunden worden waren, und überall raschelten Blätter, und in der Ferne, wo die Frauen im Wald nach Wurzeln gruben, ertönte Gesang.

Dies hier, dachte ich, ist das Paradies.

Aber es wird nicht von Dauer sein. Woher ich weiß, daß es nicht von Dauer sein wird? Weil du, wenn du von Bord gehst und den Treck ins Innere antrittst, von Soldaten umgeben bist. Und diese Leute haben nur zweierlei im Kopf – junge Mädchen vergewaltigen und sich den Bauch vollstopfen. Du bist von Flüchtlingen umgeben, und die wollen nichts anderes als irgendwo bleiben und sich ausruhen. Du watest buchstäblich durch ein Meer von Unrat. All diese Unglücklichen werden auf den Wald zugedrängt, wo das kleine Volk lebt, das mich so an mich selbst erinnert. Dann gibt es dort Sägemühlen, die teilweise Hunderte von Jahren alt sind. Sie wandern durch den Wald, diese Sägemühlen, von Ort zu Ort, und fällen die Bäume, mit denen das kleine Volk schon immer zusammenlebt. Wieso ich die Zukunft voraussehe? Auf Grund der Verwüstung, die ich überall um mich her bemerke.

Aber Du bist nicht verwüstet, Lieblingstouristin – fuhr der Brief fort –, obwohl Dein Volk, über das ich gelesen, das ich studiert habe, immer kurz vor dem Untergang zu stehen scheint. Du bist sehr weich, das merkt man, und doch ist es vielleicht die Weichheit derjenigen, die sich zur Erde neigt und nicht zerbricht. Ich stelle mir vor, wie Du in dieser Minute irgendwo in der Sonne ausgestreckt liegst und an Deine Probleme denkst, ja, aber gleichzeitig vielleicht genüßlich in eine Feige beißt. Dies ist die richtige

Einstellung, finde ich, meine Lieblingstouristin. Laß nichts zwischen dir und dem Tanz des Lebens stehen. Das ist es, was die Zigeuner mit ihrer immerwährenden Musik ausdrücken wollen. In den Konzentrationslagern, in denen sie von den Nazis in großer und erschreckender Zahl ermordet wurden, wovon die Welt kaum etwas erfahren hat, hinterließen sie den Deutschen neben den langen schwarzen Haaren, die ihnen abrasiert wurden, um damit Matratzen und Mantelfutter auszustopfen – was noch? Eine bemerkenswerte Ansammlung von Harfen und Violinen!

Vielleicht komme ich nach Amerika! Mein Schiff ist stabil. Es ist groß und ein bißchen angeberisch, wie mein Vater. Vielleicht komme ich dorthin, wo Du bist, lege im nächsten Hafen an und segle mit Dir davon.

Deine Irene

Ein Kuß zwischen Toten ist ein Hauch

Die Geschichte, die Sie uns erzählt haben

Die Geschichte, die Sie uns erzählt haben, Señor Robinson, war seltsam. Jeden Sonntag haben Sie uns ein wenig mehr erzählt, und am Abend saßen dann mein Vater und meine Mutter grübelnd am Feuer. Zunächst einmal war uns unerklärlich, daß die Sonne an ihrem Namenstag, dem Sonntag, nicht verehrt wurde. Schon immer haben die Mundo die Sonne verehrt; sie ist neben der Natur und der Erde diejenige Göttin, die für alle am sichtbarsten ist. Aber obwohl in Ihrer Geschichte ein Tag nach ihr benannt war, wurde sie selbst nie erwähnt. Das war für die Mundo sehr eigenartig. Meine Eltern wiederholten, was Sie zu ihnen gesagt hatten, praktisch Wort für Wort, weil man in unserer Welt jedem, der spricht, genau zuhört. Verwandte und Nachbarn kamen und setzten sich zu uns ans Feuer; die Kinder nutzten diese Zeit, um zu spielen, während die Erwachsenen miteinander flüsterten und tuschelten. Die Geschichte war für unsere Eltern offenbar eine Nummer zu groß, und das bekümmerte uns. Sie stocherten mit ihren Stecken im Feuer herum und schüttelten bedauernd die Köpfe.

Während Sie schon weiter geeilt waren und ihnen einen Gott präsentierten, der im Himmel schwebte und den sie sich daraufhin nur als Wolke vorstellen konnten, befürchteten sie, daß sie für die Geringschätzung der Sonne bestraft würden.

Aber jetzt, sagte Manuelito, wird die Zeit knapp. Ich werde Ihnen nur noch erklären, was Sie von diesem Punkt an zu erwarten haben.

Er meinte den Zeitpunkt des Todes.

Sie haben leider den Übergang nicht singend angetreten, und deshalb ist Ihnen nicht zugesichert, daß Sie den Pfad des Todes mit Zuversicht betreten werden. Was von Ihnen verlangt wird, ist jedoch nichts anderes als das, was von mir verlangt wird.

Und was wäre das? fragte ich.

Die Toten müssen zwei Aufgaben erfüllen, bevor alles vorüber ist; zum einen jemanden, den sie zurückgelassen haben und der durch ihre Torheit verlorenging, auf den Pfad zurückbringen; zum anderen eine Zeremonie abhalten, durch die sie und andere, die sie verletzt haben, versöhnt und heil in die Ewigkeit eingehen können.

Aber Manuelito, sagte ich, davon habe ich noch nie etwas gehört!

Sie haben nie etwas davon gehört, weil Sie nie zugehört haben, Señor, sagte Manuelito. Sie haben behauptet, Sie kämen, um von uns zu lernen, aber der Anblick unserer Armut hat bewirkt, daß Sie sich gleich wieder in Ihr schwarzes Buch geflüchtet haben. Sie dachten, Sie wüßten alle Antworten auf unsere Situation, dabei hatten Sie in Wirklichkeit keine, die wir hätten akzeptieren können, ohne uns wie unreife Kinder zu fühlen. Haben Sie wirklich geglaubt, wir wüßten nicht, daß wir einander lieben sollen; daß die Person uns gegenüber wir selbst sind? Daß Diebstahl schlecht ist; daß es schädlich ist, etwas zu wollen, was andere Menschen haben? Daß wir ein Teil des Großen Geistes sind und als solcher geliebt werden? Welches Volk wüßte das nicht?

Wir glauben nicht an den Himmel oder die Hölle, Señor; wir glauben nicht an die ewige Verdammnis. Wir glauben nur an das unvermeidbare Unglück, andere zu verletzen und selbst verletzt zu werden. Bereuen und nicht bereuen. Vergeben oder nicht vergeben. In unserer Geschichte geht es nur um den Zeitraum, den man braucht, um dies zu tun. Wir wissen nicht, was mit den Menschen geschieht, nachdem sie vergeben haben. Wir wissen nicht, was geschieht, nachdem sie bewiesen haben, daß es ihnen leid tut. Das ist ein Geheimnis, das wir Mundo gerne unangetastet lassen. Was wir jedoch wissen, ist, daß jeder von uns ein wenig Zeit hat, sozusagen ein Fenster mit Aussicht auf die Möglichkeit, etwas wieder gutzumachen, sich zu verabschieden, Liebe in ein von Liebe verlassenes Herz zurückzubringen. Und dann sind wir fort, und niemand denkt mehr an uns.

Als Manuelito sprach, fiel mir ein, wie ich bei meiner jüngeren Tochter Susannah gespukt hatte. Zu ihrer Verwunderung träumte sie ständig von mir. Sie »fühlte« eine Gegenwart, die sich in ihrem Haus breitmachte. Sie trug immer häufiger Schwarz, als imitiere sie die Farbe meines erschwindelten Priestergewandes. Sie trug einen Onyx am Finger und Gagat um den Hals. Wenn sie in ihren schwarzen Wagen stieg, um den Berg hinunterzufahren, war es, als würde sie in mir aufgehen, in mir, ihrem schwarzen Vater, auf den sie einst so stolz gewesen war. Dem sie vertraut hatte, vor dem sie keine Angst gehabt hatte.

Und ich drückte die Nase gegen das Fenster und beobachtete sie bei der Liebe und vor allem beim Sex. In dem Versuch, mich in einem Bereich aufzuhalten, den ich fast zerstört hatte. Ist das natürlich? fragte ich Manuelito.

Das ist vollkommen natürlich, erwiderte er, obwohl es für Sie vielleicht manchmal auch sehr peinlich ist. Was könnte andererseits die Toten in Verlegenheit bringen? Als Sie uns in der Kirche erzählt haben, daß Gott alles sieht, hielten wir ihn natürlich für einen der Toten. Von den unlängst Verstorbenen weiß mein Volk, daß sie zurückkehren und die Verwirrung belauschen, die sie hinterlassen haben.

Aber das würde ja bedeuten, daß dein Volk an Geister glaubt! sagte ich.

Manuelito lächelte mich an. Er war so ein hübscher Junge! Noch jung; vom Tod ungebrochen. Strahlend. Nicht bleich und schattenhaft wie ich.

Für uns, Señor, gibt es vielleicht keinen Unterschied zwischen Geist und Engel, sagte er. Señor Robinson, fuhr er sanft fort, verzweifeln Sie nicht. Wir haben vielleicht von Jesus Christus nur eines verstanden: daß er das war, was Sie einen Geist nennen. Daß er zurückkam, um die Verwirrung zu begutachten, die er hinterlassen hatte. Daß er gerade lange genug blieb, um die Dinge ins Lot zu bringen. Um seinen Leuten zu sagen, sie sollten sich nicht sorgen; um ihnen die Schuldgefühle zu nehmen. Wir waren froh, als wir hörten, daß er von den Toten zurückgekehrt war; das leuchtete uns vollkommen ein. Und wir mochten ihn. Er war den Mundo ähnlich! Obwohl wir nie daran glaubten, daß er einen stofflichen Körper hatte, den man wirklich sehen konnte.

Die Geschichte, die die Mundo sich erzählen, wurde auch erfunden, damit wir imstande sind, die Wunden zu heilen, die wir im Laufe unseres Lebens zugefügt haben. Wissen Sie, daß diese Geschichte die beiden Welten miteinander verbinden soll? Wir glauben, daß wir unsere persönliche Geschichte mitnehmen, wenn wir sterben. Und kurz darauf vollenden wir sie. Das ist logisch, finde ich. Wir verstehen, daß die Toten nicht im Augenblick des Sterbens verschwinden, sondern sozusagen weitersprechen, ihre Geschichte noch eine Zeitlang um sich her weiterweben. Wie könnte es anders sein?

Sie haben, wenn auch ohne Gesang, die andere Seite erreicht. Ich glaube, ich bin hier, um Sie zu führen, und das werde ich tun.

Zuallererst, sagte er, sollen Sie erfahren, daß sowohl Magdalena wie auch Susannah Ihre Liebe immer gebraucht haben. Doch Magdalena ist die Schwächere der beiden. Ihr Fett soll das verbergen. Susannah, die fügsam und nachgiebig scheint, ganz die verkörperte Unschuld, ist entschlossen zu bekommen, was sie will. Ihr ist es bestimmt zu experimentieren, bis sie es findet. Und sie ist vor allem entschlossen, ihren Verstand zu beherrschen. Das bedeutet, sie wird dadurch, daß sie ihr Leben lebt, finden, was sie braucht. Susannah wird mit der Zähigkeit von Unkraut alles überleben. Meine Magdalena, treuer und verletzlicher als sie, stirbt gerade in diesem Augenblick an gebrochenem Herzen.

Als er sprach, sah ich Magdalena vor mir. Ich stand an ihrem Bett, auf dem sie, grotesk und gewaltig in ihrer Fülle, ausgestreckt lag. Ein Stück Schokoladenkuchen in einer Hand, eine Dose Bier in der anderen.

Was schaut sie sich an? fragte Manuelito.

Sie schaute ins Leere. Der Fernseher flimmerte und gab ein von statischem Knattern durchsetztes Dröhnen von sich.

Ich sah ihr direkt in die weit geöffneten Augen. Sie liegt wohl im Koma, sagte ich.

Manuelito seufzte. In diesem Augenblick betraten Männer in weißen Kitteln den Raum. Sie nahmen ihr das Bier und den Schokoladenkuchen weg, zogen ihr ein Laken über den Kopf und standen herum und diskutierten, wie sie den Leichnam aus dem Haus transportieren könnten. Sie staunten über ihr Gewicht und mehr noch über ihre Größe. Einer der Männer machte eine Bemerkung, in der das Wort Pferd vorkam, und lachte.

Ich drehte mich zu Manuelito um. Wird sie bald bei uns sein? fragte ich.

Nicht gleich, Señor, sagte er. Glaube ich. Ich nehme an, sie muß erst ihre Mutter besuchen, Señora Robinson, Ihre Frau.

Meine Frau! sagte ich. Unfaßbar, daß ich sie vergessen hatte. Ach, Manuelito, ich habe meine Frau so sehr geliebt, aber stell dir vor, seit ich auf der anderen Seite bin, habe ich nicht einmal an sie gedacht!

So ist es eben, sagte Manuelito. Daran erkennen Sie, daß Ihre Liebe sich erfüllt hat. Es ist dann nicht mehr nötig, an die geliebte Person zu denken. Sie waren bei ihr, als sie starb, nicht wahr?

Oh ja, sagte ich. Ich wich nicht von ihrer Seite. Sie starb in meinen Armen. Nachdem sie tot war, küßte ich ihren Körper zum Abschied. Sie starb an einem schrecklichen Krebsleiden, sagte ich; ihr Körper war ganz ausgezehrt. Doch das spielte keine Rolle. Er hatte ihren Geist in sich bewahrt; aber ich liebte ihn auch einfach deshalb weiter, weil er ihr gehörte. Ich gehörte ihr. Ohne sie war mit mir nicht viel anzufangen.

Und sie hat Sie geliebt?

Ja, sagte ich, das weiß ich.

Die Mundo haben ein Sprichwort, daß jede wahre Liebe in sich selbst vollendet ist. Eine Liebe, die nicht wahrhaftig ist, erkennt man daran, daß sie immer unfertig ist. Sie hängt irgendwie über einem, manchmal ein ganzes Leben lang, als Qual, als Sehnsucht.

Und warum ist das so? fragte ich ihn.

Wenn Sie einen Menschen ehrlich lieben, wünschen Sie ihm kein Leid, auch wenn er im Lauf Ihres Lebens leiden muß. Sie nähern sich ihm immer, um ihn zu heilen. Instinktiv handelt er ebenso.

So war es bei uns, ja, sagte ich.

Manuelito schien zu grinsen. Wir wissen das, sagte er.

Was?

Haben Sie sich je gefragt, warum wir uns überhaupt mit Ihnen abgegeben haben, Señor? Wir wußten sofort, daß Sie ein Mann sind, dessen Stimme von seinen Gedanken abgespalten war. Wir brauchten den Schutz, den Ihre Anwesenheit dem Dorf gab, aber es waren auch früher Geistliche gekommen, und wir hatten sie von uns ferngehalten. Sie waren der einzige, der so lange bei uns bleiben durfte.

Ich wüßte gerne warum, sagte ich zu Manuelito.

Weil Sie dauernd mit Ihrer Frau geschlafen haben.

Hätte ich noch einen Unterkiefer gehabt, wäre er heruntergeklappt.

Manuelito gluckste.

Ihr verdammten kleinen Mistkerle! sagte ich.

Nein, nein, Señor Robinson, nicht die Kinder waren die Spione. Was habe ich Ihnen von der Lebensweise der Mundo erzählt?

Wer dann? fragte ich.

Natürlich, sagte Manuelito, waren es die Ältesten.

Die Ältesten? Diese alten Männer?

Und Frauen. Ja, sagte Manuelito. Sie werden sich erinnern, daß die Ältesten Mad Dog Magdalena für ein ganz besonderes Mädchen hielten. Nun, die Älteste, die ihr den Namen verlieh, starb, während Sie noch im Dorf lebten. Sie hat beobachtet, wie Sie Magdalena geschlagen haben. Wir erfuhren, wie Sie sie verletzt haben, weil sie uns in Träumen davon erzählte. Aber vorher hat sie Sie im Auge behalten, weil das zu ihrer Aufgabe als Wächterin des Dorfes gehörte, und uns berichtet, wie es zwischen Ihnen und Señora Robinson stand. Vor ihr hatte das eine andere Älteste übernommen. Die Mundo beauftragen immer Älteste mit der Überwachung der Geistlichen. Die Erfahrung hat uns gelehrt, daß diese Ältesten Frauen sein sollten, weil sich Frauen weniger leicht mit dem Geistlichen identifizieren, was wir »in den Sog des schwarzen Gewands geraten« nennen.

Aber das ist absurd! sagte ich.

Manuelito lachte. Manche der Männer, die uns geschickt worden waren, faßten keine Frau an. Sie mochten die langen Haare von Frauen nicht, sie mochten ihr Lachen und ihre Brüste nicht, sie mochten ihren Geruch nicht. Wir wußten, daß diese Männer uns auf direktem Weg vom Angesicht der Erde fortführen würden.

Sie dagegen haben Frauen geliebt, fuhr er fort. Wenigstens haben Sie Señora Robinson geliebt. Sie schienen zu wissen, daß wir durch körperliche Liebe Leben erschaffen. Leider ist Ihnen das entfallen, als Ihre eigene Tochter in Ihre Fußstapfen trat. Ja, sagte er, Magdalena wußte, was Sie wußten. Sie hat es, darf ich mit Stolz bekennen, mit mir entdeckt.

Wirst du mir je verzeihen? fragte ich Manuelito, weil ich sehen konnte, daß das die einzige Frage war, die in unserer offenbar begrenzten Zeitspanne wert war, gestellt zu werden.

Die Luft begann sich leicht zu kräuseln, was bedeutete, daß er mich in die Arme nahm. Wir werden sehr bald eine Zeremonie abhalten, Señor. Alles wird gut enden.

Im Sog des schwarzen Gewandes

Manuelito brauchte mir nicht zu erzählen, was passiert war. Warum ich hingegangen war, um sein Volk zu studieren und allem Anschein nach doch nichts über dieses erfahren hatte. Ich war in den Sog des schwarzen Gewandes geraten.

Weißt du, sagte ich zu ihm, dieser Ausdruck paßt wirklich gut!

¿Qué? fragte er.

Im Sog des schwarzen Gewandes. Ich hatte Anthropologie studiert. Ich war Atheist. Besser gesagt, Agnostiker. Wie sollte ich euch da vorgaukeln, ich wüßte, ob Gott existiert und in welcher Form? Und doch, als ich das Geld der Kirche erst einmal angenommen hatte, um euch zu studieren, und nachdem ich mich einverstanden erklärt hatte, »mein Möglichstes« für eure Errettung zu tun, war es, als wäre etwas in mir gestorben. Ich wurde von etwas »gesponsert«, an das ich nicht glaubte. Ich dachte, ich könne so leben. Was für ein Unsinn!

Wenn Señora Robinson Sie verlassen hätte, wären Sie gestorben, ja, sagte Manuelito.

Das wußte ich, antwortete ich. Du hast keine Ahnung, wie ich sie angefleht habe zu bleiben.

Wir hatten eine Ahnung, sagte er lächelnd.

Manchmal fragte ich mich, warum sie blieb. Wir wußten beide, daß in mir dieses Loch klaffte, das immer größer wurde. Eine Leere, in der es keinen Glauben gab. Während ich den jungen Frauen eures Dorfes Anstand und Keuschheit predigte, obwohl sie – jedenfalls in meinem Beisein – nie etwas anderes an den Tag gelegt hatten, wurde es immer notwendiger, bei Magdalena streng durchzugreifen, die mir im Vergleich zu ihnen zügellos vorkam.

Sie waren in Ihrer eigenen Lüge gefangen, Señor. Deshalb klang Ihre Stimme für uns auch ganz und gar nicht überzeugend. Deshalb ließ uns die Geschichte, die Sie uns erzählten, auch so kalt.

Aber deine Leute schienen sie doch zu begreifen, sagte ich. Jedes verdammte Wort. Mir hat sie nie recht eingeleuchtet, selbst nach all den Jahren nicht. Aber ihr alle habt doch so bereitwillig daran geglaubt, daß ich die Wahrheit gebracht hatte, ihr seid niedergekniet und habt die Hostie empfangen, ihr habt mitgespielt.

Was blieb uns denn anderes übrig, Señor? Die Mundo sind überall vom Aussterben bedroht. Wenn uns niemand studiert, hält uns die Welt nicht für wertvoll. Die Ladinos nehmen uns gefangen und zwingen uns, in den Wäldern und Minen zu arbeiten. Vergewaltigen unsere Töchter und Schwestern und Mütter. Sogar wenn wir in Höhlen hoch oben in den Bergen leben, finden sie uns.

Ich glaube, es war die Hohlheit, die Leere in mir, die meine Frau umgebracht hat, sagte ich.

Sie war eine Frau voller Leben, sagte Manuelito. In dieser Hinsicht glich sie Magdalena.

Ich glaube, sie sah ganz tief in mich hinein, so tief sie nur konnte, hinter meine sogenannte Attraktivität, weit hinter meinen Sexappeal. Hinter mein Betteln und Klammern. Und eines Tages, als sie da hineinschaute, sah sie wohl, was sie schon befürchtet hatte. Daß sich in mir ein Abgrund auftat.

Sie weinen, Señor, sagte Manuelito sanft. Das ist keine notwendige Tätigkeit für die Toten.

Und dann, schluchzte ich, nahm der Krebs, der sie verzehrte, seine Chance wahr. Er warf sich auf sie. Niemand konnte sie vor ihrem eigenen Wissen schützen. Sie hatte ihr Leben mit einem Mann ohne Mitte, ohne Glauben verbracht.

Nein, nein, sagte Manuelito. Ein Mann, der von seinem Glauben abgelenkt war. Seinem Glauben an die Frau. An die Frau, die er körperlich liebte, an die zukünftige Frau, die sein eigenes Kind war.

Magdalena hat immer gesungen, sagte ich.

Wir sahen jetzt zu, wie Arbeiter den Türrahmen aus der Tür stemmten und einen großen Karren hereinrollten. Mehrere kräftige Männer schoben und stießen und drückten ihren Körper auf die Bettkante zu.

Wo, glaubst du, wird sie ihrer Mutter begegnen? fragte ich Manuelito.

Am Fluß, erwiderte er prompt. Die Mundo glauben, daß dort alle Kinder, wenn sie sterben, ihren Müttern begegnen.

Der Fluß

Sie saß auf einem flachen Stein im Schatten eines roten Felsblocks. Da war ein Flußbett, aber es war trocken.

Ich habe auf dich gewartet, Magdalena, sagte sie leise. Ich will über dieses Ding hier rüber, aber das Lied, das ich brauche, fehlt in meinen Notizen.

Dein ganzes Notizbuch fehlt, sagte ich.

Sie lachte. Es ist schon eigenartig, wenn man plötzlich die alten Requisiten nicht mehr hat. Ich sitze hier seit Stunden wie in den alten Zeiten und blättere in meinen Notizen wie damals. Nur existieren sie nicht. Genauso wenig wie ich.

Da dämmerte mir, worin meine Aufgabe bestand: Ich sollte ihr den Gesang des Vado, des Übergangs, beibringen. Das bedeutete, meine andere Aufgabe hatte zweifellos mit meinem Vater und hoffentlich mit Manuelito zu tun.

Der Gedanke machte mich stutzig. Hegten die Toten Hoffnung?

Mein Leben war ein Fiasko, sagte ich zu meiner Mutter, weil du nicht für mich eingetreten bist.

Oh Liebling, erwiderte sie, wie kannst du das sagen?

Ich sage es, weil es stimmt. Aber keine Sorge, ich werde dir den Initiationsgesang der Mundo beibringen. Trotz allem, sagte ich, auf das trockene Flußbett blickend, will ich doch, daß du hinübergelangst.

Ich weiß nicht recht, meinte sie stirnrunzelnd und spähte über den Fluß. Auf der anderen Seite scheint es nichts Besonderes zu geben.

Nein, sagte ich, das ist richtig.

Warum dann hinübergehen?

Die Mundo würden antworten: Darum.

Darum?

Ja, weil du das Ende dieser Seite erreicht hast. Was kann man da anderes tun als hinübergehen?

Aber eine Seite ist wie die andere.

Das ist wahr.

Dann ist es nicht sehr vernünftig, wenn du mich fragst.

Trotzdem würdest du gerne hinübergehen, oder nicht?

Doch, das würde ich.

Warum?

Meine Mutter überlegte lange. Sie war eine hübsche, schattenhafte Frau, ihre Augenbrauen hoben sich sehr dunkel von ihrem bleichen, abgezehrten Gesicht ab. Um uns breitete sich allmählich Helligkeit aus.

Oh, sagte sie plötzlich.

Ja? hakte ich nach.

Es geht um den Übergang, sagte sie. Hinübergehen ist leben. Ob du dich auf der einen oder der anderen Seite des Flusses befindest, ist nebensächlich.

Das ist es, was Lebendigsein bedeutet, ja, sagte ich. Das ist es, was die Mundo glauben.

Dein Vater hat mich von ganzem Herzen geliebt.

Es war nicht groß, dieses Herz, sagte ich.

Es war ein ängstliches Herz, sagte sie. Seine Leute fühlten wie Sklaven, bevor sie tatsächlich Sklaven wurden. Wünschen allein macht dich nicht frei.

Warum hast du ihn nicht verlassen? Wenn du ihn verlassen hättest, hätte sein Herz vielleicht größer werden können.

Ich war zu sehr an ihn gewöhnt. Wir verstanden uns wirklich gut, Maggie, besonders bevor ihr, du und deine

Schwester, auf die Welt gekommen seid. Wir hatten so viele Berührungspunkte! Aber daß wir das Geld der Kirche unter falschen Voraussetzungen angenommen haben, das war eine große Lüge, die, wie die Mundo es ausdrücken würden, das Gewebe unserer Welt ganz entschieden aufgelöst hat.

Ich lachte. Meine Mutter wirkte fast fröhlich. Ein Merkmal derjenigen, die aufrichtig geliebt worden sind, wie klein das sie liebende Herz auch gewesen sein mochte. Als ich starb, aß ich Schokoladenkuchen und haßte dich, sagte ich. Ich wollte unbedingt sterben. Ich glaubte, wenn ich sterben würde, könnte ich mir dich endlich vorknöpfen. Jetzt, sagte ich, ist das alles irgendwie unwichtig geworden.

Wenn es unwichtig geworden ist, sagte sie keck, gib mir'n Kuß.

Ein Kuß zwischen Toten ist ein Hauch. Mhmm, sagte meine Mutter und umhüllte mich wie ein sanfter Wirbelwind.

Alle sehen wir, daß der Himmel nackt ist

VADO

Alle sehen wir, daß der Himmel nackt ist
Und wenn der Himmel nackt ist
Muß auch die Erde
Nackt sein.

Während wir auf Magdalena warteten, begann Manuelito, der sie nie June nannte, mir den Initiationsgesang der Mundo beizubringen.

Beim Üben bemerkte ich, daß er sich über meine Bemühungen manchmal amüsierte.

Was stimmt denn nicht? fragte ich. Mache ich es nicht richtig?

Es gibt kein richtig oder falsch beim Singen, Señor. Wirklich Mensch sein bedeutet, dies vollkommen zu verstehen. Aber die Art, wie Sie sich an die Worte anschleichen und sich auf sie stürzen, erinnert mich an die Ladinos. Sie wollen alles vollkommen glatt machen, sogar das Singen. Wenn es aber vollkommen ist, verliert das Singen seinen Zauber.

Was bedeutet eigentlich:

Von weither jenseits des Wassers
Schwimmt das Schicksal auf deine Seele zu
Und in den Zweigen des nächstgelegenen Baumes
Lebt der leibliche Vetter deines Haares

Ah, sagte Manuelito, diese Frage habe ich den Ältesten auch gestellt. Das ist ein Vers, den ich sehr mochte, aber er war für mich schwer zu verstehen.

Es geht darum, daß wir uns im Leben immer auf das Schicksal zubewegen.

Wie ein Fisch, der sein Zuhause als freies Wesen verläßt und am Ende des Tages am Angelhaken festhängt. Trotz all seiner Träume landet er bei jemandem auf dem Teller und wird aufgegessen.

Was das andere betrifft, so glauben die Mundo, daß die Bäume nahe Verwandte sind, und daß der Wind ebenfalls zur Familie gehört und sozusagen immer seine Angehörigen streichelt.

Alle sehen wir, daß die Frau die Mutter
des ältesten Mannes auf Erden ist,
Ist es darum nicht ein Gebet,
sich vor ihr zu neigen?

Alle sehen wir, daß der Mann der Vater
Der ältesten Frau auf Erden ist
Ist es darum nicht ein Gebet,
sich vor ihm zu neigen?

Aber Manuelito, sagte ich, manche Leute glauben an die Parthenogenese. Daß die Frau ursprünglich den Mann nicht brauchte, um gebären zu können. Daß sie in sich selbst, ohne seine Hilfe, Leben zeugen konnte. Und wieder andere glauben, daß sie das etwa eine Million Jahre lang getan hat.

Damals kannten wir sie nicht, sagte Manuelito. Hätten wir sie gekannt, würde unsere Geschichte ganz bestimmt von ihr berichten. Wir kennen Mann und Frau als Gleichgestellte. Unterschiedlich schön, wie die Ältesten es ausdrücken würden.

Und diese Strophe? fragte ich:

Beim Eintritt in dieses Leben wirst du geküßt
An allen fünf Stellen
Die das Licht einlassen
Geküßt wirst du auch
Wenn du gehst.

Das ist einfach, Señor, sagte er. Wenn ein Kind geboren wird, wird es von beiden Eltern an fünf Stellen geküßt: seine Ohren werden geküßt, die Augen, die Nase, der Mund und die Stelle, an der das Leben beginnt. Wenn jemand stirbt, küssen alle, die ihm sehr nahestanden, dieselben Stellen.

Schickst du dich an, zum ersten Mal
die Liebe zu vollziehen
kommt singend die Mutter
Vater ist da
Süßgras und
Federn werden gereicht
Eier werden gegessen
Geküßt wirst du an allen fünf
Stellen
den weichen Brüsten
wird gedankt
zum Geliebten wirst du geschickt
mit Segen.

Allmählich fand ich mich in die Melodie hinein. Langsam, traumverloren. Pulsierend. In meinem Körper existierte eine

Ebene, die dieses Lied in Schwingungen versetzte. Beim Singen war ich geradezu aufgewühlt.

Diese Strophe hat uns bei den Predigern den meisten Ärger eingebracht, sagte Manuelito.

Aber sie ist sehr schön, sagte ich, wie die anderen auch.

Ja, aber haben Sie wirklich gehört, wovon sie spricht? Wir haben ihnen erklärt, daß wir bei der Zeremonie zur Vereinigung von Liebespaaren Süßgras verbrennen, um uns und unsere Umgebung zu reinigen. Daß wir Federn benutzen, um den Rauch überall zu verteilen. Daß Eier gegessen werden in der Hoffnung, die Verbindung möge fruchtbar sein, nicht nur an Kindern, sondern auch an Ideen, Schaffenskraft, Gaben für den Stamm. All das haben sie angeblich begriffen.

Aber mit der Vorstellung, daß Mutter und Vater die Brüste ihrer erwachsenen Kinder berühren und deren Vulva oder Phallus küssen, waren sie nicht einverstanden. Wir haben ihnen erklärt, daß es respektvolle Küsse sind, ganz leichte Berührungen. Aber das war ihnen gleichgültig. Wegen dieser Sitte überfielen sie unsere Dörfer, hackten uns die Köpfe mit Macheten ab, ließen uns wie Sklaven in ihren Gold- und Silberminen arbeiten. Verbrannten unsere Kinder bei lebendigem Leib.

Aus irgendeinem Grund wurde mir die grausige Komik der Geschichte bewußt.

Warum lächeln Sie, Señor? fragte Manuelito.

Weil es so dumm ist. In unserer Kultur sieht man im Fernsehen den ganzen Tag Männer und Frauen, die aneinander saugen.

Aber es war diese Tradition der Heuchelei, aus der heraus Sie zu uns gekommen sind, Señor.

Meine Gedanken wandten sich meiner Tochter Susannah zu.

Als sie klein war, wußten wir nie genau, wovor sie Angst hatte; sie war schon als Kind stets beherrscht, wirkte unerschütterlich. Unangreifbar in ihrer ruhigen, wenn auch ernsten Gelassenheit.

Doch soviel ich mich erinnern kann, war der größte Schrecken ihrer Kindheit die Entdeckung, daß das Volk der Nuer in den entlegenen Weiten Südwest-Äthiopiens seine Frauen zwang, tellergroße Scheiben in der Unterlippe zu tragen. Langley hatte den Stamm besucht und Fotos mitgebracht.

Aber Mommy, hatte Susannah mit weit aufgerissenen Augen gefragt, wie können die Frauen mit diesen Dingern in der Lippe reden? Wie können sie essen?

Langley erklärte, daß die Frauen sie nur in Gegenwart der Männer tragen mußten und daß das Essen tatsächlich ein Problem darstellte. Aus der Sicht der Männer bürgte diese Verstümmelung der Frauen dafür, daß sie in Gegenwart der Männer kaum sprechen konnten, so schwer war die Keramikscheibe, und dadurch wurden sie zum Schweigen gebracht; außerdem konnten die Frauen nicht so schnell essen wie die Männer. Das bedeutete, daß die Männer die meiste Nahrung abbekamen.

Susannah hatte nach den Fotos noch wochenlang unter Alpträumen gelitten. Sie stellte sich oft vor den Spiegel und zog an ihrer Unterlippe.

Was machst du da? fragte ich sie eines Tages.

An ihrer Lippe zerrend sagte sie: Aber ich kriege sie nur so weit. Wenn ich weiter ziehe, tut es weh.

Lippen sind wie Gummibänder, erklärte ich. Sie schaute mich entsetzt an. Das hat mir der Zahnarzt mal erklärt, fügte ich hastig hinzu. Aber eigentlich ist es einfach: zuerst wird eine kleine Scheibe in den Spalt geschoben, den man in die Lippe geschnitten hat, dann, ein bißchen später, eine größere und immer so weiter, bis eine tellergroße Scheibe hineinpaßt.

Und das nennst du einfach, hatte sie gesagt und in ihrer Bestürzung wie eine Erwachsene ausgesehen. Nicht weniger entsetzt war sie über den Anblick von Frauen, die gezwungen waren, Eisenringe um den Hals zu tragen, aus denen vorne etwas herausragte, das wie ein eiserner Penis aussah.

Wieviel wiegt dieses Ding? fragte sie Langley.

Fast zehn Pfund, sagte ihre Mutter. Ungefähr soviel wie ein Sack Reis.

Susannah war fassungslos.

Warum weigern sich die Frauen denn nicht? fragte Magdalena.

Inzwischen sind sie es, die darauf bestehen, seufzte Langley. Sie erinnern sich nicht mehr an eine Zeit, in der es keine Scheiben gab und sie keine Eisenringe mit Penissen tragen mußten.

Mein Gott, sagte ich, das schreit ja zum Himmel.

Meine drei Frauen drehten sich zu mir um und warfen mir frostige Blicke zu.

Ja, fuhr meine Frau fort. Ich wohnte dort bei Missionaren, denen alles an diesem Stamm mißfiel. Alles außer diesen Praktiken.

Weil die Frauen selbst darauf bestanden, glaubten sie, sie hätten sie sich ursprünglich ausgedacht und wären deshalb nicht unterdrückt. Außerdem seien es Symbole der Stammeskultur – die Scheiben, die Eisenringe –, die die Einzigartigkeit des Stammes ausmachten. Ich sagte: Aber die Lippen und die Hälse der Frauen sind wund und infiziert. Und weil die Ringe nie abgenommen werden können, werden die Hälse nie gewaschen. Die Missionare zuckten die Achseln und sagten, sie hätten Wattebäusche und literweise Alkohol verteilt. Die Männer, gab man mir zu verstehen, tranken häufig den Alkohol, mit entsetzlichen Konsequenzen.

Es war wunderbar, mit meiner Frau verheiratet zu sein. Ich hatte das Gefühl, daß ihr nichts Wichtiges entging. Sie war für all die spannenden Dinge, die in der Welt vor sich gingen, offen wie eine Seeanemone. Sie lebte in ihren Gedanken und Leidenschaften auf eine Art, wie ich es nicht mehr konnte.

Wie kannst du immer noch an deine eigenen Gedanken glauben, fragte ich sie. Wie kannst du dir deiner Überzeugungen immer noch sicher sein?

Sie hatte im Eckkamin unseres staubigen Lehmhauses ein Feuer angezündet. Sie hob ihre aufregenden Schultern und sagte: Ich glaube meinen Sinnen. Ich spüre andere, weil ich mich selbst spüre. Niemand würde freiwillig seine Lippen aufschlitzen. Niemand hat gerne einen ständig wundgescheuerten Hals, an dem Fliegen saugen. Ich mußte mich zwingen, unter einem Dach mit den Missionaren zu wohnen. Ich konnte nicht bei den Nuer leben, denn ich hätte ein Mann sein müssen, um überhaupt geachtet zu werden, und zwar von Männern wie von Frauen.

Ach, mein Schatz, hatte ich anzüglich gesagt und die Arme weit geöffnet, wie königlich du auf den Hörnern eines jeden Dilemmas thronst. Ich habe hier ein kleines Dilemma, dem du abhelfen könntest. Aber es war eines der wenigen Male, an denen sich meine Frau rigoros weigerte, mit mir zu schlafen. Statt dessen richtete sie sich langsam, voller Überdruß, vor dem Kamin auf und sah mich auf eine Weise an, die Bände sprach.

Wir haben gehört, sagte Manuelito, daß es Menschen gibt, die die jungen Leute, kurz bevor sie heiraten, da unten schneiden. Da, wo die Mundo küssen.

Das stimmt, sagte ich. Teile des Körpers werden abgeschnitten und mit einem Fluch weggeworfen.

Manuelito verzog ungläubig das Gesicht.

Nicht einmal unsere Toten wissen das, Señor, sagte er.

Anthropologen wissen es seit langem, ebenso die Priester und die Missionare. Und sie protestieren nicht.

Das Leben ist so schwer zu verstehen! sagte Manuelito. Mit dem Tod sollte es doch viel leichter sein, finden Sie nicht, Señor?

Hinübergehen

Ich hatte mir nie träumen lassen, daß ich eines Tages in Magdalenas Wohnung stehen und ihre Sachen zusammenpacken würde. Daß sie tot wäre, und ich, als letzte der Familie, noch am Leben. Entmutigt von den schweren Möbelstücken und den Bergen schmutziger Wäsche wollte ich zunächst ihren Kühlschrank ausräumen, an dessen Tür ein Schnappschuß von mir klebte. Über meinem Kopf standen in Druckschrift die Worte: Leiden macht dünn.

Ich starrte das Foto an wie in Trance. Die Frau darauf lächelte mich an. Sie war wirklich hager, über dem Ausschnitt ihres schwarzen Kleides traten die Knochen hervor. Das Foto war offensichtlich auf einer Party aufgenommen worden, denn ich alberte herum. Eine von Magdalenas Studentinnen mußte es während der Woche geknipst haben, in der ich bei ihr gewohnt und versucht hatte, sie zu unterstützen, damit sie ihren immer kränkeren Körper wieder in Form brachte. Wir waren zu den Weight Watchers gegangen, ins Fitness-Studio, ins Thermalbad. Nichts davon hatte sie besonders beeindruckt.

Sie hatte einfach weitergesungen. Manchmal laut, manchmal still für sich. Manchmal summte sie die Melodie des Liedes, das sie in ihrer Jugend gelernt hatte. Das Lied, das Manuelito ihr beigebracht hatte.

Eines Tages stellten wir beim Wiegen fest, daß sie zwei ganze Pfund abgenommen hatte. Ich klatschte in die Hände und sagte fröhlich, gedankenlos, dumm: Siehst du, leiden macht dünn!

Sie hatte mich angesehen, als hätte es ihr nicht das Geringste ausgemacht, wenn ich mich in dieser Sekunde in Luft aufgelöst hätte.

Schließlich heuerte ich eine Umzugsfirma an, die Magdalenas Wohnung entrümpelte. Ihre Kleider und Möbel spendete ich wohltätigen Einrichtungen. Ihre Papiere überließ ich der Universität, an der sie gelehrt hatte. Ich behielt die Kopien der anthropologischen Artikel, die unsere Eltern in den fünfziger Jahren veröffentlicht hatten.

Es bedrückte mich, daß Magdalena allein gestorben war. Ob sie gesungen hat? fragte ich mich. Denn das war am Ende alles, worauf sich ihre Hoffnung noch gerichtet hatte. Ich fragte die Männer, die zuerst am Ort gewesen waren, zerstreute, barsche Männer in weißen Kitteln. Sie wollten mir zuerst nicht sagen, wie sie sie vorgefunden hatten. Mit einer Bierdose in der einen Hand und einem zerquetschten Stück Schokoladenkuchen in der anderen. Das Süße und das Saure vermischten sich auf ewig in ihrem Mund. Nein, da sie sich den Mund so vollgestopft hatte, konnte sie wohl kaum singen, meinten sie schließlich.

Als ich ihre Wohnung zum letzten Mal abschloß, ihre Überschuhe und den Schirm neben der Tür an mich nahm und sie auf der Straße in die erstbeste Mülltonne stopfte, empfand ich eine Leere oder besser eine Leichtigkeit, die gar nicht unangenehm war. Ich konnte nicht so tun, als würde ich eine Schwester vermissen, die ich nie gehabt hatte. Unsere schwesterliche Verbundenheit hatte an jenem schwülen Nachmittag in den mexikanischen Bergen eine tödliche Wunde erlitten. Ich hätte liebend gerne eine Schwester gehabt, aber Magdalena war nicht die Schwester, die ich mir gewünscht hätte.

Ein paar Wochen nach ihrem Tod erhielt ich ein Päckchen, auf dem in Magdalenas ausladender, ziemlich unleserlicher Handschrift meine Adresse stand. Es enthielt das Foto eines sehr hübschen, jungen Manuelito, der auf Vado ritt, und einen schönen, wenn auch grob gearbeiteten schwarzen Ledergürtel mit kleinen, oxidierten Silberplättchen. Dabei lag ein Brief, der mit einer Liedstrophe begann:

Am Übergang
Ist es das Richtige
Jene zu entlassen, die
Trost fanden
In unserer Qual
Es ist das Richtige
Diesen Ort zu verlassen
Mit einem Herzen
Weicher als Stein

Am Übergang
Ist es das
Richtige
Zu verzeihen

Es ist das Richtige
Jede Feindseligkeit aufzugeben
Gegenüber jenen, die uns
Allein durch ihre unselige Gegenwart
Verwunden

Erst durch das Vergessen
Der Übergriffe
Anderer
Wird der Vado
Endlich
Zur Heimat

Liebe Susannah – schrieb sie –, denk dir nur: Wenn die Mundo recht haben, werden wir uns nie wieder sehen müssen, nicht einmal nach unserem Tod. Scheinbar waren wir Schwestern, aber im Grunde war unsere Beziehung die von Fremden. Ich auf jeden Fall habe alle schwesterlichen Gefühle dir gegenüber erfolgreich in mir abgetötet. Vielleicht werden wir uns, wenn sich Menschen reinkarnieren, wie manche glauben, in einem anderen Leben wieder begegnen. Ich werde dein Butler sein oder du mein Schwiegervater.

Ich habe dich ertragen, aber geliebt, nein, geliebt habe ich dich nie. Schon vor deiner Verwandlung am Schlüsselloch hielt ich dich für einen Waschlappen. Du hast mich gelangweilt, Susannah. Deine »Anständigkeit« genauso wie deine Magerkeit, die mir vorkamen wie ein feiges Zögern vor dem Festmahl des Lebens: Mit dem du endlich anfangen solltest, anstatt dauernd nur darüber zu schreiben. Eigentlich – fuhr der Brief fort –, bist du eitel und feige; das Leben, das du dir ausgesucht hast, ist wertlos und dürftig ...

Aber das ist nicht wahr, begehrte Susannah auf, während sie las und sah, wie viele Seiten ausführlicher Beschimpfungen sie noch erwarteten. Diese Person, diese »Andere«, die Magdalena als ihre ungeliebte Schwester konstruiert hat, bin nicht ich. Keiner meiner Freunde würde mich darin erkennen. Und ich selbst sehe mich auch nicht so.

Sie schloß die Augen und spürte wieder, wie Magdalena sie beobachtete, während sie gegen die Liebe zu ihrem unseligen Vater (denn das war er) ankämpfte. »Ich mache mir nichts aus denen«, hörte sie Magdalenas kräftige Mädchenstimme, wie sie vor so langer Zeit im Auto geklungen hatte. Sie sah wieder die apfelgrünen Gummidrops vor sich, die frisch und appetitlich in der ausgestreckten Hand ihres Vaters lagen. Sie sah sich selbst, wie sie sich weigerte, die Hand zu heben oder seinen warmherzigen Blick zu erwidern. Fühlte, wie sie ihre eigene Liebe verraten hatte. Bei den Mundo ist dies das größte Verbrechen, das man gegen sich selbst verüben kann.

Ohne daß sie es merkte, liefen Susannah die Tränen über die Wangen und tropften vom Kinn. Der Verlust schmerzte sie plötzlich so heftig, daß sie aufschrie und vom Stuhl rutschte. Sie lag schluchzend auf dem Fußboden und preßte das Gesicht in den Teppich. Wie eine Närrin hatte sie etwas getötet, das stark und schön gewesen war, die bedingungslose Liebe zu ihrem Vater. Magdalena hatte gewollt, daß sie starb, und kaltblütig nachgeholfen. Ohne Rücksicht auf die Wunden, die sie sich dabei zufügte.

Susannah weinte, bis sie nicht mehr konnte. Daddy, Daddy, es tut mir leid, flüsterte sie erschöpft. Ich wußte nicht, was es bedeuten würde, dich aufzugeben. Ich wußte nicht, was es bedeutet, nicht zu verzeihen. Und jetzt ist es zu spät!

Doch kaum hatte sie diesen Gedanken zugelassen, da spürte sie, wie sich Friede in ihrem Zimmer ausbreitete. Vor ihrem inneren Auge entstand das Bild eines nackten, dunkelhäutigen Mannes, der einen Strauß Pfauenfedern in der Hand hielt. Er blieb nicht, sondern fegte durch den Raum hindurch und verließ ihn durch die gegenüberliegende Wand. Hmmm, sagte Susannah, stand auf, wischte sich die nassen Wangen und putzte sich die Nase.

War das Daddy, bevor ich ihn kannte?

Ihre Hand umklammerte immer noch Magdalenas Brief. Ermutigt durch ihre neue Gemütsruhe zwang sich Susannah, weiterzulesen. Sie versuchte sogar, wieder am Anfang zu beginnen. Aber sie entdeckte sofort, daß das nicht nötig war. Sie war einfach an dem, was ihre Schwester dachte, nicht länger interessiert.

Ich werde nicht zulassen, daß sie mich dazu bringt, genauso über mein Leben oder ihren Tod zu denken wie sie, flüsterte sie leise und fühlte sich so wohl wie schon lange nicht mehr.

Daß ein Reifen sich auf diese Art vollzieht oder sich wenigstens endlich ankündigt, berührt uns merkwürdig, und deshalb fühlte Susannah nicht ohne Verwunderung in dem stillen Augenblick ihrer Erkenntnis, während sie sich die Nase am Rock abwischte und nicht auf den Rotz achtete, daß sie jetzt den Prozeß des Erwachsenwerdens abschloß. Sie war erwachsen. Sie führte ihr eigenes Leben. Magdalena hörte auf, ein erpresserischer und entstellter psychischer Zwilling zu sein, der durch Leid an sie gefesselt war. Der Brief entglitt ihr und schwebte zu Boden.

Für jede kleine Krankheit …

Wie lange es doch dauert, etwas zu verstehen! Den Kolonialismus zum Beispiel oder den Krieg. Paulines lebhafte Stimme drang durch einen Vorhang von Sinsemilla-Rauch. Susannah nickte, und Pauline reichte den Joint an Irene weiter. Die drei Frauen hatten es sich in Susannahs Wintergarten auf Samtkissen bequem gemacht, und die Spätnachmittagssonne eines warmen Frühlingstages spielte auf ihren Gesichtern und Haaren.

Dann ist es also wahr, daß der CIA den Schwarzen in Amerika Drogen beschafft hat? fragte Irene, ihren Husten unterdrückend, und klopfte sich mit einer blassen, zarten Hand gegen die gewölbte Brust.

Das glauben natürlich alle, sagte Susannah.

Schweigend hörten sie zu, wie ein Vogel nahe am Fenster ein leises, melodisches Trillern von sich gab.

Pauline lachte.

Susannah sah sie an.

Ich dachte nur gerade, sagte sie, daß in ganz Amerika die Schwarzen diese Unterhaltung führen und sich dabei einen reinziehen.

Susannah hob die Schultern. Diese Unterhaltung ergibt sich ganz von alleine, wenn du kiffst.

Ja, das glaube ich auch, sagte Irene. Ich mußte auf Zigaretten verzichten, weil ich von ihnen Krebs bekomme, aber kiffen kann ich noch. Stellt euch vor, das Kiffen habe ich sogar bei dem kleinen Volk gelernt. Alle Orte, an denen sie leben, jeder einzelne Lagerplatz, besitzt einen eigenen

Ganja-Garten. Es wächst wild, überall im Wald, aber wenn das Waldvolk in den sonnigen Lichtungen sein Lager aufschlägt, findet es immer das gesündeste Marihuana.

Ohne Scheiß? sagte Pauline. Und sind sie dann immer sinnlos bekifft?

Irene nahm einen Zug. Natürlich nicht, sagte sie beim Ausatmen. Wie bei allem anderen nehmen sie gerade nur genug davon. Für sie ist es eine heilige Pflanze, vielleicht die heiligste.

Warum? fragte Susannah. Wenn doch alle ihre Pflanzen, die Bäume, der ganze Wald, als heilig gelten?

Pauline hatte sich auf den Bauch gedreht und verfolgte gespannt die Anstrengungen eines großen Käfers, der durch das Fenster hereingeflogen war. Er war gegen die Wand geprallt, auf den Boden gefallen und lag nun auf dem Rücken und zappelte mit einem halben Dutzend orangefarbener Beine.

Eine so hübsche Kreatur wie du hat doch bestimmt irgendwo ein Schätzchen, das ungeduldig auf dich wartet, sagte sie zu dem Käfer, drehte ihn mit dem Finger um und stupste ihn an, damit er losflog.

Sie gilt als die heiligste Pflanze, weil sie diejenige ist, die den Menschen und den Bäumen, ja der ganzen Natur erlaubt, miteinander zu sprechen. Sie ist sozusagen die Übersetzerin.

Wow, sagte Susannah. Weißt du, das habe ich schon immer gespürt.

Hierzulande heißt es, sie führe zur Kokainsucht, Chaos und Mord, sagte Pauline. Aber das passiert wahrscheinlich nur, wenn sie von versklavten Landarbeitern in Honduras oder Kolumbien geerntet wird, deren Tränen und Blut sich mit der Angst und den Pestiziden mischen.

Das perfekte Ganja, sagte Susannah, wird meiner Erfahrung nach von Frauen angebaut. Sie hegen es mit Liebe. Es ist eine Pflanze, die auf Gefühle reagiert.

Woher weißt du das? fragte Pauline.

Susannah zwinkerte ihr zu. Schriftstellerinnen experimentieren eben.

Ach so, sagte Pauline, und ließ den Joint fallen, der ihr bereits fast die Finger verbrannte.

Also schleust die Regierung jede Menge Drogen in eure Wohngebiete, schreckliche Drogen, sagte Irene verträumt, wie die Briten es in China mit dem Opium gemacht haben, und dann schickt sie die Polizei und verhaftet die jungen Männer wegen Drogenbesitzes.

So ungefähr, sagte Susannah.

Und dann investieren die Leute, die Geld zu investieren haben, es in den Bau von Gefängnissen. Die Leute, die aus Südafrika und anderen Ländern hinausgeworfen wurden, wo ihre Profite sie seit Jahrhunderten an der Macht gehalten haben. Und eure jungen Männer werden in Gefängnisse gesteckt.

Wollen wir das einfach hinnehmen? sagte Pauline verdrossen, die an ihren Sohn Richard und die beiden Enkel Bratman und Will dachte.

Aber Susannah und Irene lachten. Du weißt doch, du kannst aus deinem Gedankenfluß nicht aussteigen, wenn du bekifft bist! sagte Susannah und knuffte sie in den Arm.

Also gut, zum Teufel, sagte Pauline. Dann bringen wir's zu Ende.

Aber gleich darauf schien sie zu vergessen, wovon sie gesprochen hatten. Auch Susannah und Irene verstummten.

Sie räkelten sich auf den Kissen, lehnten sich gegen die Zimmerwand, hielten die geschlossenen Augen in die sinkende Sonne, und jede entschwebte in ihren eigenen Tagtraum.

Irene war zwei Tage zuvor angekommen. Sie war mit ihrem Schiff im Jachthafen vor Anker gegangen und in einer Limousine bei Susannah vorgefahren.

Susannah stand vor der Tür eines kleinen Hauses mit grauen Schindeln, über das sich Rosen und nachtblühender Jasmin rankten.

Obwohl sie Irenes Besuch erwartete, war sie erstaunt, als sie den enormen schwarzen Wagen vor dem Garten halten sah. Zwei Hünen stiegen aus und standen stramm, während ein Dritter der winzigen Irene vom Rücksitz half.

Sind das Leibwächter? flüsterte Susannah, nachdem sie und Irene sich kurz umarmt hatten.

Ja, sagte Irene. Es ist eine Plage mit ihnen. Aber man hat mich gewarnt, deine Gegend sei nicht sicher.

Nicht so sicher wie deine Kirche, erwiderte Susannah ein wenig pikiert.

Sei mir nicht böse, sagte Irene. Ich nehme sie überall mit hin. Ich habe sie nun mal von meinem Vater geerbt. Sie gehören zum Schiff. Schon ihre Väter waren seine Leibwächter. Er war ein solcher Schurke, daß er beschützt werden mußte.

Und du bist so winzig, beendete Susannah insgeheim den Gedankengang, daß du beschützt werden mußt.

Irene war wirklich klein. Kleiner als damals bei Susannahs Besuch in der Kirche in Griechenland. Sie wirkte auch viel älter, obwohl nur etwa fünf Jahre vergangen waren. Ihr Haar hatte die Farbe weißer Orchideen angenommen. Ihr Gesicht war von tiefen Falten durchzogen. So ein gutes Gesicht! Neugierig und offen. Susannah wurde es warm ums Herz, als sie sie in ihr Haus führte.

Pauline brannte darauf, sie kennenzulernen.

Ich habe noch nie eine Zwergin getroffen, hatte sie gesagt. Was muß ich machen, mich verbeugen?

Susannah war in Gelächter ausgebrochen.

Du wirst dich schon hinunterbeugen müssen, wenn du ihr die Hand geben willst, hatte sie geantwortet. Aber das geht sehr gut. Daß sie so klein ist, ist nicht das Wichtigste an Irene.

Was dann?

Susannah überlegte. Dann antwortete sie: Ihre Intelligenz, ihr Wille. Und auch ihr Mut. Sie hat es geschafft, zwei Drittel eines Jahrhunderts für sich, mit sich zu leben, ohne den Verstand zu verlieren.

Oh, das könnte ich auch! grinste Pauline.

Könntest du nicht, sagte Susannah. Und ich auch nicht.

Als die Dämmerung anbrach, rührte sich Pauline wieder.

In den Gefängnissen zwingt man sie, umsonst zu arbeiten, sagte sie.

Was? fragte Irene.

In den Gefängnissen, wo die jungen Männer eingesperrt sind, und auch junge Frauen, laßt uns das nicht vergessen, werden sie zur Arbeit gezwungen; sie stellen Kleider, Baseballs, Batterien her, alles mögliche, für einen lächerlichen Lohn.

Sie sind einfach billige Arbeitskräfte, die ausgebeutet werden, sagte Susannah.

Oh, sagte Irene, das erinnert mich an etwas. Irgend etwas aus dem Fernsehen, aus amerikanischen Filmen.

Eine Plantage, sagte Susannah. Die Gefängnisse sind die Plantagen der Gegenwart, und was produziert wird, wird durch Sklavenarbeit produziert.

Unsere Kinder sind ständig da drinnen, sagte Pauline.

Richard nicht, entgegnete Susannah heftig. Und Bratman und Will auch nicht.

Vielleicht sollte ich ihrer Mutter keine Joints anbieten,

sagte Pauline in einem Anfall von Nüchternheit. Susannah lächelte. Nein, ernsthaft. Ich will keine Bedrohung für sie sein. Ihnen schlechte Angewohnheiten beibringen.

Ich glaube an die wohltuende Wirkung von Marihuana, sagte Susannah, auch wenn die ganze Welt dagegen ist. Ein Joint ab und zu ist keine schlechte Angewohnheit. Außer bei Idioten.

Wie ich schon sagte, setzte Pauline wieder an, vielleicht sollte ich die Mutter meiner Enkelsöhne nicht korrumpieren.

Irene, Susannah und Pauline lachten.

Das einzig Schlechte ist, daß man danach immer Hunger hat, sagte Irene. Aber, fuhr sie fort und langte tief in eine prall gefüllte Umhängetasche, die neben ihr auf dem Boden stand, für jede kleine Krankheit gibt es eine kleine Medizin. Mit diesen Worten zog sie aus der Tasche eine elegant verpackte Schachtel Pralinen. Auf welche sich die drei Frauen heißhungrig stürzten.

Sich ein Bild machen

Ich mag Pauline, sagte Irene am nächsten Tag. Um wieder einen freien Kopf zu bekommen, gingen sie und Susannah langsam im Rosengarten des Stadtparks spazieren und blieben ab und zu stehen, um an einer duftenden Blüte zu schnuppern.

Obwohl, fuhr Irene nachdenklich fort, sie leider nach einem Mann benannt ist, der durch die Kirche beträchtlich zur Unterdrückung der Frauen beigetragen hat. Auch wenn den meisten Menschen beigebracht wird, er habe aus reiner Liebe und Barmherzigkeit gehandelt.

Wer ist das? fragte Susannah, die bei einem Spalier stehengeblieben war, über das weiße Rosen ihre duftenden Blüten in verschwenderischer Fülle ergossen.

Der heilige Paulus natürlich. Der, der Frauen so sehr haßte, daß er forderte, sie sollten in der Kirche schweigen und ihren Ehemännern stets gehorchen.

Du liebe Zeit, sagte Susannah, und ich dachte, sie sei nach ihrem Vater genannt worden. Er hieß Paul.

Eure Indianer haben recht, wenn sie die Namen ihrer Kinder erst lange nach der Geburt in einer Vision empfangen, sagte Irene. Das habe ich aus Büchern erfahren. Jeder Mensch sollte einen Namen tragen, der ihm etwas bedeutet. Wenn du nicht aufpaßt, schleppst du einen Namen mit dir herum, der dich jedesmal, wenn er ausgesprochen wird, beleidigt.

Oh Susannah, oh don't you cry for me, fing Susannah an zu singen.

Ja, sagte Irene, das Lied kenne ich. *For I come from Alabama with my banjo on my knee.*

Susannah mußte lächeln, als sie das vertraute Lied in Irenes Akzent hörte.

Mein Vater hat mir das Lied immerfort vorgesungen, als ich klein war. Er war dunkelhäutig und hatte dunkle Augen. Und ein wunderschönes, warmherziges Lächeln. Er sang voller Inbrunst und ließ sich dazu vor mir auf ein Knie nieder.

Was für ein hübsches Bild, sagte Irene. Und die Indianer aus Alabama, haben die Banjo gespielt?

Gab es denn Indianer in Alabama? fragte Susannah. Aber wenn ja, dann haben sie sicher nicht Banjo gespielt. Wie kommt es, daß du so viel mehr über Amerika weißt als ich?

Natürlich gab es Alabama-Indianer, sagte Irene. Mississippi-Indianer auch. Indianer, die Georgia hießen, gab es, glaube ich, nicht. Aber Florida-Indianer, soviel ich weiß.

All diese Namen von Völkern und Stämmen, die nicht mehr existieren. Die Leute benutzen sie, ohne das zu wissen. Ich kriege eine Gänsehaut, wenn ich daran denke.

Sie saßen in einer schattigen Laube. Irene atmete angestrengt, und auf ihrer Haut hatten sich kleine Schweißperlen gebildet.

Immerhin, sagte Susannah, ist Paulines erster Name Lily.

Tatsächlich? Irene klatschte in die Hände.

Warum? Ist das gut? fragte Susannah.

Das ist der Beste von allen, sagte Irene. Die Lilie ist die Blume Liliths, der ersten Mutter. Die ungestüme Frau, die sich bei Adam langweilte und anderswo Abenteuer suchte. Die vor Eva.

Wirklich? fragte Susannah.

Ja. Wirklich. Die Lilie ist ein altes Symbol für die Yoni. Die Menschen dachten früher, mit einer Lilie und ihrer Yoni könne eine Frau sich selbst schwängern.

Das ist nicht dein Ernst!

Doch, und als die Göttin der Nacht Milch aus ihren Brüsten drückte, um die Milchstraße zu schaffen, wuchsen aus den Tropfen, die zur Erde fielen, die Blüten der Calla.

Dann ist Lily ein mächtiger Name. Vielleicht hat Lily diesen Paulus unter Kontrolle.

Susannah lachte.

Mit ihr zusammenzusein ist eine unglaubliche Erfahrung, sagte sie. Sie kommt mir vor wie eine Ghetto-Göttin, im besten Sinne. Eine Frau, die sich ihr eigenes Leben geschaffen hat und es bis zur Neige auskostet. Trotzdem glaube ich, daß unsere gemeinsame Zeit bald zu Ende geht.

Das tut mir leid, sagte Irene.

Lily Paul will heiraten. Ich nicht. Ich bin schon mit einem Leben der Experimente und der Veränderungen verheiratet. Ich habe das Gefühl, ich muß das ganze Leben ausprobieren – oder wenigstens alles, was mich interessiert –, bevor ich verstehen kann, daß das Leben in all seinen Facetten mir entspricht. Wenn ich heirate, habe ich Angst, daß ich versteinere.

Das würde sich in einem Philosophiekurs gut anhören, sagte Irene, aber was meinst du eigentlich damit?

Obwohl ihr Leben absolut außergewöhnlich ist, sagte Susannah, will sie meines.

Was soll das heißen?

Sie will das Leben, das ich ihrer Meinung nach hatte. Die »idyllische« Kindheit. Die gebildeten Eltern. Die Autofahrten. Die Zeit in Mexiko. Obwohl wir überallhin reisen, jetzt, als erwachsene Frauen, und uns dabei gut amüsieren könnten. Aber das genügt ihr nicht. Sie versucht dauernd, die Erlebnisse, von denen sie als Kind geträumt hat, der Frau zu schenken, die sie jetzt ist. Das klappt nicht, und dann wird sie wütend auf mich. Sie sieht mich an, und ich spüre, daß sie sagt: Du hast in deiner Kindheit alles gehabt, und jetzt hast du das hier auch noch. Das ist nicht fair!

Hast du ihr erzählt, wie du gelitten hast?

Susannah wunderte sich über Irenes Kommentar. Sie zog die Augenbrauen zusammen. Verglichen mit Pauline hatte sie doch nicht viel gelitten. Woher weißt du, daß ich gelitten habe? fragte sie.

Irene zuckte die Achseln, eine Geste, die ihren ganzen Körper in Anspruch nahm und die sie vollendet beherrschte.

Jeder Mensch hat gelitten, sagte sie. In der Kindheit, würde ich behaupten, leiden alle. Das ist ganz offensichtlich.

Wie offensichtlich? fragte Susannah.

Irene seufzte. Sieh dir doch die Welt an.

Ach so, sagte Susannah.

Und außerdem, fuhr sie fort, während sie langsam bergab und deshalb für Irene bequemer weiterspazierten, verwandele ich mich zur Zeit. Ich weiß noch nicht in was. Aber es hat mit Alleinsein zu tun.

Mir ist deine Kleidung aufgefallen, sagte Irene.

Meine Kleidung?

Du trägst Schwarz, jeden Tag. Am ersten Tag, als ich ankam, fand ich es ein bißchen komisch, daß jedes einzelne Kleidungsstück an dir schwarz war. Aber jetzt, wo ich schon ein paar Tage hier bin, sehe ich, daß Schwarz für dich eine Art Uniform ist. Was bedeutet das?

Susannah blieb reglos stehen. Irenes Beobachtung gab ihr zu denken.

Als ich Griechenland verließ, erzählte Irene, habe ich alles weggeworfen, was schwarz war. Jetzt trage ich Grün, ich trage Rot, ich trage Gelb und Blau.

Ja, sagte Susannah, dein neuer Look gefällt mir sehr. Du siehst jetzt aus wie die Zauberin, die du bist.

Es ist mir sehr schwergefallen, die schwarzen Sachen abzulegen, sagte Irene. Genauso schwer, wie meine Mutter in ihrem Grab hinter der Kirche zurückzulassen.

Du kannst ihren Leichnam umbetten lassen, sagte Susannah, die sich ein neues, von bunten Anemonen umrahmtes Grab am Meeresufer vorstellte.

Das werde ich eines Tages tun, sagte Irene. Ich werde alle meine Freunde einladen. Wir werden sie begraben und um ihr Grab tanzen, und wir werden in den Wind rufen, daß sie eine gute Frau war.

Ich weiß wirklich nicht, warum ich so viel Schwarz trage, sagte Susannah. Es war mir noch gar nicht recht aufgefallen. Es ist nur so, daß ich jedesmal, wenn ich mich anziehe, plötzlich etwas Schwarzes in der Hand halte. So fühle ich mich am wohlsten. Schmeichle ich mir, daß es mir schmeichelt?

Irene atmete mühsam, als sie sich Susannahs Auto näherten. Schwarz, wie alles andere, bemerkte sie. Oh, Schwarz steht dir gut. Und deine neue Frisur steht dir auch, diese kurzen Haare. Trotzdem vermisse ich den Knoten, der deinen Hinterkopf so schön betont hat.

Ich habe sie eines Tages abgeschnitten, ohne nachzudenken, sagte Susannah. Ich hatte sie so lange. Plötzlich wollte ich sie los sein.

Ich glaube, allmählich kann ich mir ein Bild machen, sagte Irene leise.

Kirche

Das Bild, das sich die Zwergin allmählich machte, hatte ich schon eine Weile vor Augen. Meine hedonistische Tochter Susannah, die Frau, die so sanftmütig, nachgiebig, geduldig und wohlerzogen immer genau das tat, was sie wollte, überall hinging, alles unternahm, alles ausprobierte, was das Leben bot, war dabei, diesen Lebensstil hinter sich zu lassen. Sie war nahe daran, in den Sog des schwarzen Gewandes zu geraten.

In jener Nacht erschien ich ihr im Traum. Wir waren in Mexiko. Aber nicht in den Sierras, in denen wir gelebt hatten. Wir befanden uns in einem langgestreckten Tal zwischen sanft ansteigenden Hügeln, das sich nahe der Küste nach beiden Seiten zu Ackerland weitete. Wir saßen auf der offenen Ladefläche eines Lastwagens. Sie an einem Ende, ich am anderen. Wir sahen uns sehnsüchtig, zärtlich an. Zwischen uns war ein Berg gestreifter, dunkelgrüner Wassermelonen aufgestapelt. Langsam zog ich meinen langen, schwarzen Mantel aus und wickelte eine der Melonen darin ein. Ich schlug die Melone gegen den Boden der Ladefläche. Dann wickelte ich sie aus. Ich winkte Susannah zu mir und hockte mich zu den Mexikanern, die auch auf dem Lastwagen mitfuhren, der sich plötzlich in eine Kirche verwandelte, und wir fingen an zu essen.

Ich habe letzte Nacht von meinem Vater geträumt, sagte sie am nächsten Tag zu Irene.

War es ein guter Traum? fragte Irene.

Ja, sagte sie. Ich erinnere mich nicht an viel, außer daß wir in Mexiko waren, uns sehr nahe und sehr glücklich waren.

Träumst du oft von deinem Vater?

Ja, sagte Susannah. In letzter Zeit ständig. Früher eine lange Zeit überhaupt nicht. Ich habe ihn ausgesperrt, als ich klein war. Ich habe die Tür zwischen uns zugeschlagen. Niemand hat mich gewarnt, daß es so viel Energie kosten würde, sie geschlossen zu halten. Oder daß ich auf der anderen Seite der Tür so einsam sein würde.

Wie heißt es noch mal in diesen Märchen? fragte Irene.

Sie hatten keinen Vater mehr! stimmten beide ein theatralisches Klagegeheul an.

Ich wußte nicht, wie sehr er mir fehlte, bis ich auf meinen verzichtet hatte. Ich hatte nicht gewußt, daß es ein Luxus ist, auch nur das winzigste Stückchen von ihm zu besitzen.

Mein Vater hat mich verleugnet, sagte Irene. Das winzigste Stückchen von einem so gefährlichen Elternteil wäre mir schon zuviel gewesen.

Und trotzdem hast du sein ganzes Geld geerbt.

Und seine Machenschaften und seine Feinde, sagte Irene. Die Welt sieht eine Million Dollar in meinen kleinen Schoß fallen und denkt, jetzt sei ich geheilt. Was für ein Unsinn. Mein Vater hat Waffen hergestellt, seine Firma produziert immer noch Waffen, und sie werden in arme Länder verkauft, damit sich die Leute gegenseitig umbringen können. Ihm gehörten Bordelle in Kambodscha und Thailand. Er ließ arme Kinder kaufen und umbringen, um ihre Organe zu verschachern. Puh! Es ist nicht möglich, sauberes Geld auszugeben, wenn es auf so schmutzige Art verdient wurde.

Du liebe Zeit, sagte Susannah schockiert. Ich beneide dich wirklich nicht!

Das sollte auch niemand, sagte Irene. Ich nutze das Geld meines Vaters, um die Welt zu sehen, aber dazu brauche ich nur einen kleinen Teil. Mit dem Rest muß ich auf irgendeine Weise Gutes tun.

Als meine Eltern nach Mexiko gingen, um die Mundo zu studieren, sagte Susannah, brauchten sie unbedingt Geld. Keine der anthropologischen Gesellschaften wollte sie unterstützen. Damals waren alle sehr rassistisch. Noch mehr als heute. Es hätte so viel bedeutet, wenn jemand wie du da gewesen wäre, der sie finanziert hätte!

Ich finde es lächerlich und im Grunde demütigend, Menschen zu studieren, sagte Irene. Ich glaube, du mußt andere Menschen nur dann studieren, wenn du Zweifel daran hast, daß du selbst ein Mensch bist.

Susannah lachte. Ich habe mir überlegt, daß es doch ein typisch europäischer Charakterzug ist, andere Leute zu studieren. Wenn andere Völker Fremden begegnen, wollen sie mit ihnen tanzen und essen, schwimmen gehen oder darüber reden, wie bunt oder eigenartig die Tiere und Pflanzen bei ihnen sind. Sie sitzen lieber zusammen und rauchen Ganja oder die Friedenspfeife, hören Musik oder lassen in Ruhe die Zeit verstreichen.

Weil sie eben nicht gekommen sind, um alles zu stehlen, sagte Irene.

Glaubst du, die Europäer stammen wirklich von hier? fragte Susannah. Sie scheinen die Erde nicht sehr zu mögen.

Woher sollten sie denn sonst stammen? fragte Irene.

Ach, ich weiß nicht. Von einem anderen Planeten, sagte Susannah. Einem Ort, an dem das Künstliche natürlich ist.

Wir stammen von hier, sagte Irene. Aber du mußt bedenken, daß wir die Eiszeit durchgestanden haben. Sie kam plötzlich über uns, so unvermittelt wie die Entführung der Persephone. Mir kam schon oft der Gedanke, daß der Mythos von Demeter und Persephone eine Metapher für den abrupten Einbruch der Eiszeit ist. Wir wurden in einen bitterkalten Winter gestürzt, den zahllose Generationen unserer Vorfahren als endlos erlebten.

Tatsächlich? fragte Susannah.

Ja. Er hat etwas in uns zerstört. Oder schwer beschädigt. Etwas Menschliches. Er hat unser Vertrauen in die Natur zerstört, unseren Glauben, daß die Erde uns liebt oder überhaupt unsere Heimat ist. Alles, was wir geliebt und worauf wir uns verlassen haben, hat sich gegen uns gewendet und uns mit Verachtung gestraft.

Irene lachte. Und als diese vereisten Europäer schließlich in die Wärme stolperten, in der sich die Leute hier und in Indien und Afrika geaalt hatten, während sie beinahe erfroren waren, da sind sie fast geplatzt vor Wut!

Es macht solchen Spaß, dir zuzuhören, Irene, sagte Susannah, weil die Weißen, wie dir ja bekannt ist, sich kaum jemals gegenseitig studieren. Als Weiße. Sie studieren lieber uns und schreiben darüber, daß wir ihnen nicht das Wasser reichen können.

Sie können eben nicht fassen, wie verkorkst sie sind. Sie begreifen es nicht und haben Angst herauszufinden, wie sehr sie sich von den anderen Völkern der Welt unterscheiden. Und anstatt eine Demütigung zu riskieren und sich zu ihrem Minderwertigkeitskomplex zu bekennen, versuchen sie seit Jahrtausenden, den Beweis zu erbringen, daß alle anderen minderwertig und mißraten sind.

Irene schnaubte. Sie haben allerdings ihr abweichendes Verhalten im Fernsehen getreulich dokumentiert. Für das ganze Universum zur Ansicht. Jede Sekunde zerstören sie etwas, sie ermorden Frauen, und du kannst nicht den Fernseher einschalten, ohne daß du in eine Pistolenmündung guckst.

Wie würde zum Beispiel ein tibetisches Fernsehprogramm aussehen? fragte Susannah. Sie erinnerte sich daran, wie das Marionettenspiel in Kalimasa, über das sich die Dorfbewohner, die sich um die winzige Bühne auf dem Marktplatz drängten, früher amüsiert hatten, einfach abgefilmt worden war, als das Fernsehen aufkam, weil es genau das war, was die Leute gerne sahen. Mit der Zeit jedoch hatten sich immer mehr Westernfilme und Fernsehshows eingeschlichen, und die spärlich bekleideten Einheimischen saßen mit aufgerissenen Augen und starr vor Entsetzen vor den Bildschirmen, wenn Wolkenkratzer explodierten und Männer sich wegen Bergen von Geld erschossen und Frauen sich zum Vergnügen prostituierten und alle eine Pistole trugen.

Das andere, was Europa verloren hat, ist die Mutter. Die starke Mutter.

Was meinst du damit? fragte Susannah.

Ich meine, daß die Männer, die im Mittelalter die Kirche kontrollierten, sie auf dem Scheiterhaufen verbrannten. Die Hexenverbrennungen, verstehst du?

Susannah seufzte. Ja, antwortete sie schließlich und mußte gegen eine Woge der Verzweiflung ankämpfen. Stell dir vor, daß die stärksten, besten, inspiriertesten Frauen …

Und die weisesten, warf Irene ein.

Und auch die besten Männer, fuhr Susannah fort. Weil die besten Männer immer die Frauen lieben. Stell dir vor, daß sie jahrhundertelang gefangengenommen, gefoltert und systematisch ermordet wurden.

Irene schüttelte sich.

Und dann haben diese christlichen Söhne der Inquisition uns Heiden »entdeckt«, wie wir in unserem warmen Klima umherspazierten und unsere Mütter noch als Hebammen und Heilerinnen achteten. Und unsere Eltern besaßen noch das alte Wissen um das Wachstum und die Erde.

Dieser bodenlose Neid! seufzte Irene. Ich bekomme eine Gänsehaut, wenn ich nur daran daran denke. Lieber Köpfe abschlagen und Indianerbabys abschlachten oder schwarze Familien in Afrika zerstören, indem man sie terrorisiert und versklavt – all das haben sie getan – als erkennen müssen, daß die »unzivilisierte« Welt, im Gegensatz zu Europa, es nicht nötig gehabt hatte, ihre Mütter zu töten und ihren Geist auf die Hälfte zusammenzustutzen.

Leben mit dem Wind

Wie meine Mutter, die stets bemüht war, die Seele meines Vaters durch den Nebel seiner schmerzhaften Liebe zu ihr zu erkennen, versuche ich, den Nebel meiner Sexualität zu durchdringen. Auch ich suche etwas, das jenseits des Orgasmus liegt.

Lily Paul machte ein bekümmertes Gesicht. Für sie war all das, was jenseits des Orgasmus lag, nichts weiter als eine möglichst kurze Atempause vor weiteren sexuellen Wonnen.

Nein, sagte Susannah, das bedeutet nicht, daß du mir als Geliebte nicht genügt hast. Ganz im Gegenteil, mein Mädchen. Du warst wunderbar. Du warst die Geliebte, die mich der Schwelle des verbotenen Zimmers am nächsten gebracht hat.

Susannah lachte und entdeckte ein schwaches ironisches Funkeln in Lily Pauls klaren braunen Augen.

Danke, sagte Lily Paul trocken.

Bitte, sagte Susannah. Ohne unsere Beziehung hätte ich nie erfahren, wie weit ich von dem entfernt bin, was sein könnte. Auf welche seelischen Höhenflüge wir uns durch einen körperlichen Akt begeben können. Kein Wunder, daß die Kirche ihn verteufelt hat.

Noch mal danke, sagte Lily Paul. Hoffentlich.

Oh doch, sagte Susannah. Ich bin dankbar.

Aber du willst mich nicht heiraten?

Wenn wir Kinder wollten, sagte Susannah. Und was würden wir, in unserem Alter, mit ihnen anfangen?

Puh, sagte Lily Paul.

Susannah grinste.

Es wundert mich, daß Frauen immer noch welche bekommen, sagte Lily Paul.

Nicht jede hatte deine Kindheit, Liebling. Und sogar du bist glücklich, daß du einen Sohn hast. Kommt es mir übrigens nur so vor, oder bringen wirklich alle schwangeren Lesben Söhne zur Welt?

Jedenfalls mehr als geplant, sagte Lily Paul. Soviel ist sicher. Und dabei, seufzte sie, beten wir doch alle um Töchter. Das läßt einen an der Göttin zweifeln, nicht? Aber bist du nicht wenigstens neugierig? fragte sie Susannah.

Auf das Kinderkriegen? Nein, antwortete Susannah. Ich würde gerne selbst eine Geburt erleben, so wie Möchtegern-Schriftstellerinnen gerne schreiben würden. Um der Erfahrung willen. Ich frage mich allerdings, wie Männer das aushalten. Zu wissen, daß das Erlebnis des Gebärens ihnen für immer verwehrt ist. Muß dem Ego doch ordentlich zusetzen.

Sie könnten den Schmerz nicht aushalten, spöttelte Lily Paul, sie würden schon in Ohnmacht fallen, wenn sie Blut sähen.

Sie haben sich vom Blut der Frau abgeschirmt, sagte Susannah. Aber es muß ihnen sehr fehlen. Aus ihm sind sie schließlich entstanden.

Deshalb ziehen sie ja in den Krieg, sagte Lily Paul. Deshalb töten sie einander.

Um Blut zu sehen? fragte Susannah.

Um Blut zu sehen. Um die Ehrfurcht zu fühlen, den Schrecken, das Geheimnis.

Sie hätten sich doch nur unser Blut anschauen müssen, sagte Susannah.

Nein, sagte Lily Paul. Die Geburt war eine zu machtvolle Zeremonie. Sie ist aus gutem Grund die Mutter aller Zeremonien. Eine Spur aus Blut führt dich direkt zu ihr. Wenn du diese Spur verwischst, kann du die Menschen davon abhalten, die Zeremonie zu entdecken. Du kannst so tun, als fände sie nicht statt, und wenn sie nicht stattfindet, kann sie nicht wirklich wichtig sein. Du kannst so tun, als hätten alle anderen Zeremonien nicht das Geringste mit dieser Ur-Zeremonie zu tun.

Ich wäre offen für eine Zeremonie, die unsere wahre Beziehung feiert, sagte Susannah.

Und wie sieht die aus? Aus deiner Sicht?

Du warst meine Lehrmeisterin, sagte Susannah. Du hast mich einen freieren und viel tieferen Ausdruck von Sexualität gelehrt. Ich bin deine Schülerin, erklärte sie und nahm Paulines Hand, um sie zu küssen.

Pauline zog die Hand weg. Göttin, sagte sie, manchmal gehst du einem wirklich auf die Nerven!

Das liegt in meiner Natur, grinste Susannah.

Ich habe auch ein, zwei Dinge von dir gelernt, sagte Lily Paul nach einigen Minuten des Schweigens.

Oh, sagte Susannah ernst.

Ja, bestätigte Lily Paul. Wahre Erziehung ist niemals eine Einbahnstraße.

Autsch, sagte Susannah.

Oh ja. Ich kann genauso fleißig lernen wie du. Und was ich aus unseren Jahren fleißiger Büffelei gelernt habe, ist, daß ich weder dich besitzen noch du sein kann. Ebensowenig kann ich deine Kindheit haben statt meiner eigenen. Ich hänge an mir fest, sagte sie, während sie sich eine silbrige Locke um den Finger wickelte. Ich versuche zu lernen, daß das nicht so schlimm ist.

Nicht so schlimm! lachte Susannah. Nicht so schlimm!

Liebling, es ist wundervoll! Du bist eine fabelhafte Frau, reich, eine großartige Liebhaberin und eine sehr gute Köchin. Was willst du noch mehr?

Ein Leben mit dir, sagte Lily Paul störrisch.

Susannah sah Lily Paul ruhig lächelnd in die Augen.

Ein Leben mit mir wäre wie ein Leben mit dem Wind.

Laß ihn wehen, sagte Lily Paul.

Väter

Die Kathedrale der Zukunft

Die Kathedrale der Zukunft wird die Natur sein, Señor, sagte Manuelito. Am Ende werden die Menschen wieder Bäume verehren. Flüsse. Und Steine, auf denen nichts gebaut wurde. Das glauben die Mundo.

Dieser Junge hätte mein Schwiegersohn werden können. Warum war ich so dumm gewesen, den Strom des Lebens umzuleiten? Ich hätte Enkel haben können, die zur Nachdenklichkeit erzogen worden wären und solche Gedanken in die Welt getragen hätten!

Nicht ein einziger Mundo glaubt, daß ein Mensch auf der Erde wirklich weiß, warum wir hier sind, Señor. Die geringste Ahnung davon würde einen sehr großen Verstand voraussetzen. Einen Computer. Deshalb haben die Mundo Geschichten statt Ideen.

Damit, sagte ich zu Manuelito, meinst du doch, daß Geschichten mehr Raum lassen als Ideen, oder nicht?

Er lachte.

Das ist richtig, Señor. Ideen bestehen gewissermaßen aus Blöcken. Starr und hart. Und Geschichten bestehen aus elastischer Gaze. Man kann fast hindurchsehen, deshalb ist das, was auf der anderen Seite erscheint, so verlockend. Wir erkennen es nicht richtig, und weil die Phantasie sich immer nach vorne bewegt, strecken wir uns immer mehr. Geschichten trainieren den Geist.

Aber sicher hat dein Volk doch auch Ideen! sagte ich.

Natürlich. Aber wir wissen, daß sie ihre Grenzen haben. Und danach – Geschichten.

Er hatte mir gesagt, er müsse eine Weile fortgehen. In seiner Abwesenheit sollte ich den Initiationsgesang üben. Die letzte Strophe verstand ich nicht. Sie lautete: *Por la luz de los ojos de mi padre.*

Nein, nein, Señor, sagte Manuelito. Sie sagen immer »Im Licht der Augen meines Vaters«. Das ist nicht richtig. Es heißt »*por la luz de la sonrisa de mi padre*«! Im Licht des *Lächelns* meines Vaters.

Ich widersprach. Es klingt aber richtig, sagte ich. Die Augen haben Licht, die Zähne nicht.

Denken Sie sich das Lächeln als den zunehmenden Mond, sagte er, hoch oben am Nachthimmel. Die Nordamerikaner sehen ihn seitlich, aber in unserer Hemisphäre liegt er wie eine Schale oder ein Boot am Himmel, so daß er wie ein Lächeln in einem dunklen Gesicht wirkt, nicht wahr?

Oh, sagte ich. Über den Mond hatte ich eigentlich noch nie nachgedacht.

Keine Sorge, Señor. Alles, was Ihnen fehlt, ist Übung. Wenn die Zeit kommt, werden Sie es verstehen.

Warum mußt du fort? fragte ich.

Wissen Sie noch, wie ich Ihnen erzählt habe, daß alle, die sterben, zwei Aufgaben erfüllen müssen? Eine davon, die nichts mit Ihnen oder Magdalena zu tun hat, wartet auf mich in Vietnam.

Mir war klar, was das für ihn bedeuten mochte. Das tut mir leid, sagte ich und umarmte ihn.

Sorgen Sie sich nicht um mich, Señor. Ich bin schließlich tot und begraben. Und wie Sie sehen, ist es kein schlechtes Leben. Aber in Vietnam gibt es ein Kind, ein kleines Mädchen, dessen Seele in dem Augenblick starb, in dem ihre Eltern getötet wurden. Sie geht in Da Nang auf den Strich und stirbt an Aids.

Hast du ihre Eltern umgebracht? fragte ich.

Ja, sagte er einfach. Nachdem ich das Kind in einem Getreidekorb versteckt hatte, durch dessen Ritzen sie offenbar alles mit ansah. Wir hatten Befehl, das Dorf zu zerstören. Wir haben es zerstört.

Wie wirst du ihr ins Gesicht sehen? fragte ich.

Sie wird sterben, und dann wird es leicht sein.

Aber sie wird dich hassen, sagte ich.

Nein, widersprach er. Sie wird sofort verstehen, daß ich ihr etwas zurückbringe, das sie verloren hat. Es ist das, was sie sich am meisten in den Tod mitzunehmen wünscht.

Was? fragte ich.

Der Augenblick, bevor ihre Eltern erschossen wurden. Der letzte Augenblick, in dem sie noch sie selbst war. Der letzte Augenblick, in dem sie heil war. Eine Seele besaß. Es ist erstaunlich, nicht wahr, daß wir ausgerechnet diesen Augenblick zusammen erlebten. Nur wir beide, niemand sonst auf der ganzen Welt. Zwei Fremde. Wir konnten uns nicht durch die Sprache verständigen, nur durch die Augen. Und dennoch habe ich sie gerettet, weil sie mich an Magdalena erinnerte, an unsere allererste Begegnung, bei der sie mir auf den Fuß trat.

Manuelito lachte.

Wie kannst du da lachen! sagte ich.

Oh Señor, sagte er. Lachen ist mehr als die Kehrseite der Tränen. Lachen ist das Innere der Tränen nach außen gekehrt. Das Leid hier auf der Erde ist wahrhaftig groß. Wir stolpern vorwärts, von unseren Fehlern zerrissen, von unseren Irrtümern niedergeknüppelt. Wir haben keine Ahnung, wohin der dunkle Pfad uns führt. Aber alles in allem stolpern wir doch ganz tapfer voran, finden Sie nicht?

Und deshalb lachst du, sagte ich.

Ich lache, sagte er, und fuhr im Bogen mit der Hand durch die Luft, um eine Träne zu verbergen.

Bärinnen

Susannah ruht in einem Liegestuhl auf dem Deck von Irenes Jacht. Sie trägt ein rotes, tief ausgeschnittenes T-Shirt und dunkelgrüne Shorts, die seitlich mit schwarzen Knöpfen geschlossen werden. Ihre Füße stecken in weißen Espadrilles. Ihr Haar ist länger geworden, seit sie mit Irene unterwegs ist, und ihre schwarzen, glänzenden Locken erinnern an die von Pauline; ihre hochaufgeschossene Gestalt hebt sich in Bronzetönen von dem khakifarbenen Liegestuhl ab. Sie liest einen Brief von Pauline:

Das erste, was Frauen haben, wenn sie begreifen, daß das Zusammenleben mit einer anderen funktionieren könnte, ist eine Panikattacke. Es ist, als würden sie einander in die Augen schauen und entdecken, daß sie in Bärinnen verwandelt wurden.

Meine Tochter schmunzelt über dieses Bild, freut sich über den Scharfsinn ihrer Ex-Geliebten (dafür hält sie sie) und läßt den Blick über die spiegelglatte See schweifen. Pauline fehlt ihr nur, wenn sie nichts von ihr hört. Das kann sie sich nicht erklären. Sobald ein Brief eintrifft, hat sie das Gefühl, sie überhaupt nicht zu vermissen. Aber jetzt denkt sie: Ist das so, weil ich eine Bärin bin und eine Bärin erblicke? Sie hält den Brief so, daß er ihre Augen gegen die Sonne abschirmt.

Du fehlst mir – las sie weiter –, ganz schrecklich. Ich denke ständig an dich. Jede Minute des Tages. Ich schaffe mir sogar Extraminuten am Tag, in denen ich dich vermissen kann. In meiner geistigen Verwirrung habe ich ein neues Dessert kreiert, einen ausgesprochen gesunden und köstlichen Brombeerkuchen. Er heißt »Oh Susannah!« Die Gäste lieben ihn!

Susannah hebt die Arme über den Kopf und schnuppert zerstreut an ihren Achselhöhlen. Sie stellt sich vor, wie Paulines silbern gelockter Kopf sich dort hineinkuschelt. Bestürzt schreckt sie auf und blinzelt.

Es geht nie alles ganz glatt – liest sie –, weder mit einer Frau noch, denke ich mir, mit einem Mann. Eine meiner Freundinnen hat mir gerade erzählt, daß der sicherste Weg, Mitgefühl mit Männern zu bekommen, darin besteht, mit Frauen zu schlafen. Hast du geglaubt, mit mir würde es keine Probleme geben? Ich wäre besser als Petros? Verständnisvoller als der Typ, über den du nie reden wolltest? Ich habe Probleme. Ich arbeite an ihnen. Was kann der Mensch denn noch tun?

Susannah richtete sich auf. Es war Zeit für das Mittagessen, und sie sah Irene auf sich zukommen.

Hast du gemerkt, daß das Schiff vor Anker gegangen ist? fragte Irene, während ein Crew-Mitglied Schüsseln und Salatgabeln auslegte.

Tatsächlich? fragte Susannah benommen. Sie dachte immer noch an Pauline und schrieb gerade im Geiste eine Antwort an sie, die sie später per E-mail aus dem Büro schicken würde, das die aufmerksame Irene auf dem erstaunlich gut geführten Schiff für sie eingerichtet hatte. Sie hing an einer Zeile fest, der ehrlichsten, zu der sie sich je würde überwinden können: Du bist eine Bärin; ich bin eine Bärin; ja, ich habe Angst.

Da drüben, dort bei diesem Felsvorsprung, werde ich meine Mutter beerdigen, sagte Irene und deutete auf einen Abhang, der ins Meer zu gleiten schien und auf dem gelbe Gräser und helle Anemonen in der Sonne blitzten. Ganz gleich, wie lange sich Irene in der Sonne aufhielt, sie wurde nie braun. Nun blinzelte sie in die angegebene Richtung. Ihre Haut war weiß wie Papier und von braunen Leberflecken übersät.

Ah, sagte Susannah, und versenkte sich scheinbar entspannt in den spektakulären Anblick. Das ist ja unglaublich. Was sie für eine Aussicht haben wird!

Ja, sagte Irene, die den Ziegenkäse und die Salatsoße mit einem Stück Brot auftunkte. Das ist kein schlechter Ort für die Ewigkeit.

Ewigkeit.

Das Wort holte Susannah mit einem Schlag in die Gegenwart zurück. In den gegenwärtigen Augenblick, der von Irenes Tochtergefühlen durchtränkt war. Immer wieder einmal, vielleicht weil sie älter wurde, erlebte sie diese Momente, die ihr intensiv und tief, wahr und ewig vorkamen. Sie schienen irgendwie außerhalb und jenseits der Zeit zu existieren.

Und in diesem speziellen Augenblick war sie eingelullt von dem majestätischen, fast unmerklichen Stampfen des Schiffes, dem ausgezeichneten gegrillten Fisch und dem üppigen griechischen Salat, dem spritzigen Weißwein und dem Gesicht ihrer Freundin Irene, die auf die Landschaft der griechischen Insel und in das Herz ihrer mißbrauchten und verstoßenen Mutter blickte.

Siehst du, es ist nicht weit von meinem ehemaligen Gefängnis entfernt, sagte Irene.

In der Tat stand weiter rechts, näher am Meer, die kleine weiße Kirche. Doch jetzt war sie von anderen Gebäuden umgeben, die einen Kindergarten, ein Krankenhaus, eine Schule und einen Treffpunkt für Frauen beherbergten. Die Kirche selbst war in einen Ort verwandelt worden, an dem die Menschen uralte Rituale lernen konnten, die die Griechen einst geliebt hatten. Tanzen und Beten waren eine Einheit geworden. Essen und Beten ebenfalls. Lieben und Beten.

Sie sieht jetzt anders aus als früher, sagte Irene. Unter anderem habe ich an einer Seite einen sehr großen Kamin einbauen lassen. Einen Kamin, in dem du kochen kannst. Für mich hat das in Kirchen immer gefehlt.

Feuer? fragte Susannah.

Natürlich, sagte Irene.

Schwefel gab es ja schon genug, lachte Susannah.

Gerettet werden

Meine Tochter erlebt im Traum die Furcht vor der Frage, wohin das Leben sie wohl führt. Im Traum bieten ihr zwei Frauen Nahrung an. Sie beginnt zu essen. Genußvoll. Als die erste Frau das sieht, schüttet sie bedächtig Salz über alles. Susannah blickt hoffnungsvoll auf das Essen, das die andere Frau ihr anbietet. Diese Frau läßt in aller Ruhe einen dünnen Sandstrahl darüber rinnen.

Am nächsten Tag setzt sie sich zu Irene und erzählt ihr den Traum.

Irene nimmt ihre Tarotkarten zur Hand und legt sie aus.

Auf einer Karte ist eine Frau abgebildet, die einer anderen die Haare abschneidet.

Die Frau, deren Haare abgeschnitten werden, merkt nicht, was vor sich geht. Sie blickt in einen großen Spiegel, der nicht zeigt, was ihr angetan wird. Sie liebt ihr Spiegelbild so sehr, daß sie lächelt. Und das Stirnrunzeln der anderen Frau nicht bemerkt.

Ah, sagt Irene. Die trüben Gefilde derer, die sich seligen Täuschungen hingeben.

Oh Scheiße, sagt Susannah und starrt in die Karten. Immerhin erkenne ich mich.

Bei deinem Hang zur Selbsttäuschung ist es ein Wunder, daß du ein so ehrlicher Mensch bist, sagt Irene.

So bekämpfe ich vermutlich meine Irrtümer, sagt Susannah.

Eine andere Karte, die Irene betrachtet, zeigt eine Frau, die auf einem großen Elefanten reitet. Sie glaubt, daß sie ihn kontrolliert, aber der Elefant ist im Begriff, über einen großen Felsblock zu steigen, wodurch sie die Balance verlieren wird. Neben dem Elefanten ist sehr klein eine Frau abgebildet, die ihr von unten etwas zuruft und sie auf die Gefahr aufmerksam machen will. Sie ist jedoch zu sehr von ihrer Macht berauscht und hört sie nicht. Glücklicherweise erscheint am Rand der Karte ein winziger Engelsflügel. Nicht einmal ein ganzer Engel, nur ein flüchtiger Hinweis auf einen. Wenn die Frau zur Besinnung kommt, wird sie gerettet werden.

Was bedeutet gerettet werden? fragt Susannah.

Ich glaube, es bedeutet bewußt werden. Irene schürzt die Lippen und betrachtet konzentriert die Karten. Und diese Karte bedeutet, daß du die Möglichkeit dazu erhalten wirst.

Der Göttin sei Dank, sagt Susannah.

Dein Traum handelt von deiner Schwester, der Riesin, von der du mir erzählt hast, sagte Irene.

Magdalena? fragte Susannah, die plötzlich sehr gerade auf ihrem Stuhl saß.

Ja. Und er versucht, dich auf die Ähnlichkeit zwischen ihr und Pauline aufmerksam zu machen.

Was? fragte Susannah mit weit aufgerissenen Augen.

Irene zuckte die Achseln. Ich war nie selbst verliebt, aber ich kannte viele, die es waren. Habe Karten für sie gelegt. Sie verlieben sich immer in Mitglieder ihrer eigenen Familie.

Aber das ist grotesk, sagte Susannah.

Irene hatte sich eine kleine Cohiba-Zigarre angezündet, die speziell für sie in Kuba gerollt wurde. Während sie sprach, stieß sie aus einem Mundwinkel den Rauch aus.

Auf jeden Fall gibt es einen Ort, an dem sich deine Schwester und deine Geliebte treffen.

Susannah dachte an die aufsässige Magdalena und die sinnliche Pauline. Wo zum Teufel, schnaubte sie, soll das sein?

Mitten in deinem Leben.

¿Cómo?

Hast du mir nicht erzählt, daß Pauline sich deine Kindheit wünschte, daß sie sich nach einem Leben sehnte, von dem sie glaubte, daß du es hattest?

Ja, bestätigte Susannah verwirrt.

Und hat sie nicht als Erwachsene versucht, es dir zu nehmen, indem sie euch die Zeiten verleidet hat, die ihr zusammen verbracht habt und die eigentlich dazu gedacht waren, sie für das zu entschädigen, was sie nicht gehabt hat?

Susannah dachte an die fast durchgängig katastrophalen Reisen, die sie mit Pauline unternommen hatte. Kalimasa stand ihr in all seiner drückenden Verzweiflung deutlich vor Augen. Pauline, die wie ein Teenager durch die Landschaft rannte, ahnungslos wie ein Ghetto-Kid, was die alte Kultur und ihre Gebräuche betraf, sich nur für sich selbst interessierte und so tat, als sei sie auf die Hälfte aller jungen Männer scharf, die sie sah.

Das war auch deine zweite Kindheit, sagte Irene. Sie hat sie dir verdorben.

Und trotzdem, dachte Susannah, hat der Sex mit Pauline, genau wie die Leidenschaft meiner Eltern, dieses Gefühl irgendwie zurückgeholt – das Gefühl, ein Kind zu sein, etwas Ungehöriges zu tun und wie durch Zauber ungestraft davonzukommen.

Susannah, sagte Irene lächelnd, du bist so durcheinander, so unsicher, was eigentlich mit dir los ist, daß du nicht einmal erkennst, wenn du mißbraucht wirst und leidest. Du glaubst, alle anderen haben es schwerer als du. Kein

Wunder, daß die beiden Frauen in deinem Leben dich manchmal übers Knie legen wollten.

Susannah stiegen Tränen in die Augen.

Nein, nein, sagte Irene, schnalzte mit der Zunge wie eine Glucke und nahm ihre Hand. Ich will dich nicht übers Knie legen. Ich bin eine alte, alte Frau, und ich verstehe. Du hast einen seelischen Bruch erlitten. Ich bin vielleicht ein Engel, der gekommen ist, damit er endlich ordentlich geschient wird.

Ein *seelischer* Bruch? fragte Susannah heiser, die spürte, daß diese Bezeichnung genau auf ihre Wunde zutraf, und fing an zu weinen.

Ja, sagte Irene. Eine einfache Fraktur. Deine Seele ist nicht vollständig gebrochen, anders als die deiner Schwester.

Was hat Magdalena damit zu tun? fragte Susannah mit belegter Stimme.

Irene lachte. Pauline war die Frau mit dem Sand, sagte sie. Selbst du hast gemerkt, daß da etwas nicht stimmt. Magdalena war die, die das Salz verteilt hat. Salz ist an sich ein Gewürz, es gehört zum Essen. Deshalb hast du es erst gemerkt, als es schon fast zu spät war.

Zu spät?

Ja. An vielen verschiedenen Punkten hättest du dich mit deinem Vater versöhnen können, aber neben dir stand dieses Salzfäßchen. Unbemerkt hat Magdalena auf alle möglichen Arten dein Essen ungenießbar gemacht. Ein Wort hier, ein Flüstern da. Es sollte gesetzlich verboten werden, das jüngste Mitglied einer Familie zu sein. Wenn es die Älteren darauf anlegen, können sie dich mit so vielen Täuschungen und Lügen füttern!

Susannah lehnte sich stöhnend im Liegestuhl zurück. Sie war erschöpft.

Ich sehe immer noch nicht die Verbindung zwischen Pauline und Magdalena, protestierte sie schwach. Allein bei dem Gedanken, die beiden könnten etwas gemeinsam haben, war ihr, als hätte sie Inzest begangen. Sie hatte das Gefühl, sie müsse sich gleich hochstemmen, an die Reling taumeln und sich übergeben.

Hier, sagte Irene, die sah, daß sie grün um die Nase wurde, kau ein wenig auf diesem Minzblatt.

Genau das, wofür sie dich gehaßt haben, sagte Irene, wollten dir beide stehlen.

Meine Kindheit?

Ja, sagte Irene. Aber darüber hinaus dein ruhiges Glück.

Oahh! ächzte Susannah, sprang auf und torkelte auf das Meer zu.

Du bist auf einem Schiff! Sehr hoch oben! rief Irene ihr hinterher. Vergiß das nicht!

Susannah hatte es tatsächlich vergessen.

Nun hing sie keuchend über der Reling, von ihr aufgehalten, von ihr gehalten, davon abgehalten, vielleicht in den Tod zu stürzen. Gehalten auch von Irenes Stimme. Ihrem komischen kleinen *Watti-tuu*, dem Engel, der zum Leben erwacht war.

Aber ich wollte doch, daß sie auch glücklich sind! schluchzte sie, wobei sie auf die Knie sank, gerade so tief, daß ihr großer Kopf in Irenes kleinen Armen ruhen konnte. Warum haben sie das nicht begriffen und mir mein Glück gelassen!

Du bist mit deinem geboren und hast es dir irgendwie bewahrt, sagte Irene sanft. Deshalb kam es anderen so vor, als hättest du nie rebelliert. Selbst Auflehnung hat dich glücklich gemacht. Unartig sein und dafür bestraft werden war für dich ein Anlaß zu lächeln! Das reicht manchmal, um sich alle zum Feind zu machen.

Was? fragte Susannah, die nicht zugehört hatte.

Irene schnipste den Zigarrenstummel durch die Reling ins Meer. Dann trocknete sie sehr vorsichtig Susannahs Tränen mit dem Ärmel ihrer weißen Leinenstrickjacke.

Ich habe gesagt, »Scheiß auf sie«, sagte sie.

Und dann lag unerklärlicherweise unter der Morgenpost, die am nächsten Tag in einem ramponierten Boot gebracht wurde, dessen Ruder vor Altersschwäche knirschten, ein großes, sorgfältig verschnürtes Paket von Pauline. Susannah wickelte es langsam und vorsichtig aus, voller Mißtrauen, was sie da erwartete, und starrte dann sprachlos auf ein durchsichtiges, luftballongroßes Bonbongefäß aus Plastik, das bis zum Rand mit grünen Gummidrops gefüllt war.

Der Übergang

Ich weiß nicht
Woher ich
Komme
Ich weiß nicht
Wohin ich
Gehe
Doch ich weiß
Ich fühle
In meinem Herzen
Ich bin hier
Verwundert
Ein sehr kleiner Teil
Von Liebe.

Es ist Zeit, Señor.

Manuelito war zurückgekehrt und hatte mich beobachtet, während ich die letzte Strophe des Mundo-Initiationsgesanges übte.

Sind Sie bereit? fragte er.

Ach, Manuelito, sagte ich, und nahm ihn in die Arme. Wie du strahlst! Noch mehr als vorhin. Ich bin bereit, sagte ich, mit deiner Hilfe.

Er lächelte.

Ist alles gutgegangen, da, wo du warst? fragte ich.

Alles ging sehr gut, Señor. Die junge Frau, der ich Leid zugefügt habe, ist jetzt frei und kann ihre eigenen beiden Aufgaben erfüllen.

Aber sie war doch erst ein Kind, als sie leiden mußte, sagte ich. Das, was sie anderen später zugefügt hat, kann ihr doch nicht zum Vorwurf gemacht werden.

Nach diesem Prinzip scheint es nicht zu funktionieren, Señor. Es scheint, daß wir für alles verantwortlich sind, was wir tun, unabhängig davon, wie die Kette der Ereignisse anfing.

Aber ist das richtig? fragte ich. Ist das fair?

Manuelito hob die Schultern.

Wir standen jetzt an einem Berghang und blickten über ein Tal hinweg. Der Abhang und das gesamte Tal, durch das sich ein glitzernder Fluß wand, war übersät von Millionen blauer Blumen. Es war eine atemberaubend schöne Gegend, und ich erkannte sie sofort.

Wir sind wieder in den Bergen! rief ich aus.

Ja, sagte Manuelito.

Deine Heimat!

Ja, bestätigte er.

Ist hier in der Nähe mein altes Haus? fragte ich und sah mich suchend um.

Nein, Señor, nicht Ihres, sondern meines. Meines und Magdalenas.

Deines, stammelte ich, und Magdalenas!

Sí.

Ich blickte mich um. Da stand kein Haus.

Hier, bitte, sagte er mit bescheidenem Stolz und trat hinter einem Busch in eine Höhle.

Sie war sehr eng. Auf dem Boden lag eine alte Decke. Ein großer Tonkrug mit Deckel stand neben einem Stein. Der Boden war glatt, als wäre er frisch gefegt. Durch die Zweige des Strauches, der den Eingang bewachte, erblickte ich die leuchtend blaue Flut der Blumen, die so dicht wuchsen, daß sie sich dort, wo sie das Tal erreichten und sich darüber ausbreiteten, in Meerwasser zu verwandeln schienen.

Ja, unterbrach Manuelito meine Gedanken. Als Magdalena und ich hier waren, sahen wir hinaus, wie Sie jetzt, und stellten uns vor, wir würden auf einem großen Schiff davonsegeln.

Dies ist ein Teil der Zeremonie? fragte ich.

Ja, sagte Manuelito. Ungefähr eine Woche vor der Hochzeit ihrer Kinder halten es die Mundo für angebracht, daß der junge Mann den Vater der jungen Frau an den Ort einlädt, der ihr Heim sein wird. Es ist wichtig, daß er sieht, welche Aussicht sie haben wird, damit er sich die zunehmende Geräumigkeit ihres Herzens vorstellen kann; es ist wichtig, daß er sieht, wo sie leben wird, wo sie geliebt werden wird, wo sie liegen wird.

Und ihre Mutter? fragte ich.

Ihre Zeremonie findet früher statt, eine Woche vor dieser. Sie sehen, daß die Frauen schon hier gewesen sind. Der Boden ist gefegt, der Krug ist mit Wasser gefüllt. Die Decke ist ausgebreitet. Sie und ich werden Feuerholz sammeln und Nahrung suchen. Oder Sie und ich hätten das getan.

Manuelito räusperte sich.

Ist es zufriedenstellend für Sie, Señor?

Vor Jahren wäre es das natürlich nicht gewesen. Diese Höhle, hätte ich ihm höhnisch an den Kopf geworfen. Dieses *Loch*?

Es ist vollkommen, mein Sohn.

Wenn es in Ordnung ist, sagte er, können wir anfangen.

In der Ferne bewegte sich etwas, jemand. Als sich der Abstand verringerte, sah ich, daß es eine Frau war, die auf einem schwarzen Pferd ritt. Bald erkannte ich Magdalena.

Nicht Magdalena die Entstellte, Magdalena die Zornige und Unförmige, Magdalena die Groteske. Sondern Magdalena, wie sie war, bevor sie angefangen hatte, so viel zu essen. Magdalena die Große und Geschmeidige, Magdalena die Selbstbeherrschte, Eigenwillige, Heitere. Sie war unglaublich schön, und schockiert stellte ich fest, daß ich das nie bemerkt hatte.

Ihre Haut war sehr dunkel, wahrhaft schokoladenfarben. Zartbitter. Ihre Augen sehr groß und kühn; ihr üppiger Haarschopf wild wie der Wind. Sie trug eine tief ausgeschnittene, blütenweiße Bluse; ihr weiter, grüner Rock war gerafft, so daß ihre Oberschenkel in der Sonne glänzten. Es war, als hätte ich sie nie vorher reiten sehen; sie und das Pferd waren eins.

Ich wandte meinen Blick nicht von ihr; sie bewegte sich sehr schnell, aber sie kam nur sehr langsam näher.

Ich sah Manuelito an, der nur Augen für meine Tochter hatte und dessen Gesicht vor Liebe leuchtete. So hell strahlte sein ganzes Wesen, daß ich mich fast daran verbrannte und den Blick abwenden mußte.

Etwas habe ich vergessen, Ihnen zu erzählen, Señor, sagte er.

Was denn?

Es geht um die fünf Stellen, die geküßt werden.

Ja?

Es gibt eigentlich noch mehr. Als ich Magdalena sah, habe ich mich daran erinnert.

Welche sind es? fragte ich.

Es sind die Handflächen, weil unsere Hände uns immer treu dienen. Und die Füße, weil sie uns zu unserer Bestimmung führen. Sie werden auf den Spann geküßt, fügte er hinzu. Zärtlich blickte er meiner Tochter entgegen, die auf ihrem schwarzen Pferd auf uns zupreschte und, wie ich jetzt begriff, sich absichtlich in Zeitlupe näherte, damit er und sie den Augenblick noch mehr genießen konnten. Sie brauchte so lange, daß ich mich zu einer witzigen Bemerkung genötigt fühlte.

Wird sie denn überhaupt jemals ankommen? fragte ich.

Manuelito lachte.

Nicht, bevor Sie bereit sind, sagte er dann nüchtern.

Ich bin bereit, sagte ich.

Nein, widersprach er. Ich habe noch etwas anderes vergessen. Es hat mit dem Licht zu tun.

Dem Licht? fragte ich. Ich sah mich um und stellte fest, daß die Umgebung sehr hell war.

Ja, sagte er. Erinnern Sie sich, daß wir alle Stellen küssen, die Licht einlassen? Und erinnern Sie sich, daß Sie das mit dem Mond nicht verstanden haben?

Mondlicht, sagte ich. Ich verstehe.

Nein, Señor, nicht ganz.

Ich habe es nicht verstanden? fragte ich belustigt.

Nein. Und es ist eine ziemlich lange Geschichte, wenn ich ehrlich bin.

Meine Tochter scheint es sehr eilig zu haben, sagte ich.

Sie hat es eilig, bei Ihnen und bei mir zu sein. Aber sie wird erst kommen, wenn wir bereit sind. Bitte helfen Sie mir, in meiner Aufgabe nicht zu versagen.

Meinetwegen, sagte ich.

Als erstes sollten Sie wissen, daß meine Mutter und mein Vater Magdalena schon willkommen geheißen haben, darum kommt sie bereits nach Hause. Sie wurde mit viel Zärtlichkeit überall geküßt, ihre Brüste wurden gesegnet. Dies wäre bei Vollmond geschehen, und mein Vater wäre nach den Küssen und dem Segen an die Reihe gekommen. Meine Mutter hätte es übernommen, Magdalena die Geschichte von den Frauen und dem Mond zu erzählen.

Wie die Frau mit ihm verbunden ist und an seinen Rhythmen teilhat. Daß die Gezeiten einer Frau, die Gezeiten ihres Blutes, mit dem Mond in Verbindung stehen. Daß Frauen dadurch mit dem Körper wissen, daß sie ein Teil von allem sind, selbst von etwas so Entferntem wie dem Mond.

Aber woher sollen Männer das wissen? fragte Manuelito und sah mich nachdenklich an.

Jetzt war es an mir, ein ratloses Gesicht zu machen.

Die Mundo haben lange über diese Frage nachgedacht. Und sie haben den Himmel nach einem Zeichen dafür abgesucht, daß auch sie, die Männer, mit allem in Verbindung stehen. Sie wissen, wie sehr wir es hassen, ausgeschlossen zu werden! Er lachte.

Warum lachst du? fragte ich.

Weil er die ganze Zeit da war!

Wer?

Der Mond! Unser Mond. Schließlich, nach wer weiß wie vielen Jahrtausenden, haben sie es begriffen. Und hören Sie nun, sagte Manuelito, immer noch lächelnd, was sie endlich verstanden haben. Eine Frau, die mit der Natur lebt, ist voll, wenn der Mond voll ist, richtig? Und wenn viele Frauen zusammen leben, sind sie und der Mond zur gleichen Zeit voll; wenn der Mond dann nachgibt und abzunehmen beginnt, lassen sie ihr Blut fließen. Das ist eine bemerkenswerte Übereinstimmung, nicht? Nun, während dieser Zeit darf ein Mann nicht mit einer Frau schlafen. Sie fühlt sich etwas gereizt, etwas durcheinander, obwohl sie das selbst nicht stört, denn sie und der Mond erleben gemeinsam gerade einen großen Augenblick. Doch es ist auf jeden Fall ein Zeitraum, in dem die Frau von Natur aus nicht belästigt werden will. Ich erinnere mich, daß meine Mutter in solchen Zeiten sogar Dinge nach meinem Vater warf!

Ah, Manuelito, sagte ich bedauernd, was war ich doch für ein Idiot, daß ich sie nicht richtig kennengelernt habe.

Señora Robinson kannte sie, sagte er. Sie und meine Mutter waren sich sehr ähnlich. Auf jeden Fall, fuhr er fort, gibt es danach eine Periode der Erholung von dem »großen Augenblick«, in der Männer nicht sicher sind, ob oder wie sie empfangen werden; dann folgt die Zeit, in der sexueller Kontakt vermieden werden muß, außer, wenn man Kinder will, und jeder Mundo weiß, daß wir nicht sehr viele Kinder ernähren können. Aber wir lieben die Liebe, und deshalb sind wir in dieser Zeit ein wenig mißgelaunt. Als Verdeutlichung zog Manuelito die Mundwinkel nach unten. Dann, sagte er, ist Neumond, und da passiert *auch* nicht viel.

Aber dann, fuhr er fort und sein Gesicht erhellte sich, gerade wenn die Männer die Hoffnung aufgeben, erscheint der Mond wieder. Und in unseren Augen erscheint er wie ein Lächeln! Zuerst ist es noch sehr zaghaft, aber sehr bald dehnt es sich zu einem breiten Grinsen! Denn jetzt sind die Frauen sehr empfänglich. Das ist eine gute Zeit für die Liebe!

Manuelito lachte fröhlich. Wir sind so erleichtert, Señor! Und dies, glauben die Mundo, ist die Verbindung des Mannes mit dem Mond. Der zunehmende Mond, der manchmal wie eine Schale oder ein Boot aussieht, ist der Mond, der lächelnd sein Licht über den guten Zeiten der Liebe leuchten läßt! Der Mond wird, auch wenn er immer eine Frau bleibt, für kurze Zeit zum Mann! (Deshalb war es für uns keine so fremde Idee, als Sie zu uns von dem Mann im Mond gesprochen haben).

Wenn du verliebt bist und zu deiner Liebsten gehst, um mit ihr zu schlafen, ist der Mond für dich wie ein Vater, der glücklich auf dich herunterschaut. Denn Mundo-Väter sind glücklich, daß ihre Kinder, und zwar die Mädchen ebenso wie die Jungen, das genießen, was eure Kultur Sex nennt. Und deshalb singt ein junges Mädchen, wenn es zu ihrem Liebsten geht, dieselben Worte wie ein junger Mann: »Im Licht des Lächelns meines Vaters«, und deshalb würde bei den Mundo niemand bei Vollmond heiraten, sondern nur, wenn er abnimmt und dann wie ein Lächeln auf einem dunklen Gesicht am Himmel wiedererscheint!

Endlich verstand ich. Das hatte meine arme Tochter vor Jahren gesungen! »*Por la luz ... por la luz ...*« Ich hatte ihre verzweifelte Stimme immer noch im Ohr. In diesem Lied war eine inständige Bitte enthalten, die ich ignoriert hatte. Sie hatte mich angefleht, das Licht zu sehen und zu würdigen, das sie gefunden hatte. Ich sollte sie lieben und das segnen, was sie liebte. Aber ich hatte mich geweigert. Ich hatte sie in eine Kultur und zu Menschen gebracht, die ich angeblich respektierte. Sie hatte sich in sie verliebt und war von mir verraten worden, als ich es selbst mit der Angst zu tun bekam. Als ich mich aus ihrer Sicht zurückentwickelte.

Sie war auf dem Rücken des glänzenden schwarzen Pferdes vor uns über die Berghänge geflogen, hatte sich unter diesen »fremdartigen« Menschen sicher gefühlt, sich mit Leib und Seele nach der Geborgenheit und Leidenschaft gesehnt, die sie in Manuelitos Armen fand, und geglaubt, daß der Mond, und deshalb vielleicht auch ihr eigener Vater, es gut mit ihr meinte. Aber sie war leider die Tochter eines Narren. Ich hatte sie im Stich gelassen und grundlos ihr Leben zerstört.

Manuelito, sagte ich, ich wünschte, ich wäre tot.

Ah, jetzt sind Sie bereit, Señor, sagte er.

Im Nu bäumte sich Vado, der schwarze Hengst, vor uns auf, und eine jubelnde Magdalena sprang von seinem Rücken und landete zwischen uns. Ihre wilden Haare leuchteten wie ein Glorienschein, und ihr Gesicht strahlte vor Freude.

Väter

Mein Name ist Vater, sagte ich zu ihr, als ich ihr in die Augen blickte. Ich bin der Vater, der dich beschützt, dich, die Tochter, die ich liebe. Der erwartete Gefühlsausbruch blieb aus, sie war ungewöhnlich still, fast demütig. Ihre Dankbarkeit erschien mir scharfkantig wie ein Kristall, an dem ich mich, wäre ich noch am Leben gewesen, sicherlich blutig geritzt hätte.

Als die Zeit kam und ich vor ihr kniete, küßte ich nicht nur ihre Handflächen und den Spann ihrer vor Energie vibrierenden Füße, sondern auch die Knie. Weil es schließlich unsere Knie sind, auf die wir manchmal gezwungen werden, bevor wir unser eigenes Licht erkennen, anerkennen oder willkommen heißen können.

Epilog

Es paßte zu Susannah, daß sie an Altersschwäche starb, zu Hause, im Bett, im Schlaf und mitten in einem Traum!

Wovon hast du geträumt? fragte ich sie, als wir zusahen, wie ihre Freunde sich in ihrem Haus einfanden und das Zimmer betraten. Manche hatten etwas zu essen mitgebracht.

Oh, sagte sie lächelnd. Ich habe von Anand geträumt und wie wir uns getroffen haben.

Anand?

Ja. Er ist der Mann in der Ecke, der weint; der mit dem wunderbaren weißen Schnurrbart. Er ist der Bruder des Mannes, den ich geheiratet habe. Du erinnerst dich an Petros?

Glaub mir, die Erinnerung ist nur noch sehr vage, sagte ich.

Sie lachte.

Ich traf Anand an dem Tag, als wir den Leichnam von Irenes Mutter exhumiert und ihn auf einem Hügel am Meer neu beigesetzt haben.

Susannah hatte ein Leben geführt, von dem ich zu meinem Bedauern und weil ich es für notwendig befunden hatte, ihr Leid zuzufügen, nur wenig wußte, auch wenn die Mundo glauben, die Toten wüßten alles. Neugierig drängte ich sie weiterzuerzählen.

Ach, das ist eine lange Geschichte, sagte sie, aber wir haben ja auch viel Zeit. Ich werde sie dir erzählen. Als sie an die Stelle kam, wo die Truhe ausgegraben wurde, in der Irenes namenlose Mutter lag, war ich fast in Tränen aufgelöst.

Es war eine Truhe wie die, die am Fußende meines Bettes steht, sagte sie und lud mich mit einer Geste ein, sie mir anzusehen. Petros hat sie mir für einen Dollar und zwanzig Küsse verkauft. Er schämte sich ihrer, weil sie so grob gearbeitet war. Aber sie war eigentlich nur grob, weil er ihren Wert nicht zu schätzen wußte.

Welchen Wert, fragte ich, und sah mir die große Zedernholzkiste mit den geschnitzten Blumen und Bergen und Flüssen sorgfältiger an. Währenddessen sank eine sehr alte Frau, die noch älter aussah als meine Schwester und deren schneeweiße Dreadlocks ihr bis zu den Knien herabhingen, weinend über der Truhe zusammen.

Ah, sagte Susannah, Pauline. Kann ich sie denn gar nicht trösten?

Die einzige Art, jemanden zu trösten, der dich im Leben geliebt hat, ist, eine schöne Erinnerung zu sein, sagte ich.

Im Ernst? meinte sie nachdenklich.

Sie ist groß, sagte ich, und stellte mir vor, wie Petros die schwere Kiste den ganzen Weg von Griechenland hierher geschleift hatte.

Ja, bestätigte Susannah. Aus gutem Grund. Früher enthielt die Truhe oder Kiste alles, was eine junge Frau mitnahm, wenn sie heiratete und das Haus ihrer Eltern verließ. Sie enthielt Leintücher und Silber, ihre Kleider, ihre kleine Spindel, sogar ihre Kochtöpfe und Pfannen. Wenn man zwei gebogene Holzstücke, die genau in die leere Kiste paßten, darunter befestigte, wurde sie zur Wiege. Während der Ehe und wenn die Kinder groß wurden, bewahrte die Frau alles, an dem ihr Herz hing, darin auf. Und wenn sie starb, wurde sie darin beerdigt.

Und so, sagte ich, wurde Irenes Mutter in ihrem tragbaren Sarg begraben!

Oder in ihrer Wiege, sagte Susannah.

Auf dem niedrigen, einfachen Holzbett lag Susannah und trug ein langes, rotes, aufwendig besticktes Nachthemd. Ihre dünnen weißen Haare waren zu einem Dutzend Zöpfen geflochten, die, von roten Bändern durchzogen, auf ihrer Brust ruhten. In einer Hand hielt sie eine Feder, in der anderen einen grünen Weingummi. Einige ihrer Freunde, bleich, als hätten sie die ganze Nacht über bei ihr gewacht, rührten sich langsam wieder. Anand erhob sich, verließ seine Ecke und trat ans Bett.

Zuerst habe ich ihn für Petros gehalten, sagte Susannah und sah ihn zärtlich an. Sie sind sich so ähnlich. Ich glaubte das immer noch, als er und die anderen Männer Irenes Mutter ausgruben. Aber dann, als wir die Wiederbestattung mit einer Zeremonie feierten und er sich bei den tanzenden Frauen einreihte, merkte ich, daß er es nicht sein konnte. Er tanzte und weinte wie eine von uns!

Er weint viel, sagte ich.

Er ist sehr ernst, sagte sie. Das stimmt. Als wir uns kennenlernten und ein Liebespaar wurden und später dann gute Freunde, sprach er viel über seine Arbeit bei den Armen und bei mißbrauchten Frauen und Kindern und in Flüchtlingslagern – in Griechenland gibt es anscheinend ständig Flüchtlingslager –, und diese tiefe Sorge um die Menschen und sein Verantwortungsgefühl bedeuteten ja auch, daß er Griechenland nie verlassen konnte. Danach kam mir Petros wie eine Art Anand Light vor.

Sie lachte. Der eine zu leicht, der andere zu schwer, sagte sie.

Und Pauline gerade richtig?

Mit der Zeit, ja, sagte sie. Sie mußte sich nur noch zu ihrer Souveränität bekennen und wieder Zärtlichkeit lernen.

Sie sollte von dieser Truhe verschwinden, sagte ich, damit sie dich hineinlegen können.

Meine Truhe ist mein Haus, sagte sie. Aber an der, die mir Petros geschenkt hat, liegt mir viel. Seine Mutter hat sie ihm geschenkt, obwohl er ein Junge war, weil sie all ihre Töchter als Säuglinge verloren hatte. Er hat sie nach Amerika mitgeschleppt, aber er wollte sie unbedingt loswerden. Intuitiv wußte ich, daß sie eine Geschichte hatte, die ich eines Tages aufdecken würde.

Susannah schien überhaupt nicht überrascht, daß wir uns in dem Zimmer unterhielten, in dem sie tot aufgebahrt lag.

Nein, sagte sie, meine Gedanken lesend, mich erstaunt nichts mehr. Wenn du einmal eine Orange gerochen oder einen Baum wirklich gesehen hast, was könnte dich noch in Staunen versetzen?

Arme Irene, bemerkte ich, weil mir ihre kleine Freundin einfiel.

Sie wollte das Gesicht ihrer Mutter sehen, sagte Susannah. Ich hielt das für keine so gute Idee. Anand auch nicht. Aber sie bestand darauf. Das bedeutete, daß wir die Truhe öffnen mußten.

Sie seufzte.

Und? fragte ich.

Sie hatten ihrer Mutter die Hände und Füße zusammengebunden. Sie war ganz in Schwarz gekleidet. Ihr Kopf war von einem schwarzen Tuch verdeckt.

Black is beautiful, sagte ich sarkastisch.

Wenn es ehrlich gemeint ist, ja, sagte Susannah. Das war das einzig Schöne an dieser Situation.

Und Irene?

Sie starb noch im selben Monat.

Nein!

Sie war alt und schwach. Meine Schwester seufzte tief auf. Sie war so klein, so allein, so wild, so voller Liebe. Und ihre Leute taten alles, um sie zu verletzen. Es ist kaum zu fassen.

So ist das Leben von Frauen, sagte ich.

Susannahs Freunde begannen, ihr Bett und ihren Leichnam mit Zweigen zu bedecken. Ich sah mich in dem kleinen Raum um.

Ich dachte, du hättest ein prächtigeres Haus, sagte ich.

Mein prächtiges Haus wurde von einem noch prächtigeren Baum zerquetscht, erwiderte sie. Ich habe durch diesen Verlust gelernt, zufrieden zu leben.

Bist du nicht neugierig, warum ich hier bin? fragte ich. Oder was mit unseren Eltern oder Manuelito ist?

Während sie überlegte, standen sie alle in Gedanken vor mir.

Wie ich meiner schlauen Mutter beigebracht hatte, den Fluß zu überqueren. Wie es sich angefühlt hatte, als mein Vater mich segnete. Nach dem Segen war er einfach verschwunden. Ich blieb mit Manuelito allein zurück. Wir küßten uns. Wir küßten uns immer noch, als ich mich plötzlich in Susannahs Zimmer versetzt fand und sie sterben sah. Allem Anschein nach waren, wenn ich mir Susannahs Körper und ihre weißen Haare so betrachtete, Jahrzehnte vergangen. Das bedeutete, das mußte bedeuten, daß Manuelito auch fort war.

Denk daran, Magdalena, hatte Manuelito zu mir gesagt, es ist wahr, wie die Mundo glauben, daß die Ewigkeit unendlich ist. Aber gleichzeitig währt sie nur so lange es erforderlich ist.

Unsere Ewigkeit zusammen war lange und beglückend gewesen. Nun war sie vorüber. Wie jede andere Liebesgeschichte. Ich mußte lachen.

Was ist so lustig? fragte Susannah.

Was ist nicht lustig? antwortete ich.

Als ich mir Susannahs Habseligkeiten ansah, entdeckte ich Stapel von Papieren und Büchern. Notizbücher in allen Farben und Formen. Kopien ihrer veröffentlichten Bücher, Videos, Aufnahmen ihrer Lesungen. Ihre Freunde gossen langsam und systematisch Öl über alles.

Wenn es brennt, sagte Susannah, wird es nach Weihrauch duften. Sie wirkte vergnügt wie ein Kind, das sich auf den Sonntagsbraten freut.

Das kann doch nicht dein Ernst sein, sagte ich, während alle Leute, sogar die kleinen Kinder, trockene Zweige, Kiefernäste, tote Blätter und Stroh hereintrugen.

Aber Susannah, sagte ich, das ist dein Vermächtnis!

Magdalena, sagte sie, du bist hier, weil es dir leid tut, daß du mich vor langer Zeit vorsätzlich in die Irre geführt hast. Das ist das einzige Vermächtnis, das ich brauche.

Aber man wird sich nicht an dich erinnern, sagte ich verzweifelter als es sich für einen Geist gehört.

Das Bedürfnis, in Erinnerung zu bleiben, hat die meisten Probleme auf der Welt verursacht, sagte sie. Die meisten Eroberungen. Die Zerstörung des Natürlichen. Kriege.

Immerhin stehen deine Bücher in den Bibliotheken, sagte ich. Deshalb ist es nur eine symbolische Geste.

Ja, sagte sie. Leider.

Nur ihr Gesicht und ihre Hände waren noch sichtbar und schauten unter all dem hervor, was auf sie gelegt worden war. Ihre Freunde traten ein letztes Mal zu ihr, um sie zu berühren und ihr Lebewohl zu sagen. Schließlich blieben nur noch Anand und Pauline. Mit einem Blick auf Anand verließ Pauline den Raum. Aus Respekt sah ich weg, während er mit knirschenden Knochen neben Susannah niederkniete. Bald darauf kehrte Pauline zurück, und Anand ging hinaus. Wieder sah ich weg. Als ich das nächste Mal hinschaute, lag Susannahs Körper allein im Zimmer, und Pauline hatte ihre langen, weißen Dreadlocks abgeschnitten und sie auf dem Hügel aus trockenem Stroh, Kiefernästen und Blättern ausgebreitet.

Hell loderten die Flammen aus dem brennenden Haus und erinnerten mich an ein Gedicht:

Wenn das Leben im Abgrund versinkt
muß ich meine eigene Kerze sein
bereitwillig brennen
und Licht in die Dunkelheit tragen.

Danksagung

Ich danke dem Geist des Eros für seine Gegenwart in meinem Leben und die Lektionen, die er mich gelehrt hat. Ich danke der Gemeinschaft der spirituellen Helfer, die mich unterstützt haben, während ich an diesem Buch schrieb. Zu ihnen gehört Barbara G. Walker, der ich für ihre wichtige wissenschaftliche Arbeit und vor allem für das inhaltsreiche und unentbehrliche Buch *Das geheime Wissen der Frauen* danke. Ich danke Isabel Fonseca für ihr aufrichtiges, aufschlußreiches und mutiges Buch *Begrabt mich aufrecht. Auf den Spuren der Zigeuner.* Ich danke Frans de Waal und Frans Lanting dafür, daß sie mich mit Verwandten bekannt gemacht haben, über die ich in einem früheren Roman schon geschrieben habe, ohne einen Beweis für ihre tatsächliche Existenz zu haben: *Bonobos: Die zärtlichen Menschenaffen.* Ich danke den Männern und Frauen, die aus dem Vietnamkrieg mit wachem Bewußtsein zurückkehrten – unter ihnen Ron Kovic und Oliver Stone – und uns nach ihrer Rückkehr berichtet haben, was ihnen dort widerfahren ist. Ich danke den Bewohnern Mexikos dafür, daß sie über die Jahrhunderte wieder und wieder Menschen indianischer und indianisch-afroamerikanischer Abstammung aufgenommen haben, die in immer neuen Wellen vor Völkermord und Sklaverei aus den Vereinigten Staaten geflohen waren. Sie gehörten zu unseren Besten, und es berührt mich sehr, wenn ich heute in Mexiko bei ihren Nachkommen dem Blick dieser freiheitsliebenden Vorfahren begegne. Ich danke Zelie Kuliaikanuu'u Duvauchelle für ihre Einladung zu Abenteuern, die mein Leben verändert haben und für die Liebe zu ihren hawaiianischen Vorfahren, die sie ihre Gesänge lernen ließ. Ich danke Peter Bratt und Benjamin Bratt für ihre inspirierende Gegenwart. Ich danke Wynton Marsalis, der unsere Seele liebt. Ich danke dem Großen Geist des Universums dafür, daß er mich regelmäßig an den Rand des Abgrunds führte, damit ich einen Blick nach unten werfen konnte, und der mich dann gut festgehalten hat. *Ho!*

Alice Walker
Temple Jook House
Mendocino, Kalifornien
Juni 1997